Lea Freyermuth

Mahas Pathah 2
Zur Quelle des klaren Lichts

Wie sehr hat sich doch überhaupt mein Blick auf das Leben und unser Menschsein gewandelt! Es ist mir heute unverständlich, wie ich nur jemals hoffen konnte, nie wieder leben zu müssen. Ich sehe die Menschwerdung, diese Reise der Seele, als Abenteuer und als unermesslich großes Geschenk. Trotz allem, was ich durchlebt und durchlitten habe – na und: Habe ich denn nicht all meine Tode überlebt?! Das Grauen verblasst mit dem Vergehen der Zeit, auch das Leid. Natürlich braucht es zu manchen Zeiten verdammt viel Vertrauen und Mut und Geduld. Aber es lohnt sich wirklich, denn das Beste kommt eben immer erst zum Schluss.

Die Autorin

Jahrgang 1960, Diplom-Psychologin, niedergelassene Psychotherapeutin, Ausbildung in Verhaltenstherapie und Biodynamischer Körpertherapie. Ihr persönlicher Lebensweg ist geprägt von Theorie und Praxis des Integralen Yoga Sri Aurobindos und der Philosophie Ken Wilbers, aus denen sich ihre beruflichen Schwerpunkte ergeben: eine integrale Psychologie/Psychotherapie und die Kartographierung des Mensch-Innenraums.

Im Verlag Dietmar Klotz ist von Lea Freyermuth der erste Teil zu diesem Buch erschienen: *Mahas Pathah. Aufbruch in die Welt des ungebrochenen Lichts.*

Lea Freyermuth

Mahas Pathah 2

Zur Quelle des klaren Lichts

Verlag Dietmar Klotz

Die Deutsche Bibliothek – CIP Einheitsaufnahme
Ein Titeldatensatz für diesen Band ist bei der
Deutschen Bibliothek / Frankfurt am Main erhältlich

ISBN 978-3-88074-525-4

Umschlaggestaltung: A. F. Realisation
nach einem Bild von Lea Freyermuth

1. Auflage 2007

© **Verlag Dietmar Klotz GmbH**
Krifteler Weg 10
65760 Eschborn bei Frankfurt am Main
www.verlag-dietmar-klotz.de

Alle Rechte vorbehalten. Nachdruck oder
Vervielfältigung in keiner Form gestattet.

OM bhur bhuvah svah
tat savitur varenyam
bhargo devasya dhimahi
dhiyo yo nah pracodayat

OM, Erde, Luftraum, Himmel.
Wir konzentrieren uns auf den Segen spendenden Glanz des
Gottes Savitri.
Möge er unsere Konzentration befruchten.
(Gayatri-Mantra)

S.D.G.

Vorwort

Als ich damals den Teil meiner Aufzeichnungen, die später zum ersten Band von *Mahas Pathah* wurden, abschloss, war mir noch nicht klar, dass es eine Fortsetzung des Buches geben würde.

Offensichtlich war aber das Abenteuer meines Bewusstseins noch nicht beendet – falls man hier überhaupt jemals zu einem Ende gelangen kann. Heute ahne ich, dass mir auf dieser Reise ein wirkliches „Angekommensein" wohl nicht vergönnt sein wird. Vielleicht werde ich Zeit meines Lebens in irgendeiner Weise „Botschafterin" bleiben, so wie es mir in einem Traum, über den ich auch in diesem Buch berichten werde, angekündigt worden war.

Das Abenteuerliche meines Weges besteht darin, dass ich seit Jahren in der Gestaltung meines Lebens Impulsen folge, die sich durch Synchronizitäten, Fügungen oder so genannte Zufälle ergeben, sowie Hinweisen aus meinen Träumen. Dadurch werde ich in Geschehnisse, Themen und Aktivitäten involviert, deren genaue Bedeutung mir selbst zunächst für eine lange Zeit rätselhaft bleibt. Ich bin jedes Mal wieder höchst erstaunt, wenn sich in einer Rückschau auf die Ereignisse dann doch ein roter Faden und ein tieferer Sinn meiner Erfahrungen offenbart. Diese Rückschau gelingt mir am besten, wenn ich die bis dahin nur chronologisch festgehaltenen Ereignisse in Form eines Buches ordne. So ist nun noch *Mahas Pathah 2* entstanden.

Durch meinen etwas ver-rückten Umgang mit dem Leben wurde ich auf einen Weg geführt, von dem ich heute glaube, dass jeder Mensch ihn betritt, der aus dem Schlaf eines mehr oder weniger durchschnittlichen Lebens erwacht.
Im ersten Band meiner Aufzeichnungen hatte ich diesen Weg einer Seelenpilgerschaft anhand der Begriffe und Bilder des Integralen Yoga Sri Aurobindos und des Rigvedas beschrie-

ben, im weiteren Verlauf meines Weges tauchte dann eine entsprechende Symbolik aus der jüdisch-mystischen Tradition auf. Aber erst kurz vor Abschluss dieses zweiten Bandes von Mahas Pathah wurde mir gezeigt, dass der Verlauf meiner Bewusstseinsreise in einer geradezu atemberaubenden Übereinstimmung einem Mythos folgt, den man als den Ursprung aller anderen bezeichnen kann: der Mythos von Shambhala. Er beschreibt die Reise des Menschen tief in sein Innerstes und in das der Erde.

Meine Reise ist damit dem Leser nur dann im Ganzen verständlich, wenn er auch den ersten Band meiner Aufzeichnungen kennen gelernt hat.

Vom siebten und vom Achten Tag

1

Hoch über den Wolken.
Ein weites weiches Meer, in Sonnengelb getaucht.
Ein makelloser Himmel: zartes Hellblau, pastelliges Mint,
zitronig-frisch wie der Duft von Verveine.
Rein und klar. Grenzenlos.
Die Vibration eines berstenden Jauchzens.
Jubel, tausendfach zersprengt.
Eine Flut unermesslicher Helligkeit.

Das Band des Himmels liegt ausgebreitet vor mir.
Vor mir, neben mir, hinter mir –
in einer ungewohnten, den physischen Augen nicht möglichen 360-Grad-Ansicht.
Es gibt weder einen Betrachter,
der mit seiner phantomhaften Anwesenheit dreiviertel des Bildes versperrt,
noch eine Quelle dieses eigentümlich klaren Lichts.

Als ich die Szene festzuhalten versuche,
entgleitet sie mir.

2

Life must blossom like a flower offering itself to the Divine.
(Mirra Alfassa)

31. Juli, kurz vor Mitternacht. Eine stille sommerliche Nacht, sofern man das auf- und abschwellende Gezirpe der Grillen in die Stille einzubinden vermag. Normalerweise schlafe ich um diese Zeit schon längst. Fünfzig, sechzig Meter von mei-

nem Schlafzimmerfenster entfernt und unterhalb davon grenzt der Zaun des Bauern unser Grundstück von seiner Wiese ab. Die groben Holzpfosten haben sich die Krähen zu ihrem Schlafplatz auserkoren. Ab neun Uhr abends trudeln sie so langsam ein, eine nach der anderen, bis die ganze Bande versammelt ist. Eine jede auf einem Pfahl, fein säuberlich in Reih´ und Glied. Manchmal bleibt ein Pfosten dazwischen frei, dann haben zwei von ihnen sich womöglich gezankt und bis abends noch nicht wieder Frieden miteinander gefunden. Spätestens gegen zehn stecken die Gesellen dann ihre Köpfe ins Gefieder – ja, und das ist dann auch so meine Zeit, schlafen zu gehen.

Heute aber ist ein besonderer Tag, dessen Ereignisse ich zu später Stunde kurz festhalten will. Heute ist mein Geburtstag. Vor wenigen Tagen, das sei noch erwähnt, habe ich den Vertrag des Verlags unterzeichnet, der den ersten Band meiner Aufzeichnungen veröffentlichen will. Ein Schritt, der mir nun, wo das Manuskript in die nicht mehr rückgängig zu machende Realität eines Buches gebracht werden soll, schwerer fiel als vermutet. Vielleicht war es, von welchen Kräften auch immer, als kleine Beruhigung gedacht, dass sie mir heute gleich dreimal ein Symbol zukommen ließen, das ich mit meinem Namen – Freyermuth – verbinde: die Gerbera. Orangefarbene Gerberas in einem Blumenstrauß, kunterbunt gemischt als Foto auf einer Geburtstagskarte, schwarzweiß als Logo auf dem Etikett des Blumengeschäfts. Nach Mirra Alfassa steht die Gerbera für *Freimut*, für den Mut, alles auszudrücken, was es zu sagen gibt, ohne sich um die Konsequenzen zu sorgen. Von Mirra Alfassa, der Weggefährtin Sri Aurobindos und Gründerin von Auroville, ist bekannt, dass sie einen ganz besonderen Zugang zu Pflanzen hatte, da sie die Fähigkeit besaß, deren „wahren Namen" im Sinne ihrer tief innersten Bedeutung zu erspüren. Im Laufe ihres Lebens hat sie so nahezu 900 Blumen benannt, wobei jede Blume der physische Ausdruck einer ihr innewohnenden, ganz spezifischen seelischen Qualität sein soll. Im Ashram in Pondicherry, der zunächst um Sri Aurobindo herum entstand und später von Mirra Alfassa geleitet wurde, war es Tradition, dass sie ihren Schülern bei besonderen Anlässen, Geburtstagen zum Beispiel, eine individuell ausgewählte Blume überreichte. Diese Geste war mit der Bedeutung verbunden, dem jeweiligen Menschen einen Impuls für sein Wachstum zu vermitteln: *Wenn ich euch Blumen gebe, gebe ich euch Bewusstseinszustände. Die Blumen sind Botschaften, und ihre Wirksamkeit hängt allein davon ab, wie empfänglich ihr seid.* (Mirra Alfassa)

Dem mehrmaligen Auftauchen der Gerbera ausgerechnet an diesem heutigen Tag messe ich daher schon eine gewisse Bedeutung bei, denn das freimütige Aussprechen besonders von Themen, die beim Mainstream nicht auf Gegenliebe stoßen, ist ein uralter wunder Punkt von mir. Vermutlich das, was man in der indischen Philosophie ein „Samskara" (Skrt.: Eindruck, Nachwirkung) nennt. Seit ich zu einer eigenen Meinung fähig war, hatte ich unter lähmender Redeangst gelitten. Und als ich mich vor Jahren, aller Angst zum Trotz, dazu entschloss, über die psychotherapeutische Einzelarbeit hinaus auch Seminare zu psychologischen und philosophischen Themen anzubieten, verlief die Nacht zuvor jedes Mal ziemlich katastrophal. Meines Wissens und der Qualität des Vortrags ebenso sicher wie der kompetenten Unterstützung Leonhards und später Sophias fühlte ich mich trotzdem, als würde ich am nächsten Tag zur Schlachtbank geführt. Schreckliche Bilder quälten mich, vor allem solche, dass man mich zwingen werde, meine Ausführungen zu widerrufen und ich über diese Selbstverleugnung dem Wahnsinn verfiele. Inzwischen habe ich begriffen, dass diese Schreckensbilder nicht als Vorahnungen einer grauenvollen Zukunft zu verstehen waren, sondern als Erinnerungen an eine Gott sei Dank überstandene Vergangenheit. Trotzdem hat die mit meiner Unterschrift nun besiegelte Zustimmung, meine privaten Aufzeichnungen als Buch einer mir immer anonym bleibenden Öffentlichkeit zur Verfügung zu stellen, erneut ein nächtliches Desaster ausgelöst. Nicht dass ich mich über die Zusage des Verlags nicht auch gefreut hätte! Immerhin hatte ich eine Veröffentlichung meines Manuskripts davon abhängig gemacht, ob sich ein Verlag dafür erwärmen würde, mich also „überantwortet", wie man das in der Diktion des Integralen Yoga nennt. Was nichts anderes heißt, als dass man all sein Tun und Handeln in die Hände einer höheren Macht legt und diese entscheiden lässt, was damit geschehen soll. Und deren Entscheidung nimmt man üblicherweise auch an. So will ich die Geburtstagsbotschaft der dreifachen Gerbera als Ermutigung verstehen, mit dem *freimütigen* Schreiben fortzufahren. Verbunden mit der Hoffnung, meinem Namen auf diesem Wege gerecht zu werden.

Mahas pathah – Aufbruch in die Welt des ungebrochenen Lichts ist jetzt also auf den Weg gebracht, und von meiner vorübergehenden Wankelmütigkeit und dem kurzen inneren Aufruhr einmal abgesehen, bin ich doch äußerst erstaunt darüber, wie weit die Ereignisse seither gediehen sind. Vor allem, wenn ich bedenke, wie die Sache mit dem Schreiben überhaupt begann! Am Anfang gab es nicht mehr als einen undefinierbaren inneren Drang: Ich begann zu schreiben, ohne zu wissen weshalb. Unternahm die ersten Schritte einer Reise, ohne zu ahnen wohin. Völlig im Unklaren, ob sich überhaupt ein Weg abzeichnen wird. Der Weg entstand dann tatsächlich, wie man so sagt, „beim Gehen". Inzwischen bin ich in solch erstaunliche Wandlungen verwickelt, dass ich heute nicht mehr zu sagen vermag, wer ich morgen sein werde.

Die Größe des Menschen besteht nicht in dem, was er ist, sondern in dem, was er möglich macht.
(Sri Aurobindo)

3

Wir stoßen hier auf den grundlegenden Irrtum unserer Psychologie. Sie ist unfähig, wirklich zu verstehen, weil sie unten, in unserer evolutionären Vergangenheit sucht. Es ist richtig, dass die eine Hälfte des Geheimnisses dort liegt, jedoch benötigen wir die Kraft von oben, um das Tor unten öffnen zu können. Wir sind nicht dafür gemacht, beständig hinter uns zu schauen, sondern vorwärts und aufwärts in das Licht des Überbewussten, denn das ist unsere Zukunft, und allein unsere Zukunft kann unsere Vergangenheit erklären und heilen.

... Dem Anschein nach schreiten wir von unten nach oben fort, von der Vergangenheit in die Zukunft, von der Nacht ins Licht des Bewusstseins, aber das ist unsere beschränkte momentane Sichtweise, die uns das Verständnis des Ganzen verstellt. Andernfalls würden wir sehen, dass nicht die Vergangenheit uns antreibt, sondern die Zukunft uns anzieht, und dass das Licht von oben allmählich in unsere Nacht dringt – denn wie könnte die Nacht allein all das Licht erschaffen? ... Hätten wir einen anderen [Blickwinkel], würden wir vielleicht gewahren, wie die überbewusste Zukunft danach drängt, in unsere Gegenwart einzudringen.
(Sri Aurobindo)

Im ersten Band meiner Aufzeichnungen hatte ich im Rahmen der Skizzen für eine neue, eine *integrale* Psychologie die Hypothese einzelner Evolutionsphilosophen, allen voran Sri Aurobindo, dargelegt, dass der Mensch in seiner Entwicklung weniger durch seine (evolutionäre) Vergangenheit als viel mehr durch seine (noch zu evolvierende) Zukunft bestimmt wird – sofern er bereit ist, dies zuzulassen. Nach Sri Aurobindos Auffassung und Erfahrung folgt der Entwicklungsweg eines Menschen einem übergeordneten Plan, da der Mensch als physisches Sinnbild einer geistigen IDEE zu verstehen ist, die es unter den Bedingungen von Zeit und Raum Schritt für Schritt auszufalten gilt. Dieser übergeordnete Plan berücksichtigt dabei die innere Wesensnatur des betreffenden Menschen, auf Sanskrit „Svabhava" genannt. Und steuert – über welche vermeintlichen Umwege auch immer – zielstrebig auf das so genannte innere Gesetz bzw. die Bestimmung des jeweiligen Menschen zu, was man auf Sanskrit „Svadharma" nennt: Ein einzigartiger individueller Weg entsteht.

Beim Überdenken der bisherigen Geschehnisse kam mir der Verdacht, dass ich mit meinem persönlichen Werdegang möglicherweise selbst eine Art Anschauungsobjekt für die von mir aufgestellten Hypothesen sein soll. Wenn dem so ist, erkläre ich mich damit einverstanden. Schließlich ist es ja nur legitim, dass ich die Praxistauglichkeit dessen, was ich als Theorie anbiete, auch im Selbstversuch zu erforschen habe. Mein eigener Werdegang ist demnach ein Experiment, ein Bewusstseinsexperiment, dessen Verlauf ich zugleich dokumentiere. Ich werde mich davon überraschen lassen, wohin mich diese gezielte Evolution des eigenen Bewusstseins führen wird.

Im ersten Jahreszyklus der protokollierten Bewusstseinsreise, mehr noch in den neun Monaten danach, über die ich im Weiteren noch berichten werde, hat der anfangs völlig unbekannte Weg bereits um einiges an Kontur gewonnen. Wie weit ich kommen und wohin ich letztlich gelangen werde, weiß ich nicht, halte aber nach dem bereits Erlebten schlichtweg alles für möglich. In der indischen Philosophie wird Glauben „Shraddā" genannt, und aus dem Integralen Yoga Sri Aurobindos ist mir der Hinweis vertraut, dass sich das Potenzial der Seele zunehmend durch den Glauben an die dem Menschen innewohnenden Fähigkeiten entfaltet: *Die Seele ist ... niemals nur das, was sie zu sein scheint. Sie ist ebenso das viele andere, das sie sein kann. Im Geheimen ist sie das All ihrer selbst, das noch im Verborgenen liegt. ... Die Seele ist das (oder sie strebt danach, das zu werden), was sie selbst mit dem aktiven Willen ihres Bewusstseins in ihren Instrumenten zu sein glaubt* (Sri Aurobindo).

Dieser Glaube ist ein wesentlicher Motor für unsere Entwicklung, ohne ihn kämen wir nie aus unserem bisherigen Selbstbild heraus. Denn die Verwirklichung des individuellen Svadharmas, der individuellen Bestimmung, setzt den Glauben an das eigene Potenzial voraus, das Vertrauen in sich selbst sowie den Willen, die erahnte Wahrheit seines Wesens zu leben. Man könnte sogar sagen: Wir erschaffen uns selbst. Somit wird *Mahas Pathah* also die Geschichte meiner Selbstschöpfung sein.

Nun, bisher hatte ich zumindest eine durchaus abenteuerliche Reise und sehe daher keinen Grund, diese Evolution in die eigene Zukunft und ins noch verborgene Überbewusste hinein aufzugeben. Allerdings habe ich bisher noch nicht herausfinden können, *wer* denn nun *wen* erschafft: Lade ich selbst durch meine Erwartungen die entsprechende Zukunft in die Gegenwart ein oder lockt so etwas wie meine zukünftige Gestalt mich zu sich hin? Ich vermute, es trifft beides zu.

4

Ein Traum aus den letzten Monaten schien mir zu bestätigen, dass ich nicht nur meine eigene Transformation ganz bewusst durchlaufen, sondern die entsprechenden Erfahrungen zugleich auch verkünden soll:
In dem Traum finde ich mich in einer Altbauwohnung wieder, in einem großen Zimmer. Ich warte mit einigen anderen Menschen auf irgendetwas. Das Zimmer ist durch einen dicken Vorhang von den weiteren Räumen der offensichtlich recht stattlichen Wohnung abgeteilt. Nur Geräusche dringen von dort herüber, aber sie reichen aus, die für uns nicht sichtbaren Vorgänge nachzuvollziehen: Im Traum weiß ich, dass der Erde eine umwälzende Veränderung bevorsteht, der jene Menschen nicht gewachsen sein werden, denen die hierfür nötige Anpassungsfähigkeit fehlt. Die Menschen, die sich in der Wohnung versammelt haben, scheinen demnach so etwas wie „Transformationshelfer" zu sein und haben wäh-

rend der Zeit des Umbruchs unterschiedliche Aufgaben inne. Einige von ihnen bereiten zum Beispiel jene, die mit den bevorstehenden Veränderungen auf der Erde nicht werden mithalten können, darauf vor, die Erde rechtzeitig zu verlassen. Sie verabreichen ihnen ein Brechmittel, um sie von bestimmten Bewusstseinsinhalten zu entleeren, für deren Auflösung es nun keine andere Möglichkeit mehr gibt. Der Vorhang versperrt mir zwar die Sicht, aber ich weiß, dass das Erbrochene schwarz ist und zäh wie Teer. Wenigstens riecht es nicht! Aber da ist ein solches Würgen und Spucken in den Räumen, dass mir selbst speiübel wird. Über all dem lastet eine apokalyptische Stimmung schwer.

Da ich keine Ahnung habe, welche Aufgabe man mir bei diesem Endzeit-Szenarium zuweisen wird, flüstere ich der neben mir sitzenden Frau zu, dass ich bestimmt nicht fähig sei, *diese* Arbeit zu tun. Das brauchte ich auch nicht, meint sie daraufhin, denn ich würde in der Übergangszeit als Botschafterin eingesetzt.

5

Die Seele muss von innen her alle Dinge aufgeben, an die sie gebunden ist, um das zu gewinnen, was jene in ihrer Wirklichkeit eigentlich sind.
(Sri Aurobindo)

Bevor ich mich jedoch auf die weitere Spurensuche meiner mir selbst noch unbekannten Zukunft begebe, will ich einen Blick zurückwerfen auf die Ereignisse der letzten neun Monate, um an das Ende des ersten Bandes meiner Aufzeichnungen anzuknüpfen.

Unsere nicht ganz alltägliche Beziehung zu dritt – Sophia, Leonhard und ich – ist auch nach dreieinhalb Jahren noch mit so manchen Fragezeichen versehen. Trotz vereinzelter Erhellungen und Vermutungen weiß nach wie vor keiner von uns so ganz, was denn nun die wirkliche Bedeutung dieser Konstellation ist. Eigentlich könnte man ja denken, dass der Sinn des Ganzen für Leonhard und Sophia, nachdem sie sich nun mal ineinander verliebt hatten, ganz banal darin hätte bestehen können, ihr Liebesglück einfach zu genießen. Aber so wie es derzeit aussieht, scheine ausgerechnet ich die Einzige von uns dreien zu sein, die mit der Situation noch am ehesten glücklich ist – und gar nicht wenig!

Bei Sophia bestand und besteht noch immer der Wunsch, die sieben Jahre Exklusivität, die Leonhard und ich miteinander hatten, wenigstens ansatzweise nachzuholen. Mindestens einmal im Monat bekam ich während der ganzen Zeit von Leonhard zu hören, wie unglücklich Sophia mit der Teilzeit-Partnerschaft sei, dass sie überlege, was das alles überhaupt soll, ob dieses Modell wirklich eine Perspektive für ihr weiteres Leben sein kann und so weiter und so fort. (Wie bekannt mir das alles war!) Leonhard bemühte sich redlich, die Quantität an Beziehung mit Sophia durch einige Extra-Rationen zu erhöhen, was aber angesichts Sophias neuer und aufreibender beruflicher Situation auch nur in begrenztem Maße machbar war. (Unsere begnadete Musikerin verdingt sich neuerdings im Schuldienst, des leidigen Broterwerbs wegen. Man kann nur hoffen, dass ihr so breit gefächertes Potenzial dort nicht untergeht!) Je mehr sie zugeteilt bekam, umso stärker machte sich bei mir das schon fast überwundene schmerzhafte Gefühl wieder breit, in allen Bereichen, die mich einmal mit Leonhard verbunden hatten, schlichtweg ersetzt worden zu sein. Und mein Ego jaulte auf. Nicht nach außen hin erkennbar, das Ego weiß sich schließlich gut zu verstecken, sondern rein innerlich.

Somit hatte ich während der vergangenen Monate mal wieder die Möglichkeit, den nächsten Schwung ausgesprochen unangenehmer Aspekte meiner selbst kennen zu lernen. Als Adeptin des Integralen Yoga kann man dafür ja nur dankbar sein. Am harmlosesten aber lächerlichsten war sicherlich, dass ich an besonders schlechten Tagen wieder anfing, die

Zahnbürsten der beiden, wenn sie sich im Zahnputzbecher gar allzu zärtlich aneinander schmiegten, mit resolutem Griff auseinander zu rücken. Das hatte ich seit mindestens zwei Jahren nicht mehr getan, eine echte Regression! Als viel schlimmer empfand ich aber all diese kleinen, gemeinen, heimlichen Regungen, denen es durch ihre raffiniert feinen Ausschläge gelang, sich an meinem sonst so wachsamen Bewusstsein vorbeizuschleichen: der Anflug von Häme, wenn Leonhard nach einer der durchdiskutierten Nächte mit grauer Haut und mit kleinen, müden Augen von Sophia zurückkehrte, eine nur für Sekunden wahrnehmbare Verachtung, wenn ich merkte, wie standhaft er sich davor drückte, sie auch einmal mit *seiner* Perspektive, seinem Gefühl von Überlastung zum Beispiel, zu konfrontieren, aber auch der Stich ins Herz, vermischt mit aufflackerndem Neid, „meinen" sonst so selbstbewussten Leonhard einer anderen gegenüber nun so butterweich zu sehen.

So sind meine Gefühle zurzeit recht wechselhaft. Grundsätzlich finde ich unser Modell nach wie vor genial, weil es uns alle dahintreibt, herauszufinden, was wirkliche Liebe ist. Wenn aber der Aspekt der Mann-Frau-Beziehung zu sehr im Vordergrund steht, neige ich eher zum Rückzug und bin dann schon etwas enttäuscht. Und befürchte jedes Mal, dass unser Experiment in Sachen Liebe früher oder später doch als nichts anderes als das in unserer Gesellschaft so geläufige Modell „älterer Mann nimmt sich junge Frau" enden könnte. Zwar bin ich weiterhin fest davon überzeugt, dass Leonhard mich noch liebt, er sagt es oft genug, und ich spüre es ja auch. Wenn es uns aber nicht gelingt, diese alten Vorstellungen von Partnerschaft zu überwinden, wird Leonhard gezwungen sein, sich zu entscheiden. Und er würde es niemals übers Herz bringen, *Sophia* weh zu tun...

Aber ich will mir erst gar nicht ausmalen, dass unsere Dreierbeziehung so zu Ende geht. Bisher ist ja nur Fakt, dass Sophia und ich innere Kämpfe ausfechten, in denen es letztlich um die Bereitschaft eines *inneren* – und nicht eines *äußeren* – Loslassens geht. Um eine innere Entsagung, wie man das im Integralen Yoga nennt. Wenn uns beiden das gelingt, wird keine von uns geschlachtet werden. Außerdem glaube ich doch eher, dass Leonhard sich grundsätzlich weigern würde, überhaupt eine Entscheidung zu treffen. Lieber würde er sein Leben wohl fortan solo fristen – und das können wir doch nicht wollen!

Hoffnung, dass Sophia und ich schon noch die Kurve kriegen, gibt mir auch die Erkenntnis, dass trotz der unterschiedlichen Außenansicht der inneren Dramen bei uns beiden stets ein verdächtiger Gleichstand zu verzeichnen ist. Was immer Sophia gerade durchleidet, habe ich schon durchlebt und anders herum. Oder es holen mich die beschämendsten Selbsterkenntnisse wenig später ein, sobald ich es wage, mich von einem vermeintlich sicheren Standpunkt aus auch nur für Momente über sie zu erheben. Ja, ja, ich weiß schon: Hochmut kommt vor dem Fall.

Wenn ich angesichts unserer phasenweise wackeligen Lage dennoch von einem gewissen und nicht unbeträchtlichen Glück zu sprechen wage, ist das darauf zurückzuführen, dass dieser schwierige Prozess der letzten Monate trotz allem eine ungeheure Faszination für mich hat. Zwar werden die nächsten meiner unangenehmsten inneren Regungen auf diesem Wege freigelegt – aber auch meine edelsten. Das Pendel der Selbsterkenntnis schlägt immer weiter nach oben wie nach unten aus, das Menschsein gibt ständig neue Facetten preis. Aber selbst während der Verstrickung in die miesesten und fiesesten Gedanken taucht mit verblüffender Zuverlässigkeit etwas in mir auf, eine Instanz, die auf all das plötzlich nur schaut. Mit Distanz, mit Ruhe und Liebe. Dann werde ich eins mit dieser Instanz, bin selber Ruhe und Liebe, finde zu meiner Würde zurück. Und dann ist mir, als sei ich wieder einmal ein Stückchen tiefer in die finsteren Regionen unseres Menschseins eingedrungen, als hätte ich ein neues, klitzekleines Eckchen dieses ganzen unbewussten Sumpfes trockengelegt, mit einem heller und heller brennenden Bewusstseinslicht. Auch geht mit dieser Instanz eine stetig wachsende innere Stärke einher, die mit nichts, was ich bisher kannte, zu vergleichen ist und zweifelsohne einer Quelle jenseits meiner vordergründigen Persönlichkeit entstammt. Einem Teil von mir, der sich obendrein keinen Deut darum schert, wie es mit „meinem" Leben weitergeht. – Wahrscheinlich weil er schon überzeugt davon ist, dass alles, was geschehen wird, sowieso das Richtige sein wird. „Richtig" im Sinne von höchstmöglicher Wachstumschance.

Ich weiß, dass Sophia in etwa die gleichen Erfahrungen macht, auch wenn ich diejenige von uns beiden bin, die den Lauf der Dinge aus ihrer Perspektive notiert. Ich weiß, dass Sophia genauso kämpft und ringt. Und dass uns beide etwas verbindet, das stärker ist als jedes Aufbegehren des menschlichen Egos. Daher weiß ich, auch wenn dies verwunderlich klingt: Die Verantwortung für das Gelingen des Drillings liegt in ihrer und in meiner Hand.
Venceremos!

6

Aber nicht nur das Thema Liebe wurde zwischenzeitlich weiter ausgeschürft. Es geschahen auch Dinge, die mich noch mehr als zuvor zu überdenken zwangen, was unter Psychotherapie eigentlich zu verstehen ist. Das, was ich in meinem Beruf erlebte, ließ in mir den Verdacht aufkeimen, dass das bisherige Verständnis von Psychotherapie längst noch nicht das wiedergibt, was wirklich zwischen den beiden Menschen geschieht, denen man in diesem Prozess die Rollen von „Therapeut" und „Patient" bzw. „Klient" zuweist.
Vor einigen Monaten meldeten sich zum Beispiel gleich drei neue Klientinnen bei mir an, deren Lebenskonzept, Weltbild und Selbstwertgefühl in dem Moment zusammenbrachen und

heftige Depressionen auslösten, als ihre Ehemänner sie nach langjähriger Ehe wegen anderer Frauen verließen bzw. eine Affäre hatten. Das konnte doch kein Zufall sein! Musste ich das nicht so verstehen, dass ich selbst in meiner Auseinandersetzung mit dem, in mancherlei Hinsicht ja ähnlichen Problem offensichtlich Fortschritte gemacht hatte, die nun zur Unterstützung anderer Menschen abgerufen wurden?

Eine dieser Klientinnen, Henny Bredenkamp (Name geändert, wie alle später folgenden auch), ist vierundsechzig Jahre alt. Ihr Drama begann, als ihr Mann sich nach vierzig Jahren Ehe in eine andere verliebte. Angeblich die erste außereheliche Liaison, weil Herr Bredenkamp, wie ich von beiden erfuhr, außereheliche Beziehungen aufgrund seines sehr konservativen Wertesystems immer entschieden abgelehnt habe. Nun ja, bei einem erfolgreichen Alpha-Männchen wie ihm schon etwas sonderbar, aber ich ließ die Behauptung mal so stehen. Auf jeden Fall brach für meine Klientin die Welt zusammen, als die Liebschaft ihres Mannes durch den geheimen Tipp einer rührigen Bekannten aufflog. Bis dahin war er der absolute King gewesen: karrierebewusst und doch familiär, liebevoll, intelligent, souverän und – wenn ich den Aussagen der beiden Eheleute erneut Glauben schenken durfte – über jede menschliche Fehlbarkeit erhaben. Jetzt war der Halbgott vom Sockel gestürzt. Und Henny Bredenkamp verlor mit ihm ihren Halt, denn sie hatte sich zur Kompensation ihrer eigenen, bisher eher dürftigen Selbstwertigkeit ihr Leben lang auf ihn gestützt.

So wurde sie von ihrer Hausärztin zur Therapie geschickt, um einen Ausweg aus ihrer Depression und der ehelichen Misere zu finden. Während der ersten Sitzungen hatte sie nur geklagt und angeklagt, sich völlig mit der Rolle der betrogenen und gedemütigten Ehefrau identifiziert und „die Andere" verdammt. Ein Beleuchten anderer Facetten der Geschehnisse und vor allem das Auffinden einer möglichen tieferen Bedeutung für ihren ganz persönlichen Lebensweg ließ sie nur zögerlich zu. Irgendwann merkte sie, dass ich ihre Gefühle und sogar ihre geheimsten inneren Regungen anscheinend deutlicher wahrnahm als sie selbst. Von da an ließ sie sich eher auf mich und unsere Arbeit ein, zeigte sich bereit, die Dinge ein klein wenig mit anderen Augen zu sehen. Einmal fragte sie mich verwundert, wie ich all das, was in ihr vorgehe, eigentlich so genau wissen könne. Ich brummelte nur lapidar zurück: „Ich mache eben auch so meine Erfahrungen", oder etwas in der Art. Es braucht schließlich keiner, nur weil er mich persönlich kennt, zu erfahren, was in meinem Leben so alles geschieht.

In einer der letzten Therapiesitzungen erzählte sie mir, dass ihr Mann, entgegen seinen Beteuerungen vor ihr und der ganzen Familie, zu seiner Geliebten weiterhin Kontakt unterhalte. Sie sei nach diesem erneuten Schlag für eine Nacht „durch die Hölle gegangen". Am nächsten Morgen habe sie ihren Mann kurzerhand in Urlaub geschickt, wo er nun so lange bleiben solle, bis er eine Entscheidung getroffen habe, die „diesmal nicht aus dem Kopf, sondern aus dem Herzen kommt". Sie sei bereit, diese zu akzeptieren, egal wie sie ausfallen werde. Und fügte hinzu, niemals geglaubt zu haben, zu einem solch klaren Entschluss fähig zu sein. Sie fühle sich ungemein frei.

Durch solche und ähnliche Erfahrungen, die sich zu häufen begannen, wurde mir bewusst, dass sich offensichtlich niemand ganz allein mit den typischen Themen auseinandersetzt, die für uns Menschen von Bedeutung sind. Ich erkannte, dass jeder von uns seine inneren Kämpfe *sowohl* für sich alleine austrägt *als auch* für alle anderen. Ich verfolgte diesen Gedanken und kam zu dem Schluss, dass einem Psychotherapeuten eine besondere Aufgabe obliegt: Je mehr Stromschnellen im Fluss des Lebens dieser selbst passiert und gemeistert hat, welche uns Menschen in Form psychischer Einbrüche, Verletzungen oder Traumatisierungen in ihre Strudel ziehen, umso besser kann er als Lotse durch die Wirrnisse des Lebens fungieren. Dann kennt er all diese Schrecken, Schmerzen, Symptome aus der Innenansicht. Kennt die zermürbenden Gedanken, die selbstzerstörerischen Gefühle eines leidenden Ichs, aber auch die Machenschaften des Egos, dessen Widerstand und Boykott und seine unerbittliche Tendenz, aus dem größten Leid noch Kapital für die eigene unverrückbare Position zu schlagen, sogar eine Selbsttötung nähme es dafür in Kauf. Das habe ich bei meinen Klienten und auch in meinen schwärzesten Zeiten oft genug erlebt. *The wounded healer* – ist es nicht eher das, was einen „guten" Therapeuten ausmacht? Und die Einsicht, dass wir Menschen alle in einem Boot sitzen, in einem immensen gemeinsamen Feld, in dem es in Wirklichkeit um Bewusstseinswandlung und -wachstum geht. Eine Unterscheidung in „Therapeut" und „Klient" ist dabei nur der Form halber angebracht, die eigentliche Arbeit wird von beiden *gemeinsam* vollbracht.

Die Bedeutung – aber auch die Verantwortung – die ich einem Psychotherapeuten / einer Psychotherapeutin im Rahmen einer integralen Psychotherapie inzwischen gebe, wird umso größer, je mehr ich feststelle, um wieviel schärfer und tiefer der therapeutische Blick wird, je weiter die eigene Selbsterforschung und -erkenntnis voranschreiten. Es ist meines Erachtens ein Irrglaube, andere verändern oder gar heilen zu wollen, ohne sich selbst gewandelt zu haben! Denn wie soll ein Blinder andere Blinde führen? Ich habe mittlerweile den Anspruch, dass jemand, der andere Menschen auf ihrem Weg wirklich unterstützen will, zumindest fähig sein sollte, auf *einem* Auge zu sehen. Die bloße Verletztheit reicht für einen *wounded healer* nicht aus. Irgendeine Verletzung haben wir Psychotherapeuten außerdem alle, nicht umsonst gilt die eigene Neurose als Eintrittskarte in diesen Beruf. Wer mit anderen Menschen psychotherapeutisch arbeitet, sollte also möglichst schon selbst Heilung, im Sinne von Ganzwerdung, erfahren haben.

Des Weiteren stellte ich bei der Ausübung meines Berufs zunehmend eine Vernetzung zwischen Klient und Therapeut fest und konnte mein Gegenüber immer weniger als Objekt ansehen, als „Fall", den ich aus neutraler Distanz heraus begutachten und behandeln könnte. Kein Wunder, denn es ist ja auch alles mit allem verbunden und die ganze Menschheit ein großes morphisches Feld. „Kham Brahm", heißt es im Veda: „Alles ist Brahman". In diesem Feld leisten wir eine kollektive Transformationsarbeit. Vorausgesetzt, dass wir uns alle als in Entwicklung befindlich verstehen. Als Reisende auf dem gleichen Weg, der von der Unwissenheit zum Wissen führt, von der Dunkelheit zum Licht.

7

Kommen wir aber nun zu dem Thema, das so manchen Leser, oder eher: so manche Leser*in*, am Ende des ersten Bandes von Mahas Pathah vielleicht wesentlich brennender interessiert haben dürfte als meine beruflichen Erfahrungen, nämlich: Wie wird es mit Leander weitergehen?

Tja, da muss ich derzeit leider antworten: „Das möchte ich selbst gerne wissen!" Das Wenige, das sich weiterhin zum Thema Leander zugetragen hat, ist schnell berichtet:
Seit seiner kurzen Antwort auf meinen Brief im Mai des vergangenen Jahres, in der er Leonhard und mich wissen ließ, dass er durch schwierige Ereignisse psychisch äußerst strapaziert sei und sich bei uns wieder melden werde, sobald er sich etwas erholt habe, hatte ich bis Oktober nichts mehr von ihm gehört. Eine gute Woche nach Beginn des Wintersemesters wagte ich einen Anruf beim Fachbereich Physik der Universität, an der er neuerdings lehrt, um zu hören, wie es ihm inzwischen geht. Ich erhielt die Durchwahlnummer zu seinem Zimmer und Angaben zu seinen Sprechzeiten. Leander war daher bei meinem Anruf direkt am Apparat, wobei das Telefonat im gleichen Moment, in dem ich meinen Namen nannte, durch die abrupte Sprachlosigkeit meines Gegenübers wieder zu versiegen drohte. Das, was Leander mit etwas abgehackter Stimme dann doch noch von sich gab, klang in meinen Ohren abweisend und hart. Ich hätte einen äußerst

ungünstigen Zeitpunkt erwischt, er riefe gegen Abend zurück. Mit dem mulmigen Gefühl, etwas Wesentliches offensichtlich furchtbar falsch verstanden zu haben, rutschte mir mein Herz in die Hose, wie man so sagt, aber eigentlich fühlte es sich so an, als schlüge es direkt bis zum Mittelpunkt der Erde durch.

Der Abend kam, der Anruf von Leander nicht. Auch nicht Tags darauf. Dafür einen Abend später. Er entschuldigte sich für sein barsches Verhalten, er habe das Zimmer voller Leute gehabt und sehr unter Druck gestanden. Die Monate seiner Zurückhaltung seien keineswegs als Flucht zu verstehen, sondern er habe auch weiterhin arge Strapazen durchlebt. Dann berichtete er von den nervenaufreibenden Widerständen während seiner Bewerbung um die Professur, durch die er fast gänzlich seinen Mut verloren habe und vom kräftezehrenden Einstieg an der neuen Stätte seines Wirkens. Trotz aller Strapazen habe er ein Aufsehen erregendes Einführungsseminar gehalten und „übrigens gehofft", dass ich dessen Ankündigung im Internet gesehen hätte und gekommen wäre. (Warum hatte er mich nicht einfach selbst darauf aufmerksam gemacht, wenn er mich doch gerne dabei gehabt hätte? Professoren sind manchmal ganz schön kompliziert!) Zum Schluss kam er auf meinen Brief zu sprechen, auf meine darin offenbarten seelischen Erfahrungen in der Begegnung mit ihm und meine Liebe zu ihm. Ihm seien weder meine Erlebnisse noch meine Empfindung fremd. Nur tendiere *er* dazu, solcherlei Dinge mit sich alleine auszumachen, denn vor diesen Empfindungen aus den Tiefen der Seele habe er „einen Heidenrespekt". Schon einmal habe ihn das Betreten dieser innersten Regionen fast hinweggerissen, daran erinnere er sich noch immer voller Angst. Trotzdem habe er sich dazu entschlossen, diesmal anders damit umzugehen. Er nähme meinen Brief als Herausforderung an, wolle sich darauf einlassen, auf seine Seele und auf mich. Allerdings brauche er nach den durchlittenen Strapazen erst etwas Zeit, müsse sich im neuen beruflichen Umfeld festigen, bevor an eine „private Destabilisierung" – er spricht wirklich so geschraubt! – zu denken sei. Dann aber könnten wir beide einander wieder *begegnen*. (Welch wundervolles Wort!) Oh Freude! Oh Jubel! Und was war schon Zeit? Nichts als ein Schatten der Unsterblichkeit, Illusion des Vergänglichen, zerstückelte Ewigkeit. Sie würde mich nicht schrecken! Diesmal flatterte mein Herz wie die Flügelchen eines Kolibris, während er, dieselben unaufhörlich schlagend, aus einem Blütenkelch süßen Nektar saugt. Als wir unser Gespräch beendet hatten, trat wieder diese eigentümliche Stille ein, die bisher jede Begegnung mit Leander in mir hinterlassen hat.

Der Herbst verging, der Winter kam. Freudiges Warten. Der Winter verging, das Frühjahr kam. Hoffen und warten. Irgendwann, mitten in der Nacht, wenige Worte direkt an meinem Ohr – die Stimme von Leander: „Ich werde immer bei dir sein, während du durch dein Innerstes reist." Ich schreckte auf, mein Herz hatte in seiner gigantischen Weite meinen Körper verschluckt. Da fragte ich mich, nun doch etwas verunsichert: „Wer oder was ist eigentlich *Leander*?"
Mit der Zeit beschlich mich zudem die Sorge, ob es nicht eine Intensität an Empfindungen gibt, die das Fassungsvermögen des menschlichen Körpers übersteigt. Weil sie ihn, wenn er nicht stark genug ist, schlichtweg zersprengt. In der indischen Philosophie wie auch in der westlichen Alchemie wird der Mensch manchmal auch als „Gefäß" bezeichnet. Als physisch-vital-mentales Gefäß, das aufs Härteste geschmiedet sein muss, wenn es das Feuer des Himmels empfangen will. Götter können diese Liebe ertragen, Menschen nicht. Ich aber bin Mensch. Doch ich werde wachsen! Wenn es denn sein soll, über das Menschsein hinaus. Sind wir Menschen nicht letztlich *dafür* vorgesehen? *Die Seele hat eine vormenschliche Vergangenheit, und sie hat eine übermenschliche Zukunft,* hat schon Sri Aurobindo gesagt.

Lieben, ohne bedürftig zu sein. Lieben, ohne zu verlangen. Liebe ohne Bedingungen. Geschmiedet im Feuer jener Kraft.

Ich weiß, dass die Liebe zwischen Leonhard, Sophia und mir eine Vorbereitung darauf ist. Flammende Herzen.

Das Frühjahr verging, der Sommer kam. Bangen und warten. Von Leander habe ich bis heute noch immer nichts gehört.

8

Ab dem späteren Herbst tauchten im Wach- wie im Traumbewusstsein gehäuft Themen biblischen Inhalts auf. Nach meiner ersten Begegnung mit Leander hatte ich schon einmal so eine „biblische Phase" gehabt. Da ich die damaligen Träume und ihre Symbolik nicht einzuordnen wusste, war ich davon ausgegangen, mich in Leanders katholisch geprägten religiösen Hintergrund eingeklinkt zu haben, hatte die mir rätselhaften Bilder also mit dem Christentum in Verbindung gebracht. Als nun die gleichen Themen wieder auftauchten und viele neue dazu, erkannte ich, dass es sich eigentlich um Inhalte aus der alten jüdischen Kultur handelte. Zwar hatte ich auch angefangen, mich mit den althebräischen Buchstaben, der Kabbala, dem Sohar und weiteren Schriften der jüdischen Mystik zu beschäftigen, aber wie so oft bei mir klopften einzelne Inhalte dieses Themengebietes zu einem Zeitpunkt in meinem Leben an, noch bevor ich Näheres darüber gelesen hatte. Ich kann mir dieses Phänomen nur damit erklären, dass wir Menschen viel mehr an Wissen, Erfahrungen und Bildern in uns abgespeichert haben, als uns üblicherweise zugänglich ist, wobei oft eine erste Berührung mit einem Thema ausreicht, um die Tore der Erinnerung zu öffnen. Aber abgesehen davon: Ruht nicht sogar *alles* Wissen in uns?

Ein Traum aus dieser Zeit hat mich besonders fasziniert, ich träumte ihn in der Nacht des ersten Weihnachtstages: Wie so oft in meinen Träumen studiere ich an einer Universität. (Was ist das nur für ein Studium, bei dem man nie zu einem Ende kommt?) Wie dem auch sei, jedenfalls stelle ich während des Studierens gleich ein paar Mal fest, dass ich „wie von Zauberhand" Wunderbares bewirken kann. In der Schlussszene stehe ich inmitten des Hauptgebäudes der Universität, das plötzlich als maßstabgetreu verkleinertes Modell hinter mir Form annimmt. Die Wände des Modells sind in fröhlichen Farben gestrichen, das Dach ist mit glasierten Dachpfannen gedeckt und mit kunterbunten, phantasievollen Blüten übersät. Das Modell materialisiert sich ganz spontan hinter meinem Rücken, und ich bin höchst überrascht, als mir bewusst wird, dass ich selbst es erschaffen habe.

Am nächsten Tag begann ich in einem neuen Buch zu lesen, der „Kabbala im Traumleben des Menschen" von Friedrich Weinreb, einem jüdischen Philosophen und Mystiker, dessen gesammelte Werke ich von da an nach und nach verschlang. Und entdeckte gleich im Vorwort des Autors den Hinweis, dass die Liebe, unsere Träume und unsere Sehnsucht die „Bausteine" seien für unser diesseitiges Leben: *Und diese Liebe..., dieses Sich-sehnen nach emotionalen Beziehungen, das ist das Gebiet, wo Unbewusstes im Bewussten sich manifestiert. Liebe gehört zum Träumen. Die Sehnsucht nach Beziehungen kennt nicht die Grenzen des Kausalen. Sie durchbricht alle Grenzen. ... Liebe bezieht sich auf alles. So entstehen Beziehungen zu allem in der Welt. Das sind die Bausteine, die herangetragen werden, den Tempel, die Wohnung Gottes, zu bauen. Aus dem Ziehen der Sehnsucht kommen die Bausteine. Die Bausteine für jedes Leben, für alles Erlebte und Begegnete. Man kann sie nicht behauen, man kann sie nur aus der Sehnsucht herbeibringen. Dann kommt das große Geheimnis: Diese Bausteine fügen sich selbst zusammen, und auf diese Weise, nur auf diese Weise, entsteht die Wohnung Gottes. ... Das alte Wissen erzählt von traumhaften Wundern, die mitwirkten, um das himmlische Haus im irdischen Leben zu errichten.*
Nach dieser Lektüre interpretierte ich meinen Traum so, dass auch ich durch meine Liebe und mein Sehnen eine solche Wohnung Gottes gebaut hatte oder bauen würde. Etwas nachdenklich stimmte mich allerdings, dass meinem Unter-

bewussten für etwas doch so Erhabenes kein anderes Symbol einfiel als ausgerechnet ein Universitätsgebäude. Und offen blieb, was genau unter „der Wohnung Gottes" oder „dem Tempel Gottes" zu verstehen sei.

Ebenfalls nachdenklich machte mich die merkwürdige Gewissheit, mit diesen ganzen alttestamentarischen Bildern und Geschichten auf eine vage Art und Weise längst und bestens vertraut zu sein. Sie schienen mir eine Erinnerung und eine Ankündigung zugleich zu sein, was allerdings bedeutet hätte, dass ich sie sowohl aus meiner Vergangenheit als auch aus der Zukunft kennen würde, die aber doch eigentlich noch vor mir lag.

Und so begann ich mir Gedanken darüber zu machen, ob unsere menschliche Entwicklung und unser Leben tatsächlich in einem zeitlichen Nacheinander und damit gewissermaßen horizontal-linear verlaufen, wie es uns durch die Abfolge der Geschehnisse des Lebens auf den ersten Blick erscheint. Oder ob uns nicht vielmehr alles, was uns hier auf der Erde begegnet, aus anderen Sphären unseres Bewusstseins schon vertraut ist, aus jenen höheren Welten, jener zeit- und raumlosen Region, in der alles, was geschieht, jemals geschehen ist und jemals geschehen wird, immer allgegenwärtig ist.

9

Ich lebe mein Leben in wachsenden Ringen,
die sich über die Dinge ziehn.
Ich werde den letzten vielleicht nicht vollbringen,
aber versuchen will ich ihn.

Ich kreise um Gott, um den uralten Turm,
und ich kreise Jahrtausende lang;
und ich weiß noch nicht: bin ich ein Falke, ein Sturm
oder ein großer Gesang.
(Rainer Maria Rilke)

Irgendwann kam mir der Gedanke, dass es ja überhaupt irreführend sein mag, von Evolution im Sinne einer permanent fortschreitenden Entwicklung zu sprechen, denn dies impliziert einen unaufhörlichen Prozess, eine niemals endende Entwicklung. Wie könnte es da eine Vollendung geben, auf die in den verschiedenen Kosmologien doch ebenfalls hingewiesen wird? Könnte es nicht sein, dass die Evolution, zumindest die des Menschen und seines Bewusstseins, doch nach anderen Regeln verläuft? Mir kam der häufig verwendete Begriff der „Bewusstseins*erweiterung*" in den Sinn, wobei mir auffiel, dass ich die Veränderungen des eigenen Bewusstseins eher als eine *Vertiefung* oder *Intensivierung* erlebte, vor allem als eine zunehmende *Verinnerlichung*. Als tauchte ich mit einer sich stetig verfeinernden Wahrnehmung tiefer und tiefer in die vorhandene Welt ein, die – darauf antwortend – völlig neue Aspekte ihrer selbst offenbart. Ich fragte mich, ob ein solcher Prozess der Intensivierung ein Prozess mit offenem Ende ist oder auf ein Ziel oder eine Vollendung zusteuert.

In seinen Schriften weist Sri Aurobindo darauf hin, dass die „horizontale" Entwicklung im Sinne einer (biologischen) *Evolution der Formen* irgendwann an ihre Grenzen stößt und in eine vorrangige *Evolution des Bewusstseins* übergeht. Diese neue Richtung der Entwicklung könnte man meines Erachtens am ehesten als „zentripetal" (= von der Peripherie zum Mittelpunkt hin strebend) bezeichnen, denn das Bewusstsein vermag nun zum Kern oder zum Wesen der Dinge vorzudringen. Der Schwerpunkt der weiteren Entwicklung läge somit nicht mehr auf der Ausarbeitung neuer Formen, sondern in einer voranschreitenden Transformation des Bewusstseins.

Vielleicht ist der Mensch, wie es der christliche Schöpfungsmythos mit dem leider ziemlich missverständlichen Bild der „Krone der Schöpfung" beschreibt, auf eine gewisse Art tatsächlich so etwas wie ein Abschluss bezüglich der Ausarbeitung der äußeren Form. Wobei dieser Abschluss mit Sicherheit eher als ein Wendepunkt zu verstehen ist. Als Wende des

Bewusstseins nach innen, mit der nun die eigentliche Aufgabe unserer Spezies beginnt.

In dem Buch „Schöpfung im Wort" von Friedrich Weinreb las ich hierzu: *Diese Wende bringt es also mit sich, dass das Ende kein Ende in Vielheit ist, sondern ein Ende in der Einheit, die wieder bei Gott daheim ist.*

In diesem Buch wird der Kosmos als Kreis mit einem Kern als geistigem/göttlichem Zentrum dargestellt. Der komprimierte Inhalt des Kerns wird auf mehrere aufeinanderfolgende Hüllen oder Schalen projiziert und fächert sich hierüber auf. Jede der Schalen symbolisiert dabei eine eigene Welt, und nicht nur das Zentrum des Universums, sondern auch der Ursprung oder Wesenskern aller Dinge und Lebewesen soll von solchen Schalen umgeben sein. Mit diesem Bild der konzentrischen Hüllen oder Schalen, das auch andere spirituelle Traditionen, vor allem die indische Philosophie, zum Verständnis des (spirituellen) Aufbaus des Kosmos anbieten, geht eine hierarchische Abstufung von Seinsebenen oder Sphären der Existenz einher. Meist werden sieben, manchmal aber auch neun oder elf solcher Ebenen genannt.

Dieses Modell der sieben Welten war mir vom Integralen Yoga Sri Aurobindos und vom Rigveda her bereits bekannt. In den Herbst- und Wintermonaten des letzten Jahres tauchte es erneut auf, diesmal in Symbolik und Begrifflichkeit des Judentums gekleidet. Was ich so verstand, dass ich diesen Sachverhalt zusätzlich von dieser Seite her beleuchten sollte – auch wenn zunächst offen blieb, aus welchem Grund.

10

Natürlich folgte ich diesem „Auftrag" und fand durch die weitere Lektüre heraus, dass dieses konzentrische Weltenmodell im Judentum durch das Gleichnis vom Weg des Menschen durch den Tempel bzw. das Tempelzelt ausgedrückt wird. Es erzählt vom Entwicklungsweg des Menschen, der von den äußeren zu den inneren Hüllen bzw. Welten verläuft. Die jeweiligen Welten werden als Gärten und Vorhöfe des Tempels symbolisiert. Wenn der Mensch bis zum Tempelinneren vorgedrungen ist, trennt ihn – außer einem Vorhang – nichts mehr vom Allerheiligsten. Er ist am Ursprung, am Kern aller Dinge angekommen. Der letzte Schritt dort hinein ist der Übergang in eine vollkommen neue Realität, in den so genannten Palast. Am Ursprung von allem angelangt, entdeckt der Mensch die Bundeslade, auf der zwei einander zugewandte Cherubim stehen: zwei Engelwesen als Wächter des Paradieses. Dieses Bild soll bedeuten, dass der Mensch, der bis in sein Innerstes vorgedrungen ist, sich hier nun selbst gegenübersteht, in seinem männlichen und seinem weiblichen Aspekt – von Angesicht zu Angesicht. Die Dualität ist überwunden, der Mensch ist wieder eins geworden. All das geschieht an einem so genannten Achten Tag.

Ich verglich diese Bilder des Judentums mit meinem bisherigen Wissen und begann zu verstehen, weshalb man manche Themen sowohl aus der Vergangenheit als auch aus der Zukunft zu kennen glaubt. Es formte sich darüber hinaus ein Weltbild, das mir ausgesprochen plausibel erschien: Wenn *alles* Bewusstsein ist, wie ich es bei Sri Aurobindo, in den Veden und nun noch in den jüdisch-mystischen Schriften Friedrich Weinrebs erläutert fand, dann gibt es auch nur *eine* Bewusstseinssubstanz, aus der alles erschaffen ist. Diese Substanz „kondensiert" über mehrere Stufen bzw. Hüllen hinweg, das heißt, sie verdichtet sich von einem rein geistigen Ausgangszustand bis hin zu dem uns als „Materie" bekannten grobstofflich-physischen Zustand. Sie nimmt somit auf jeder Ebene oder Hülle einen anderen „Aggregatzustand" an, wodurch jede dieser Welten ein anderes Erscheinungsbild erhält. Dabei wird allerdings auch auf jeder Ebene ein Aspekt der Bewusstseinssubstanz herausgefiltert und die ursprüngliche Qualität immer weiter reduziert. Je näher sich eine Welt am rein geistigen Zentrum befindet, umso feiner und strahlender ist die Substanz, umso flexibler und plastischer ihr Verhalten und umso größer ihre Fähigkeit zu gegenseitigem Verschmel-

zen, Durchdringen und Vereinigen. Materie – für die die vedischen Seher den Begriff „Erde" wählten – ist die letzte oder äußerste Stufe dieser Abfolge von Hüllen bzw. Welten.
Das will ich an einem Beispiel veranschaulichen. Stellen wir uns einen Würfel vor: Auf der innersten Ebene, im Kern, bestünde dieser aus reinem, klarem Licht. Auf die nächste Hülle oder Ebene projiziert, erschiene er dort als Würfel aus weißem Licht. Das weiße Licht wiederum würde bei einem weiteren Projektionsvorgang in seine Spektralfarben aufgespalten, sodass der Würfel nun regenbogenfarben aussähe. Und beim Übergang zu einer letzten Ebene ginge dann noch der Aspekt der Dreidimensionalität verloren, der Würfel nähme somit die Form eines einfarbigen Quadrates an. Ähnliches beschreibt Platons Höhlengleichnis, in dem die Höhlenbewohner auch nur die Schatten der wirklichen Gestalten wahrnehmen können und glauben, dies sei die ganze Realität.
Führt man diesen Gedanken fort, begreift man, dass „hinter" allem, was wir mit unseren Sinnen wahrnehmen, höhere bzw. „feinere" Welten und geistige IDEEN stehen. Es gibt daher nichts – absolut nichts –, was aus Materie heraus von selbst entsteht, nichts, was *hier* erschaffen wurde. Es gibt somit auch nichts in der physischen Welt, das wirklich *neu* wäre. Denn der Ursprung alles Erschaffenen liegt im rein Geistigen, alles Irdische west dort als IDEE: *Jede Erscheinung auf Erden ist ein Gleichnis, und jedes Gleichnis ist ein offenes Tor, durch welches die Seele, wenn sie bereit ist, in das Innere der Welt zu gehen vermag, wo du und ich, Tag und Nacht, alle eines sind. Jedem Menschen tritt hier und dort in seinem Leben das geöffnete Tor in den Weg. ... Wenige freilich gehen durch das Tor und geben den schönen Schein dahin für die geahnte Wirklichkeit des Innern.* (Hermann Hesse)

Auch der Mensch existiert in einer bestimmten Form auf allen diesen Ebenen bzw. Hüllen und ist daher in der Lage, sein Bewusstsein auf diesen Ebenen zu entfalten bzw. auch in diesen Welten zu erwachen. Der Mensch ist demnach physisches Sinnbild einer geistigen IDEE, die es unter den Bedingungen von Zeit und Raum Schritt für Schritt auszufalten gilt. Das, was er einmal werden soll, ist in einer Art (überbewusster) Blaupause angelegt. Er wird in seiner Entwicklung somit weniger durch seine Vergangenheit bestimmt als vielmehr durch diesen übergeordneten Plan. Man kann sogar sagen, dass der Zustand der Erfüllung dieses Plans in der Zukunft eines jeden Menschen bereits existiert und von dort aus wie ein „Attraktor aus der Zukunft" auf ihn einwirkt, ihn zu dieser Erfüllung drängt.

Es sind deren gerade Heimkehrschritte der Seele
aus tiefem Abenteuer der Stoffgeburt,
eine Leiter für den befreienden Höhenstieg
und Sprossen, drauf Natur zu Göttlichkeit klimmt.
(Sri Aurobindo)

11

Je mehr ich mich mit den Schriften Weinrebs befasste, die mir ähnlich vertraut erschienen wie die ersten Einblicke in den Integralen Yoga Sri Aurobindos viele Jahre zuvor, desto sicherer wurde ich mir, dass ich in diesem Leben über das „Mysterium Mensch" mit all seinen Bewusstseinsebenen und ihm innewohnenden Welten und Kräften sehr viel mehr werde begreifen dürfen. Vielleicht wirkt es ja tatsächlich bis heute fort, dass ich mir als Kind bei meinem ehrfürchtig staunenden Blick in den nächtlichen Sternenhimmel geschworen hatte, erst dann zu sterben, wenn ich „das alles" verstanden haben würde. Auch wenn der Begriff des „alles" vermutlich etwas zu hoch gegriffen war – aber: wer weiß?

Das Empfinden, „irgendwo", in einer Art körperlosen ewigen Seins, schon immer zu existieren, mir zugleich selbst in menschlicher Gestalt bei einem Prozess des Werdens und Erwachens zuzuschauen, wurde im Verlauf der Wintermonate stärker und stärker. Ich nahm den Lesestoff nicht nur mental auf, er veränderte mich auch. So konnte ich regelrecht spüren, dass alles, was *wird*, von einem ewigen *Sein* eingespeist ist, von *dort*, aus jenem Urgrund heraus, *hier* in Erscheinung tritt. Immer häufiger stellte ich fest, dass mir für einen Moment, für ein paar Minuten, manchmal sogar für Stunden Zutritt zu diesem unwandelbaren Zentrum gewährt wurde, während mein alltägliches Leben scheinbar unauffällig auf einer der eher peripheren Schalen weiter verlief. Von jedem dieser Besuche kehrte ich mit einem tieferen Blick auf das Leben zurück. Eine immer stärkere Verbindung zwischen innen und außen entstand.

Die Vermutung, dass mein jetziges Leben wie ein bunter Teppich oder wie ein Kunstwerk alles umfasst, was ich jemals erlebt habe und was es für *den Menschen* zu erleben gibt – ich hatte sie im ersten Teil meiner Aufzeichnungen nur zögernd zu Papier gebracht –, entpuppte sich mehr und mehr als Realität. Daher bin ich sicher, dass Sehnsucht, direkt nach der Liebe, eine der stärksten Kräfte im Universum ist. Für mich bewahrheitete sich, was Friedrich Weinreb schrieb: *Es ist ein Grundsatz: Wonach du dich sehnst, das bekommst du. Sehnsucht bedeutet: Schon wissen, dass es zusammengehört.*
Die Tage zwischen Weihnachten und Neujahr waren angefüllt von Erhellungen, die ich in ihrer Erkenntnis-Masse kaum wiederzugeben vermag. Das Ausmaß des Auftretens von scheinbaren Zufällen, von Fügungen, von alltäglichen kleinen Wundern und Synchronizitäten steigerte sich dermaßen, bis ich zwischen einer Existenz im „Ewigen" und „hier" nicht mehr zu unterscheiden vermochte. Beides wurde – leider nur vorübergehend – eins.

Auch die im ersten Band geschilderten Veränderungen der Zeit spitzten sich zum Jahresende hin weiter zu. Mir war, als sei ich aus der Zeit gefallen. Zeit war bedeutungslos geworden, schien nur noch ein Hilfskonstrukt für das Bewusstsein „der Anderen" zu sein. Etwas war geschehen, das mich immer mehr außerhalb davon leben ließ. Es war die Gewissheit, dass ich tatsächlich schon alles in mir trage, dass ich alles kenne, schon alles erfahren und durchlebt habe. Und einzig nur noch die Auflösung oder Erlösung all dessen im Sinne eines allumfassenden Erkennens fehlt. Vielleicht auch eine beständigere Verknüpfung mit dem Ursprung aller Dinge.

Pünktlich am Silvestermorgen lag ein weiteres Buch von Weinreb im Briefkasten, ich hatte es einige Tage zuvor bestellt: „Das Ende der Zeit". Allein schon der kurze Textauszug auf dem Umschlag verschlug mir durch seine Bestätigung meines inneren Erahnens schier den Atem: *Was wir hofften, aber nicht auszusprechen wagten, unsere Sehnsucht nach dem, was wir schon seit Ewigkeiten kennen, dass der Weg nicht weitergeht, sondern eine Umkehr stattfindet, das Leben neu erlebt wird, nicht nur im Fließen der Zeitlichkeit, sondern als Gegenwart, wo Vergangenes und Zukünftiges beisammen sind: Das ist nun erfüllt.*

Mit einem außerhalb der Zeit verankerten Geist ahnte ich, was kommen würde, weil es schon längst in jenen anderen Regionen vorgezeichnet war. Mit meinen Füßen wanderte ich weiterhin über die Straßen der Zeit, genoss jedes Stückchen des Wegs: mit dem Kopf im Himmel und den Füßen auf der Erde. In diesem Zustand wunderte es mich daher kaum, als in der geistigen Fülle der Winterzeit obendrein das Thema der Auferstehung auftauchte, Weihnachten und Silvester somit gleich noch mit Ostern zusammenfielen. – Aber wie gesagt: Was ist schon Zeit? Außerdem sind im Kern des ewigen Seins sowieso alle Themen, die wir im alltäglichen Leben nur zerteilt er- und durchleben können, in einer Einheit zusammengefasst.

(Ich hoffe übrigens, man verzeiht mir dieses thematische Bombardement, das auf den ersten Blick abstrus und versponnen wirken mag. Bestimmt ist meine verrückte Art, mit dem Leben umzugehen, nicht jedermanns Geschmack. Denn in gewisser Weise nehme ich nichts – oder auch alles – ernst, je nachdem, wie man es sieht. Ich folge den herbeiflatternden Hinweisen im Leben wie den scheinbar achtlos hingeworfenen Fitzelchen einer Schnitzeljagd, suche im Ungeordneten nach Ordnung, Zusammenhang, Sinn. Lasse mich von nur erahnten und dennoch wohlvertrauten Mächten durchs Labyrinth des Lebens scheuchen, jage ihnen selbst hinterher, höre sie wie Kinder hellauf lachen, wenn es mir mal gelingt, sie zu erhaschen. Sie haben wie ich eine diebische Freude daran.)

12

Der Begriff der Auferstehung passte ausgezeichnet zu meinem inneren Geschehen. Sowohl zu dem Empfinden, kurz vor einem ganz entscheidenden Durchbruch zu stehen als auch zu meiner Suche nach einem mich zufrieden stellenden Ansatz zum Verlauf der menschlichen Entwicklung. Wenn ich Friedrich Weinreb recht verstand, bezeichnet der – natürlich symbolisch zu verstehende – Begriff der „Auferstehung" nämlich genau einen solchen Einschnitt im Leben eines Menschen. Die Auferstehung ereignet sich nach Abschluss der sieben Tage der Schöpfungsgeschichte, beim Eintreten in den bereits erwähnten Achten Tag: *Was bedeutet Auferstehung? Denken Sie an die Offenbarung des Johannes, wo am Ende doch von einem neuen Himmel, von einer neuen Erde, dem neuen Jerusalem, die Rede ist. Neu – also keine Endzeit im Sinne des Untergangs. ... Auferstehung meint kein Weiterleben, sondern: Leben, das ganze Leben neu, Leben von Anfang bis Ende, aber nicht bis Ende der fließenden, der verfließenden Zeitlichkeit, sondern es könnte so sein, dass Zeit dir zurückgeschenkt wird, dass Zeit jetzt verbunden ist mit Ewigkeit, dass Wasser und Feuer, Zeitlichkeit und Ewigkeit eine Einheit sind wie der Himmel.*

Hiermit hatte ich nun einen wesentlichen Hinweis darauf gefunden, dass die menschliche Entwicklung, zumindest aus einer inneren Sicht, vielleicht wirklich nicht so geradlinig verläuft, wie wir sie wahrnehmen. Nach dem, was ich bei

Weinreb las, gibt es tatsächlich neben dem uns gewohnten linearen Zeitempfinden so etwas wie eine „zyklische" oder „verbundene" Zeit. Und diese erlebt man am Achten Tag. In dem Gleichnis vom Weg des Menschen durch den Tempel wird mit diesem Achten Tag das Vordringen des Menschen zum Ursprung bezeichnet. Das ist vermutlich so zu verstehen, dass das Zeitempfinden sich völlig ändert, sobald ein Mensch *einmal* bis zum Ursprung vorgedrungen ist. Das Rotieren in einem sich ständig schneller drehenden Hamsterrad, das Funktionieren in unserer immer komplexer werdenden physischen Welt findet dann sein Ende. Aus der linearen Zeit herausgetreten, pendelt man mit seinem Bewusstsein zwischen dem Kern und den konzentrisch angeordneten Hüllen oder Welten hin und her, erlangt die Fähigkeit, die Ereignisse der physischen Daseinsebene von einer Meta-Ebene nach der anderen, schließlich sogar vom Ursprung allen Geschehens aus zu sehen – von der Radnabe des ewigen Seins, wo alles in der Stille präexistiert.

Die chronologische Wahrnehmung von Zeit ist hier ersetzt worden durch ein Zeitverständnis, das alle Geschehnisse als einem raum- und zeitlosen Zentrum entspringend ansieht. Was dort geschieht, ereignet sich in abgewandelter Form auch in allen anderen Welten, denn das Innerste drückt sich bis in die äußersten Regionen, bis in die materielle Welt hinein, aus.
Nun konnte auch mein Verstand nachvollziehen, was mit einem – zuvor eher intuitiv erahnten – zentripetalen Verlauf von Evolution gemeint sein könnte. Hierbei entwickelt man sich nicht länger dadurch weiter, indem man auf der äußersten Hülle aller Bewusstseinsebenen weiter „geradeaus" marschiert, sondern indem man eine Umkehr oder Wende nach innen vollzieht. Erst danach ist es möglich, eine Ebene nach der anderen zu erklimmen bzw. sein Bewusstsein dorthin auszudehnen und schließlich in allen Hüllen des Bewusstseins, d.h. in allen anderen Welten zu erwachen. In letzter Konsequenz müsste es bei einer solchen Entwicklung ein

Leichtes sein, sogar alle Zeiten mit einem einzigen Blick zu überschauen.

Zum Warten auf Leander gesellte sich für mich am Ende des letzten Jahres nun noch – da ich ja, wie gesagt, solche Hinweise spielerisch ernst nehme – das Warten auf das Heraufdämmern des Achten Tages. An dem, wie ich las, Vergangenheit, Gegenwart und Zukunft zusammenfallen würden, jeder Anfang mit seinem Ende und Alpha mit Omega.
Ich begann zu ahnen, dass zwischen beidem, dem Wiedersehen mit Leander und dem Achten Tag, ein Zusammenhang besteht.

13

Die menschliche Gestalt schließt alles in sich, was im Himmel und auf Erden ist, die oberen und unteren Wesen.
(Der Sohar)

Natürlich wollte ich noch mehr über diesen mysteriösen Tag erfahren und verschlang weiterhin mit großem Appetit ein Buch nach dem anderen. Leonhard kaufte sogar ein zusätzliches Regal für unser Studierzimmer, um die neue Bücherflut zu beherbergen. Im Gleichnis der Erschaffung der Welt in sieben Schöpfungstagen wurde ich fündig und war äußerst überrascht, wie interessant eine Beschäftigung mit den Gleichnissen des Alten Testaments sein konnte – jedenfalls, wenn sie so tiefgründig interpretiert werden wie bei Weinreb geschehen.
Ihm zufolge beinhaltet die Schöpfungsgeschichte nämlich eine Systematik, die *jeglicher* Manifestation zu Grunde liegen soll. Sie zeige die Prinzipien auf, nach der jede Materialisation bzw. „Kristallisation" von Ereignissen in Zeit und Raum verlaufe. Die ersten sechs Tage der Schöpfung beschreiben dabei die Entstehung der Welt der Dualität und der daraus

resultierenden Vielheit. Am Ende des sechsten Tages ist die Welt „fertig", das Werk der Schöpfung vollbracht. Nimmt man den Ursprung als Mittelpunkt oder innersten Kern mehrerer konzentrischer Kreise oder Schalen, so stellt der Kern die Quelle dar von allem, was in Zeit und Raum sichtbar wird. Seine Inhalte und Themen werden auf jeder weiteren Umhüllung des Ursprungs mehr und mehr aufgefächert, sind somit im Wesentlichen nur eine weitere Projektion des Ursprungsgeschehens. Ausgehend von Gott als dem All-Einen entfaltet sich über die Schöpfungstage hinweg eine Vielheit, die mit der Erschaffung des Menschen in der zweiten Hälfte des sechsten Tages unterbrochen wird: *Denn da erscheint der Mensch als Einzel-Wesen, das allein der großen Vielfalt um ihn herum gegenübersteht. Wie Gott bis zu diesem Augenblick allein der großen Vielfalt gegenüberstand, die er entstehen ließ. ... Im Menschen ist also alles Vorhergehende anwesend, er hat alles unter sich, er ist eine Art Endpunkt, in dem die verschiedenen Fäden, die sich am Beginn in immer weitere Verzweigungen aufgespalten haben, wieder zusammenkommen. Der Endpunkt ist ein Bild, ein Gleichnis des Anfangspunktes.* (Friedrich Weinreb)

Der Mensch stellt im symbolischen Sinne insofern einen Endpunkt der Schöpfung dar, als hier die zum Höhepunkt gelangte Vielheit jetzt nicht noch weiter aufgefächert wird, sondern vom Menschen „eingesammelt", d.h. zur Einheit zurückgeführt werden soll. Diesen Prozess kann man sich anhand eines Kreises vorstellen, auf dem der Mensch bei 180 Grad, somit dem Ausgangspunkt gegenüberliegend, auftaucht und den Kreisbogen durch Vollzug einer Wende zu vollenden hat.
Wie aber soll das geschehen? Hierzu wird in der Bibel das Bild des „Essens" verwendet: Indem der Mensch sich den Geschehnissen, den Erfahrungen und Eindrücken der Welt stellt und alles in sich aufnimmt, extrahiert er die Essenz des Geschehens. Indem er die Welt durch sich hindurchlässt, wird sie zu einem Teil von ihm, und indem er das Wesen eines

Gegenübers oder den Sinn einer Erfahrung erkennt, dringt er bis zu dessen bzw. deren Ursprung vor. Der Schwerpunkt bei dieser Auslegung einer Rückanbindung der physischen an die geistige Welt liegt, wenn ich sie richtig verstand, darin, dass wir Menschen zwar alles, womit wir im Leben konfrontiert werden, in uns aufnehmen müssen, dadurch aber auch alles transformieren. Die Rückanbindung mit dem Ursprung, die Vergöttlichung der Erde, die Vereinigung von Himmel und Erde, wie immer man diesen Prozess auch nennen mag, geht somit stets mit der Transformation des eigenen Bewusstseins einher.

Aus Sicht der jüdischen Mystik geschieht dieser Prozess der Wandlung nach und nach am siebten Welten-Tag, er bringt daher nichts Neues hervor. Solange die Verknüpfung des Materiellen mit dem Geistigen andauert, so lange währt der siebte Tag. Er steht für das Leben in der Vielheit, für unsere Existenz innerhalb von Zeit und Raum. Und wird in der Bibel versinnbildlicht mit dem Exodus durch die Wüste, mit dem Aufbruch ins Gelobte Land, der bis an die Grenze Kanaans führt und in der Gewissheit endet, dass dieses Gelobte Land – ein Synonym für den Achten Tag – betreten werden wird. In der Phase des Übergangs vom siebten zum Achten Tag, so Weinreb, spürt der Mensch, dass die Vollendung bereits stattgefunden hat, obwohl er weiterhin in der Welt der Vielheit lebt. Er ist noch unterwegs und doch schon am Ziel.
Auch das Sehen spielt dabei eine wichtige Rolle, denn die inneren Augen des Menschen, die während des Lebens innerhalb der Dualität verschlossen waren, öffnen sich wieder, sodass er auf die Ereignisse von Zeit und Raum mit einer völlig neuen Sicht schauen kann. So ist der eigentliche Sinn der Ereignisse im Leben immer besser zu verstehen, denn das Bewusstsein erstreckt sich mehr und mehr bis zu den höheren Welten hin und vermag das Wesentliche in allem zu erfassen. Der siebte Tag stellt – durch den Menschen – nach und nach die Einheit wieder her. Nun wird all das wieder vereinigt, was sich zuvor in Gegensatzpaaren aufgespalten

gegenüber stand: Frau und Mann, Leben und Tod, Schöpfung und Gott.

Diese Aufhebung der Trennung kann nur durch den Menschen geschehen, weil dieser sich als das erste Wesen der Schöpfung seiner eigenen beiden Extreme *bewusst* werden kann: seines Körpers aus physischer Materie und seiner Seele aus göttlicher Essenz.

Der Achte Tag schließlich symbolisiert eine neue Welt: das Himmelreich auf Erden. Während mit dem am siebten Tag stattfindenden Zug durch die Wüste das Leben des Menschen innerhalb der uns bisher bekannten drei Dimensionen beschrieben wird, taucht mit dem Eintritt ins Gelobte Land eine neue Ausdehnung im Leben des Menschen auf: die vierte Dimension. Das Konkrete beginnt, immer durchlässiger zu werden, die Schleier lichten sich. Die Welt wird diaphan. Schließlich scheint in den irdischen Abbildern sogar das hindurch, was am Anfang einer jeden „Schöpfung" steht: die ursprüngliche IDEE.

Physische Welt und geistige Welt fallen zusammen, werden eins. Am Achten Tag lebt der Mensch im Diesseits und Jenseits zugleich.

14

Das, was wir mit „Diesseits" und „Jenseits" bezeichnen, befindet sich also in Wirklichkeit in *einem* gemeinsamen Raum, in einem ungeteilten Bewusstseinskontinuum. Bisher sind wir gewohnt, uns jeweils nur auf eine einzige Wahrnehmungsebene zu konzentrieren, auf unser Wachbewusstsein beispielsweise, auf das Traumbewusstsein, das des tiefen Schlafs oder auf die Einteilung in Vergangenheit, Gegenwart und Zukunft. Unser Verstand kann mit der Welt nicht anders umgehen, weil er diese allumfassende Wirklichkeit nur in Portionen zerteilt, als Abfolge von Momenten wahrnehmen kann.

Mit dem Eintritt in die vierte Dimension lösen sich diese Abtrennungen auf, dort existieren alle Bewusstseinsinhalte ungeteilt, eben als ein Kontinuum.

So viele Begriffe: „das Gelobte Land", „das Allerheiligste", „der Achte Tag", „die vierte Dimension". Während ich mich im Laufe des Winters so intensiv mit diesen Themen auseinandersetzte, fragte ich mich, ob sie alle als Synonyme für ein und denselben Bewusstseinzustand zu verstehen sind. Möglicherweise für das neue Bewusstsein, das sich bei mir selbst immer häufiger einstellte, das sich jedoch auch in kollektivem Ausmaß anzukündigen scheint? Jeder dieser Begriffe war zu anderen Zeiten und in anderen Kontexten schon einmal in meinem Bewusstsein aufgetaucht, nun zeigte sich erstmals ein Zusammenhang.

Daher habe ich mir erlaubt, diese kosmologischen Modelle so ausführlich zu beschreiben. Ein wenig auch – wie ich zugeben muss – als „spirituellen Gegenentwurf" zu dem Weltbild, das der wissenschaftsgläubige Mainstream anzubieten hat. Denn mehr als jemals zuvor bin ich davon überzeugt, dass unser Menschsein, die Welt, unser Leben und der Sinn desselben eine unvergleichlich tiefere Bedeutung haben, als all das, was man uns üblicherweise und insbesondere mittels wissenschaftlicher Hypothesen hierzu präsentiert.

Je bewusster ich mich mit dem Mysterium unseres Menschseins auseinandersetzte und je tiefer und intensiver meine Erfahrungen wurden, desto mehr kam mir die gesamte menschliche Existenz wie eine lange Bewusstseinsreise vor, wie eine Reise durch das eigene unermessliche Innere bzw. durch diese geheimnisvolle vierte Dimension. Auf der es vorgegebene Stationen, grundlegende Prinzipien und einige feste Regeln gibt, die dem Seelenpilger wie leuchtende Fixpunkte am inneren Sternenhimmel den Weg markieren, in jener „dunklen Nacht der Seele", in der man noch herumtappt, ohne die Zusammenhänge wirklich zu verstehen. Diese Stationen auf dem Weg, dessen Regeln und Prinzipien, sind –

in Bildern und Gleichnissen verpackt – in den Weisheitsbüchern der verschiedenen Religionen bzw. spirituellen Traditionen dargelegt, wobei es gewiss Präferenzen gibt, welche Bilder ein Mensch eher versteht.

So sehr ich mich von der indischen Philosophie auch angesprochen fühle, die ich zweifelsohne als meine spirituelle Heimat ansehe, so ist meine eigene Bewusstseinsreise doch auch von der Begrifflichkeit und Symbolik der jüdischen Mystik geprägt. Manchmal erlebte ich meine Erfahrungen während der Wintermonate sogar als geradezu synchron geschaltet mit dieser jüdisch-mystischen Bilderwelt. Dann war ich beinahe davon überzeugt, dass sich in mir so etwas wie eine Zeitschaltuhr befinden muss, die mich – je nach Standort meiner Entwicklung – in vorgezeichnete Situationen hineinmanövriert oder mir die Bedeutung Jahre zuvor durchlebter Geschehnisse zukommen lässt.

Und ich kam verstärkt zu der Annahme, dass unser Weg durchs Leben auf eine gewisse Art doch vorgezeichnet ist. Vorgezeichnet in dem Sinne, dass unser Leben als ein Gesamtwerk auf einer anderen Ebene längst existiert. Dort als statische Ganzheit, hier, in der Dreidimensionalität, in Teilabschnitte zersplittert, die wir als Werden er- und durchleben. Dort der geistige Plan, hier die konkrete Ausführung im Physischen.

Diese Erkenntnisse brachten auch eine weitere Aufhellung in das Rätsel, welche Bedeutung die schicksalhafte Begegnung mit Leander in meinem Leben haben könnte. Ich glaube, dass die zuvor beschriebene Umkehr im Leben eines Menschen durch ein einschneidendes Erlebnis ausgelöst werden muss. Man muss einmal, vielleicht wirklich nur *ein einziges Mal*, in einer bestimmten Situation oder in der Begegnung mit einem anderen Menschen mit dem geistigen Ursprung des Ereignisses bzw. mit dem wesenhaften Kern seines Gegenübers in Kontakt getreten sein. Und hat man einmal dieses jenseitige Original berührt, löst dies eine Zunahme an Bewusstheit aus

und die Gewissheit, dass alles, was uns im Leben begegnet und widerfährt, einer höheren bzw. inneren Ebene entspringt. Der lineare Verlauf von Zeit wird dadurch unterbrochen, sodass die Entwicklung des Menschen von einer horizontalen zu einer zentripetalen Ausrichtung wechseln kann.
Ich bin mir inzwischen sicher, dass diese Wende bei mir durch die erste Begegnung mit Leander herbeigeführt wurde. Denn er war die erste physische Gestalt, bei der mir ein solches Durchdringen der äußeren Form bis zum innersten Wesen hin gelang, dieser Durchbruch zur Region der Unsterblichkeit. – Na ja, was heißt „gelang"? Ich hatte mich ja gar nicht selbst darum bemüht. Sagen wir lieber: Er war der Erste, bei dem dies geschah. Das nur Sekunden während Erkennen des Göttlichen, dieses Vordringen zum transzendenten Mittelpunkt, hatte wie ein Blitz bei mir eingeschlagen und eine Flamme entfacht, die seither unaufhörlich und immer heller brennt.

Ansonsten bin ich davon überzeugt, dass es sich bei der Bewusstseinstransformation, die ich persönlich durchlaufe und gleichzeitig dokumentiere, um einen Vorgang handelt, der grundsätzlich sowohl *indviduell* geschehen kann als auch *kollektiv*. Mag sein, dass diese Geburt in einen völlig neuen Bewusstseinszustand hinein zunächst nur einzelnen Menschen möglich ist. Vielleicht all jenen, denen aufgrund ihres Entwicklungsstandes, symbolisch ausgedrückt, der Übergang vom siebten in den Achten Tag gelingt. Früher oder später wird jedoch die gesamte Menschheit, in gewisser Weise sogar die Erde an sich, diesem Wandlungsprozess unterworfen werden. So viele Prophezeiungen künden doch von diesem Übergang in ein neues Bewusstsein, in eine neue Welt!
Und glaubt man Mirra Alfassa, so ist diese kollektive Neugeburt bereits in vollem Gange: *Es ist eine neue Welt, die geboren wurde. ... Es ist nicht die alte Welt, die sich selbst transformiert, es ist eine neue Welt. Und wir befinden uns jetzt völlig in der Übergangsperiode, in der die beiden Welten sich überlappen: Die alte Welt besteht weiterhin und dominiert vollkommen das*

gewöhnliche Bewusstsein, während die neue Welt ganz bescheiden und unbemerkt eindringt. Aber sie ist aktiv, wächst bis zu dem Moment, in dem sie stark genug sein wird, um sichtbar zu werden.

15

Aber fahren wir nun, nach diesem mystisch-philosophischen Exkurs, weiter mit den ganz konkreten Geschehnisse der letzten neun Monate fort. Direkt in der Silvesternacht hatte ich einen intensiven Traum, der mir zum Verständnis der weiteren Ausfaltung meines Weges bedeutsam erscheint.

In diesem Traum hat meine Schwester ein Haus gekauft, das ich nun zum ersten Mal besichtige. Es liegt oberhalb eines Städtchens, auf das es einen weitläufigen Blick gewährt. Das Haus ist schon älter, ein klassizistisches Stadthaus mit einem breiten Erker an der Vorderfront, darüber thront ein herrschaftlicher Balkon. Auch der Hauseingang ist beeindruckend groß und breit, der lange Flur auf beiden Seiten mit Tiermotiven in Tiffany-Technik verziert: mit einem mächtigen Elefanten und einem zauberhaften Einhorn, das sogar Flügel hat. Beide Motive sind aus verschiedenartigen Glassorten hergestellt, alle jedoch reinweiß oder transparent. Zum Teil ist das Glas sogar plastisch bzw. strukturiert, manchmal auch mit glitzernden Steinchen versehen, stellenweise gibt es ganze Flächen aus grob zerbrochenem, blitzendem Kristall: einfach wunderschön! Selbst im Traum spüre ich schon, dass dieses Haus ein Symbol ist für etwas Wundervolles, das kommen wird, dass es in seiner Schönheit einen Vorgeschmack vermittelt auf eine neue Welt.
Nach der Besichtigung des Hauses gehen wir zur Feier des Tages in ein Restaurant: meine Schwester, mein Schwager, Leonhard und ich. Dort spüre ich sogleich, dass der Sohn der Gastwirtin es auf eine ungute Art auf mich abgesehen hat.

Ständig streicht er um mich herum, und da ich ihn ignoriere, zieht er plötzlich eine geladene Pistole, mit der er mich zum Geschlechtsakt zwingt. Er klebt mir mit kleinen runden Pflastern die Augen zu, damit ich ihn später nicht entlarven könne. Erstaunlicherweise habe ich absolut keine Angst, es ist sogar fast eine heitere Gelassenheit in mir. Denn ich habe das vollkommen sichere Gefühl, unsterblich und in meinem Wesen so unverletzbar zu sein, dass selbst eine Vergewaltigung mir nichts mehr anhaben kann, ja, für mich nicht einmal mehr bedeutet als eine etwas stürmischere Woge auf dem Ozean der Zeit. Etwas traurig bin ich dennoch, weil ich nicht verstehen kann, weshalb diese schrecklichen Dinge wieder und wieder geschehen. Irgendwann lässt der Mann von mir ab, ich reiße mir die Pflaster von den Augen. Und weiß im selben Moment, dass ich den Täter eines Tages wiedererkennen und besiegen werde.

16

Nach dem Feuerwerk von Erfahrungen eines Endes der Zeit und der Vorankündigung des Achten Tags gab es plötzlich, ungefähr ab Mitte Januar, einen völligen Bruch. Nichts ereignete sich mehr. Nichts! Alles Erfahrene schien wie verloren und so abrupt in eine kaum mehr zu erinnernde Vergangenheit gerückt, dass mich in Anbetracht dieses rasanten Verblassens wieder einmal massive Zweifel an der Realität des Erlebten befielen. Nach der überwältigenden Fülle von Erfahrungen und Erkenntnissen schien nun plötzlich *nichts* mehr real – nichts, außer diesem Zustand geistigen Abgeschnittenseins.
Der Winter dümpelte vor sich hin. Tagein, tagaus derselbe verhangene schwere Himmel, der sich von Zeit zu Zeit in klumpigen Schneeflocken, in Regengüssen oder Graupelschauern entlud. Eine Ödnis in Nass und Grau. Ich fühlte mich fast selbst ein wenig verantwortlich dafür, sah es in

meinem Innern doch genauso aus. Dann erkrankte ich an einer Virusgrippe. Es folgten Schwäche und Resignation.

Die Tage vergingen, die Wochen. Der Kalender rückte in Richtung Frühjahr voran, der Winter dachte jedoch nicht daran, auch nur einen Millimeter zu weichen. Draußen wie drinnen dasselbe trübsinnige Bild. Ein nicht enden wollender Winter, eine nicht enden wollende Stagnation. Durch den körperlich geschwächten Zustand verschlimmerten sich meine Zweifel noch, jetzt zweifelte ich wirklich an allem: an meiner Wahrnehmung, an mir selbst, am Leben an und für sich und an der Realität von so etwas wie göttlicher Existenz. *Die einzige Krankheit, die es gibt, ist Unbewusstheit,* hatte ich bei dem französischen Autor Satprem vor Jahren gelesen. Stimmt, es fühlte sich wirklich so an, als habe ich mein Bewusstsein verloren. Dabei war mir unbegreiflich, wie ich in einen solch desolaten Zustand hatte geraten können. Wie war das möglich nach der Phase, die ich gegen Ende des gerade abgeschlossenen Jahres erlebt hatte und die so wach und licht und strahlend gewesen war wie keine je zuvor? Aber heißt es nicht: Je höher man steigt, desto tiefer der Fall? Wahrscheinlich hatte ich mir eingebildet, in gewisse Niederungen nicht mehr hinabsteigen zu müssen, nun, wo doch mein Geist in die Höhenluft der Transzendenz vorgedrungen war. Weit gefehlt!
Manchmal glaubte ich zu spüren, dass es statt Wetter und Gestimmtheit ganz andere Kräfte waren, die diese Tage und Wochen und auch mich in ihren verkrusteten Klauen fest umklammert hielten. Nein, ich muss mich korrigieren: Ich *glaubte* nicht zu spüren – ich *spürte* es. In aller Deutlichkeit! Ich nahm wahr, dass hinter jeglichen Erscheinungen Kräfte agieren, Kräfte und – in personifizierter Form – Wesen.

Die Himmel sind manchmal schnell errungen. Aber wehe, man versucht, sie ins Erdenleben zu integrieren! Wieder einmal stellte ich fest, wie sehr ein spirituell ausgerichtetes Leben doch einem Kampf gleicht. Einem Kampf zwischen den

Kräften des Lichts und denen der Finsternis, so wie es auch die Bhagavadgita in ihren Bildern der Schlacht von Kurukshetra beschreibt. Dabei sind die Schilderungen einer solchen Schlacht nicht nur als mythisches Vermächtnis einer längst vergangenen Kultur zu verstehen, sondern ebenso als Handlungsanleitungen für die Gegenwart. Denn Kurukshetra, das Schlachtfeld, liegt in Wirklichkeit in uns selbst, und die Schlacht wiederholt sich in jedem, der es wagt, sich auf den Weg zu machen – auf den Weg zur Quelle des klaren Lichts.

17

Dann, eines Nachts Anfang März, träumte ich davon, wie man „das Böse" in der Welt überwinden könnte. Dieser Traum, der sich über die ganze Nacht zu erstrecken schien, war in sieben bis acht Sequenzen unterteilt, von denen jede das Hauptthema aufgriff und fortsetzte, nur jeweils ein wenig variiert. Dazwischen wachte ich jedes Mal kurz auf.

Ich finde mich in einer modernen Großstadt wieder mit ihren Bürotürmen aus Glas, aus Beton und blitzendem Metall, umgeben von rasendem Verkehr, von Geschäften, Banken, Menschenmassen. Wo immer ich in diesem Großstadtdschungel hinschaue, filtert mein Blick sogleich das Bedrohliche und Böse heraus, als hätte ich eine spezielle Antenne dafür. Unter den unzähligen Menschen entdecke ich sofort den Gangster, wittere dessen kriminelle Absicht noch vor seiner Tat. Mord und Totschlag ereignen sich, Raub, Betrug und Verrat, Drogengeschäfte und illegale Transaktionen von Banken. In den ersten Szenen bin ich noch selbst als Opfer involviert, dann gelingt mir eine größere Distanz. Ich beobachte den jeweiligen Ablauf aus einem Versteck heraus, aber noch immer voller Angst und Bangen und mit der festen Überzeugung, wie grausam und schrecklich die Welt doch sei.

Gegen Ende des Traums folgt eine Sequenz, die eine Wende herbeiführt, es geht um kriminelle Bankgeschäfte. Diesmal ist eine ehemalige Freundin von Leonhard und mir als Opfer darin verstrickt und regt sich, wie ich zuvor, über die Schlechtigkeit der Menschheit auf und über die ganze verdorbene Welt. Ich gebe einen Kommentar dazu ab, den ich, kombiniert mit lustigen kleinen Tanzschritten, jedoch nicht spreche, sondern singe: „Nicht die Welt ist schlecht, nur deine Sicht von ihr. Schau mich nur an, wie gut ich in ihr leben kann. Zeig mir das Böse – ich decke dir das Gute dahinter auf."
In der letzten Szene wollen Leonhard und ich uns in ein Café setzen. Es sind auch noch zwei Stühle frei, die eine Geburtstagsgesellschaft aber ziemlich dreist für sich mit Beschlag belegt. Wir wollen gerade unverrichteter Dinge wieder gehen, da gibt Leonhard kurz entschlossen eine üppige Bestellung für die Leute auf. Und die sind völlig perplex. Durch seine Großzügigkeit wandeln sich nun plötzlich alle Tische des Cafés zu solchen wie aus dem Märchen „Tischlein deck dich": Die Fülle fließt über und über, und auch für uns ist jetzt Platz. Leonhard grinst siegreich in die Runde, als wolle er sagen: Seht her, *so* macht man das!
...always look on the bright side of life!

18

Ein paar Tage später wurde mir bewusst, dass die Schlacht, die ich hinter der körperlichen Erkrankung und der geistigen Schwäche innerlich zu schlagen hatte, eine wiederholte Auflage eines mir altbekannten Themas war, dass all meine Zweifel sich reduzieren ließen auf einen einzigen wunden Punkt: auf mein Ringen um absolutes Vertrauen.
Es wunderte mich schon gar nicht mehr, dass ich auch im Rahmen meiner therapeutischen Arbeit gehäuft mit dem Thema konfrontiert wurde. Im Vergleich zu dem gravieren-

den Mangel an Vertrauen ins Leben und in einen Sinn hinter dem oft so bitteren Schicksalsgeschehen, den ich bei den meisten meiner Klienten wahrnahm, konnte ich mir selbst immerhin eine fraglos stabilere Zuversicht konstatieren. Im Gegensatz zu eigentlich allen von ihnen war ich doch schon in der Lage, Phasen von Zweifel und Verzweiflung nicht allzu lange auszudehnen und aktiv nach einem Sinn oder einer Aufgabe zu forschen, die es möglicherweise zu lösen galt. Aber selbst dies – im Vergleich zu den anderen – wesentlich tiefere Vertrauen reichte, wie ich nun begriff, noch längst nicht aus, denn es war noch angreifbar. Das hatte ich in den Wochen zuvor ja gerade feststellen müssen.

Parallel zu dieser Einsicht flammte in mir der heftige Wunsch auf, all das, was ich bereits an Licht und Gnade in der Welt und an atemberaubender Präzision einer über allem wachenden Instanz wahrnehmen konnte, auch anderen zu vermitteln. Auch in ihnen ein Licht zu entzünden, auch sie zu einem bedingungslosen Vertrauen ins Leben zu ermutigen, zu einem wirklichen Urvertrauen. Also zu dem, was ich selbst noch zu erreichen hatte. Und da – völlig unvermittelt – ahnte ich auf einmal, dass genau dieses die Bestimmung meines Lebens sein könnte, mein Svadharma.

In diesem ewig dauernden Winter mit seiner unerbittlichen Stagnation tat ich mich mit der Umsetzung dieser großen Vision allerdings erst einmal schwer, allen glühenden Wünschen zum Trotz. Genauer gesagt wollte mir die wundervolle Vision, kaum dass sie in meinem Geist als ernst zu nehmende Möglichkeit aufgeflackert war, mit einem „Unmöglich!" schon wieder entschlüpfen. Fast bereute ich es schon, das Manuskript meines ersten Buches überhaupt einigen Verlagen angeboten zu haben und hoffte nun, dass mich bloß kein Verlag in die prekäre Lage bringen möge, dieses Buch voller Hoffnungen und Verheißungen veröffentlicht zu wissen. Auf einmal waren es für mich keine Hoffnungen und Verheißungen mehr, sondern „nichts als heiße Luft". Leere Versprechungen eines Menschen, der alles hatte loslassen müssen, was ihm lieb und kostbar gewesen war. Hirngespinste einer Frau, die vor lauter yogischen Klimmzügen in Sachen Egoüberwindung offenbar nicht gemerkt hatte, dass ihr Herz darüber in Gefahr war, zu vertrocknen und ihr Ego sich – hinter dem spirituellen Mäntelchen der Selbsttranszendenz – an größenwahnsinnigen Fantastereien schadlos hielt.

Wie gut, dass wenigstens Leonhards Optimismus meiner Person gegenüber selbst in dieser Zeit nicht zu erschüttern war. Dabei spürte ich diese Unerschütterlichkeit ganz vage auch in mir. Irgendwo weit hinter dem so unüberwindlich erscheinenden Graben der düsteren Winterdepression. Aber was vermochte diesen Graben zu überbrücken? Ich zweifelte und litt, bejahte, um sofort wieder zu verneinen, suchte und hoffte, bis ich schließlich die Kraft bzw. das Wesen in mir fand, das mein Voranschreiten so hartnäckig blockierte. Endlich war der Übeltäter entlarvt und damit das, was einer Umsetzung meines Svadharmas noch im Wege stand.

Und wieder einmal wurde ich mir eines ganz speziellen Teils meiner Persönlichkeit bewusst. Eines Aspektes meiner selbst, der seit gewiss unvorstellbar langer Zeit unentdeckt ein behagliches Dasein in mir geführt haben dürfte. Vor Jahren bereits, in jener für mich oft so verzweifelten Anfangszeit unserer Liebe zu dritt, hatte ich nach ähnlich heftigen inneren Schlachten schon einmal einen dieser versteckten Mitbewohner ins Rampenlicht meines Bewusstseins gezerrt.

Der, den aufzuscheuchen mir nun im letzten Winter gelang, kam mir wie eine neue Variante des damals verjagten Wesens vor, wie der Zwillingsbruder des „großen Verneiners".
Es war ein Teil meiner Persönlichkeit, der den Glauben an die Realität eines absolut Guten verloren hatte. Nicht nur verloren hatte, sondern sogar verleugnete. Weil er den Grund des jahrtausendelangen Leidens, das den Menschen Inkarnation für Inkarnation behämmert, nicht verstand. Dass alles, was geschieht, letztlich hilfreich sein soll, jedes Übel nur ein Mittel zum Zweck und alles Leiden ein Herantasten an ein ulti-

mativ Gutes, das sah er partout nicht ein. Aus dem Angebot der von Möglichkeiten nur so überfließenden Wirklichkeit fischte er zielstrebig jene Anzeichen heraus, die für das Schlimmstmögliche sprachen, vor dem er sich im Grunde doch zu schützen hoffte. Und aktivierte es damit nur aufs Neue: die nächste, unzählbare Bestätigung für die Sinnlosigkeit des Lebens und dieser Welt. Welche Genugtuung: der von Gott und allen guten Geistern verlassene Mensch, die Erde als Jammertal, Leiden als Rechtfertigung dafür, auch andere leiden zu lassen und leiden zu sehen! Etwas Neues und wahrhaft Gutes lässt dieser Teil nicht zu, obgleich er sich so sehr danach sehnt. Denn das wäre ja ein Wunder, und Wunder sind ihm suspekt.

Ich musste an den Traum aus der Silvesternacht denken mit seinem merkwürdigen Zusammentreffen von Vergewaltigung und der Gewissheit von Unsterblichkeit. Ganz zum Schluss jenes Traumes hatte ich mir die Pflaster heruntergerissen, mit denen mir der Vergewaltiger zuvor meine Augen verklebt hatte. Meine Vorahnung im Traum, den Täter eines Tages zu identifizieren, hatte sich nun erfüllt.

Und ich verstand: Dieser Bösewicht, der immer wieder aufs Neue, und nicht nur im Traum, versucht hatte, mich meines schon fast vollkommenen Vertrauens zu berauben – das war ein uralter Teil meiner selbst! Ich habe ihn „den ewigen Miesmacher" getauft.

Vor wenigen Monaten fiel mir bei der Recherche für einen Artikel ein Text von Satprem in die Hände, in dem er beschreibt, dass sich nicht nur das Svadharma wie ein roter Faden durch das Leben eines Menschen zieht, sondern auch der Widerstand dagegen: der so genannte Schatten des Svadharmas. Nun wunderte ich mich nicht mehr, weshalb dieser zuhöchst misstrauische Teil von mir gerade zu dem Zeitpunkt mobil gemacht hatte, als ich mich dem Erkennen meiner Bestimmung zu nähern begann: *Wir alle haben ein Ziel zu erreichen, durch dieses Leben oder über all unsere Leben hinweg etwas Einzigartiges auszudrücken, denn jeder Mensch*

ist einzigartig. Dabei handelt es sich um die uns immanente, zentrale Wahrheit, die uns eigene evolutionäre Spannung. Das Ziel erscheint nur langsam, nach vielen Erfahrungen und aufeinanderfolgenden Erlebnissen des Erwachens, bis wir beginnen, ein innerlich ausgestalteter Mensch zu sein. Dann nehmen wir eine Art Leitfaden wahr, der unser Leben in einen Zusammenhang bringt – alle unsere Leben, falls wir uns ihrer bewusst geworden sind – und uns eine bestimmte Richtung vorgibt, als würde uns alles immer in diese Richtung drängen, eine Richtung, die sich uns proportional unserem Fortschritt mit wachsender Genauigkeit und Konturenschärfe enthüllt. Und werden wir uns unseres Zieles bewusst, stoßen wir gleichzeitig auf eine bestimmte Schwierigkeit, die sich wie die Umkehrung oder Anfechtung unseres Zieles ausnimmt. Es handelt sich um ein befremdendes Phänomen, als ständen wir genau vor dem Schattenbild unseres Lichtes. Ein bestimmter Schatten, eine bestimmte Schwierigkeit, ein bestimmtes Problem, das sich uns immer wieder in den Weg stellt und dabei eine beunruhigende Beharrlichkeit zeigt, immer das gleiche Problem hinter verschiedenen Masken und unter den verschiedensten Umständen, und das nach jeder gewonnenen Schlacht mit einer zur neuen Intensität unseres Bewusstseins proportional gewachsenen Stärke zurückkehrt, als müssten wir dieselbe Schlacht auf jedem neu eroberten Bewusstseinsterrain erneut ausfechten. Je klarer das Ziel, desto stärker der Schatten. Wir haben damit die Bekanntschaft des Widersachers gemacht. (Satprem)
Eine Textstelle aus Sri Aurobindos Epos „Savitri" sagt noch unmissverständlicher aus, wie wichtig dieser Kampf ist:
Diesen Widersacher, verankert in der menschlichen Brust, muss der Mensch besiegen oder sein höheres Schicksal verfehlen. Das ist der unentrinnbare innere Krieg.

19

Eine gute Woche später, Mitte März, folgte ein Traum, der endlich eine anhaltende Wende einleitete. Die daran anschließenden Erfahrungen brachten die Gewissheit, dass der Durchbruch, der sich in der Zeit um Weihnachten und Neujahr angekündigt hatte, nun wirklich und wahrhaftig in meinem Bewusstsein verankert war.

In der ersten Traumszene befinde ich mich mit Leonhard in dem großen Mietshaus, in dem ich bis zum Jugendalter aufgewachsen war. Wir steigen die Stufen des Treppenhauses hinauf, sind zwischen dem dritten und vierten Stockwerk angelangt, als wir bemerken, dass sich draußen etwas Schreckliches zusammenbraut. Wir schauen durch die Glasbausteine hindurch und sehen, wie die anderen Hochhäuser ringsum in sich zusammenstürzen, begreifen, dass gerade die Welt untergeht. Die Bewegung draußen steigert sich, alles versinkt in brodelnden Wolken aus Schutt und Staub. Ich weiß, dass in den nächsten Sekunden auch das Haus, in dem wir beide stehen, einstürzen muss und wir sterben werden. Ich nehme Leonhard noch einmal fest in den Arm, sage ihm, wie sehr ich ihn liebe, da wache ich auch schon auf.

In einer zweiten Traumszene stehe ich mit einigen anderen, mir unbekannten Menschen zusammen im Freien. Auf einmal beginnt die Luft kälter zu werden und zu kristallisieren. Überall bilden sich in rasantem Tempo farbig schillernde Eisblumen aus, alles gefriert. Wieder ein Szenario von Weltuntergang. Ich bin sicher, dass wir alle nun ersticken werden. Als die Luft vollständig auskristallisiert ist, stelle ich mit Verwunderung fest, dass ich immer noch atmen kann, dass ich lebe, obwohl ich doch tot sein müsste.
Dann folgt ein Szenenwechsel: Um mich herum ein aus sich selbst heraus leuchtendes milchiges Weiß, das Empfinden einer schier überwältigenden Geborgenheit: Ich bin zu etwas Neuem hindurchgebrochen. Vor mir ein alter Mann auf ei-

nem Stuhl, auch er umhüllt von diesem schimmernden Weiß. Es gibt keine Wände, keinen Boden, keine Decke, weder Zeit noch Raum. Ich schreite auf den Alten zu, knie vor ihm nieder, lege meinen Kopf in seinen Schoß: Ich bin angekommen, heimgekehrt. Der Alte streicht mir sanft übers Haar und sagt, dass ich zu der nächst höheren Ebene meiner Existenz vorgestoßen sei. Alles, was sich ab jetzt in meinem Leben ereigne, fände nun „eine Runde höher" statt.

So sieht das kommende Leben aus: Es gleicht diesem Leben wie ein Wassertropfen dem anderen. Es ist eine reine Fortsetzung und doch etwas Neues.
(Friedrich Weinreb)

20

10. August. Soweit der Rückblick auf die Ereignisse der vergangenen neun Monate, jetzt haben wir wieder den Anschluss an die Gegenwart.
Und in dieser gibt es auch gleich einen interessanten Tagtraum von heute Mittag und eine merkwürdige Synchronizität mit einer meiner Klientinnen zu berichten.

Während der Mittagszeit, in der ich mir ab und zu eine Phase der Ruhe gönne, entfaltete sich vor meinem inneren Auge der folgende Film: Zunächst sehe ich so etwas wie einen hohen gefrorenen Wasserfall: lange, dicke, nach unten spitz zulaufende Zapfen aus grünlichem Eis oder Glas. Zuerst liegen sie in Bündeln dicht gepackt übereinander, dann reduziert sich ihre Anzahl, indem sie zu schmelzen beginnen. Ihre Substanz wird zähflüssig, klebrig, und ich stelle fest, dass der Rest dieser nunmehr Fäden sich direkt vor meinen Augen befindet. Immer dünner werden sie, einige reißen, je weiter ich meine Lider auseinanderzuziehen versuche. Im Raum vor mir kann ich schemenhaft eine Gruppe von Personen erkennen, alle ganz in Weiß. Eine liebevolle Erwartung dringt von ihnen zu mir herüber, so als begleiteten sie meinen Weg und warteten voller Vorfreude darauf, dass ich meine Augen endlich ganz öffne, um sie alle klar und deutlich zu sehen.

Und dann kam Sonja Krieger, gleich zu meiner ersten Sitzung am Nachmittag: Eine junge Klientin, die durch zwei traumatische Vorfälle in ihrem Leben panische Ängste entwickelt hatte. Dabei hatte sie selbst diese Ereignisse zunächst als gar nicht so schrecklich erlebt. Das eine war ein schwerer Unfall vor einigen Jahren gewesen, ein Auto erwischte sie in einer engen Kurve auf dem Bürgersteig, und sie überlebte die schweren Verletzungen nur haarscharf. Dennoch stellte dieser Unfall für Frau Krieger eines der kostbarsten Erlebnisse in ihrem noch recht jungen Leben dar, denn ihren Berichten zufolge wurde ihr hierdurch so etwas wie eine Jenseitserfahrung gewährt. Während der Phase der völligen Bewusstlosigkeit durfte sie einen Blick in jene Welten werfen, die „hinter" oder „über" dem Irdischen liegen und kehrte mit der tiefen Gewissheit ins Leben zurück, dass wir Menschen von guten Mächten beschützt und behütet werden. Ihre Zuversicht wurde wenige Jahre später ausgerechnet durch die Konfrontation mit einem bewaffneten Einbrecher in ihrem Haus weiter genährt. Sie hatte nämlich genau die gleiche Situation ein paar Nächte zuvor geträumt und „irgendwie" geahnt, dass sie sich auch in der physischen Realität ereignen werde. Dermaßen vorgewarnt fand der Einbrecher sie nicht unvorbereitet vor, als er sich an einem Wochenende, an dem ihr Mann im Ausland war, mitten in der Nacht an der Kellertür des Hauses zu schaffen machte. Selbst in dieser Schreckenssituation strahlte sie anscheinend eine solche Stärke und Souveränität aus, dass der Einbrecher es sich anders überlegte, als sie ihm im Bademantel plötzlich gegenübertrat, und mit seiner gezückten Pistole eiligst in der dunklen Nacht verschwand.
Als Sonja Krieger selbst diesem Vorfall noch gute Seiten abgewann und sich nicht von ihrem Vertrauen in jenseitige Mächte abbringen ließ, griff ihr familiäres Umfeld ein. Ihre

Eltern, die sich als bibeltreue Christen verstehen, beharrten mit aller Vehemenz darauf, dass ein schlimmes Ereignis immer und einzig und allein den Mächten des Bösen zuzuschreiben sei und beschimpften ihre Tochter als krankhaft naiv. Bis dahin hatte Frau Krieger sich durch ihren tiefgründigen Blick auf die Dinge sicher gefühlt. Sie verstand ihren Weg durchs Leben als einen stetig fortschreitenden Weg zum Göttlichen hin, selbst die schwierigsten Ereignisse gehörten für sie als Prüfungen dazu. Durch das Eingreifen der Eltern war sie auf einmal zutiefst verunsichert und irritiert. Vielleicht war auf das Göttliche ja doch kein Verlass? Von da an hatte sie, wie sie es nannte, „die Augen vor der Wahrheit zugemacht", sie wollte die Tiefe der Dinge und Ereignisse nicht mehr sehen. – Was eine massive Angststörung nach sich zog.

Bisher hatten wir in der Therapie gemeinsam beleuchtet, ob ihre vorherige Haltung nicht vielleicht wirklich etwas zu einseitig gutgläubig war, hatten die Frage des Bösen einzuordnen versucht. Aber trotz der nun differenzierteren Sichtweise war es Frau Krieger noch nicht gelungen, ihr einst so starkes Vertrauen wenigstens ansatzweise wieder in ihre Sicht des Lebens zu integrieren. Jeder zögerliche Versuch in diese Richtung wurde prompt mit erneut aufflackernder Angst quittiert. Als ich ihr vorhin die Tür öffnete, rauschte sie erhobenen Hauptes gleich zum Sprechzimmer durch, warf sich in den Sessel und ließ mich wissen, dass sie jetzt doch damit einverstanden sei, ihre Augen „wieder ganz zu öffnen", (sie also auch?!). Dass sie bereit sei, sich wieder auf ihre eigene Sicht der Dinge zu verlassen, denn nur dann, so habe sie erkannt, werde sie den ihr gemäßen Weg durchs Leben finden. „Jetzt schauen wir in einen Spiegel und sehen rätselhafte Umrisse, dann aber schauen wir von Angesicht zu Angesicht", zitierte sie einen Abschnitt aus dem Hohelied der Liebe, der ihr während der Woche zufälligerweise in die Hände gefallen war. Mit ihrem neuen Mut wirkte sie forsch und selbstbewusst. Und ich war wie elektrisiert!

21

15. August: Das Datum von Sri Aurobindos Geburtstag. Die ganze Nacht hindurch habe ich mich schlaflos in meinem Bett herumgewälzt, daher fühlte ich mich heute nicht sonderlich fit. Am späten Nachmittag überwand ich mich trotzdem – zur Feier des Tages – zu einer Meditation und versank, zu meinem Erstaunen, unvermittelt in eine solche Intensität von Innerlichkeit und Stille, wie ich sie bisher noch nie erlebte. Mir ist, als habe jemand gleich von Anfang an einen Schalter umgelegt. Eine eigentümliche Stille breitet sich aus, ein tiefes Schweigen, das mein ganzes Wesen durchdringt. Eine unbewegte Stille löst die Welt in sich auf, löscht sie aus in Schweigen. Auch ich habe mich aufgelöst, in eine Welten umspannende, allumfassende Existenz, die zugleich reine Nicht-Existenz ist. Mein Herz pocht am Ursprung meiner selbst, ich fühle mich wie ausgelöscht und gebäre mich aus diesem Ursprung heraus doch ständig neu. Ich bin wie ein Durchgang, ein pulsierendes Verbindungsglied zwischen der jenseitigen und der diesseitigen Welt. So scheine ich in jedem Moment gerade das zu sein, was das Leben vor meinen Augen entrollt, was es – in handliche Zeitportionen zerteilt – abrollt aus dem großen Buch der Ewigkeit. Dabei weiß ich nicht, ob ich überhaupt „etwas" bin, weil ich mich doch nur als Durchlass empfinde zwischen dort und hier. Ich selbst bin nichts weiter als eine Tür, ein Tor, das sich zur einen Seite hin öffnet in eine große schwarze Weite, in ein unermessliches Nichts. Auf der anderen Seite zu der mannigfaltigen phänomenalen Welt, zu jenem, was man mit den Sinnen wahrnehmen kann. Das, was vor mir liegt, was sich als Welt, als Ereignisse und Wesen entfaltet und gestaltet, entspringt jenem unendlichen Nichts, wo es – ungeformt – als reine Möglichkeit schon immer war. Und wohin es zurückkehren wird, wenn die Seite dieses jetzigen Augenblicks umgeschlagen wird.
Es gibt nichts mehr zu suchen, nichts mehr zu finden. – Wie einfach dieser Zustand ist!

Am späteren Abend die nächste mich verwirrende Koinzidenz: Im Fernsehen schaute ich mir eine Serie mit dem Titel „das Bibelrätsel" an. Thema heute war Moses, der Auszug der Hebräer aus Ägypten und deren Reise ins Gelobte Land. (Eine typische Ironie des Lebens scheint mir die Tatsache zu sein, dass in der Realität „draußen" derzeit gerade die Zwangsumsiedlung der jüdischen Siedler aus dem Gazastreifen erfolgt. Was hoffentlich zeigt, dass die Bibel nicht wörtlich zu nehmen ist, der Begriff des „auserwählten Volkes Gottes" weder Nation, Rasse noch Religionsgemeinschaft meint und das „Gelobte Land" keine geographische Region, kein Landstrich, auch nicht der Gazastreifen ist!)
Wie üblich in diesen etwas reißerisch aufgemachten Dokumentationen wurde neben einer pseudowissenschaftlichen Recherche das Thema auch schauspielerisch in Szene gesetzt und ließ mich die vierzigtägige Reise des „Volkes Gottes" durch die Wüste hautnah miterleben. Am Ende dieser Reise wurde das Tempelzelt gezeigt, zuerst von außen, dann von innen. Dann fuhr die Kamera auf einen Vorhang zu, welcher sich öffnete und den Blick frei gab aufs Allerheiligste: auf die goldene Bundeslade mit den Cherubim. Den zwei Engeln, die sich gegenüberstehen.

Dieser Einblick ins Allerheiligste verschlug mir fast den Atem! Zum einen, weil ich mich in den ganzen letzten Tagen darum bemüht hatte, die Hintergründe genau dieses alttestamentarischen Gleichnisses einigermaßen verständlich auf Papier zu bringen, und das Fernsehen ausgerechnet heute einen Film dazu ausstrahlte. Vor allem aber, weil ich wusste, dass dort im Tempelinnersten *die Stille* wohnt. Und gerade die Stille hatte ich heute so eindringend erfahren wie niemals zuvor.

22

Stille.
Schweigen.
Aus dem Schweigen ein Wort, trächtig von der Fülle aller Möglichkeiten des Seins.
In einem Wort die ganze Welt, Formen des Ewigen innerhalb der Zeit.
Das Wort gebiert Welten, Räume des Werdens.
Werden offenbart Sein.
Endliches enthüllt Unendlichkeit.
Schweigen.
Stille.

23

Noch immer der 15. August: Nach der Sendung über Moses schaltete ich für einen kurzen Moment auf „Arte" um, wo seit knapp einer halben Stunde Wim Wenders´ „Der Himmel über Berlin" lief. Ein Lieblingsfilm von Leonhard, weshalb ich ihn mit unserem neuen DVD-Rekorder aufzeichnete. Die aktuelle Szene nach dem Umschalten zeigte einen Engel in einer großen Bibliothek, in einer U-Bahn, dann vor einem Zirkuszelt. Er ging langsam auf das Zelt zu, betrat es und stand einer Artistin gegenüber, die sich mit weißen ausladenden Flügeln am Rücken auf einer Hochschaukel durch die luftige Höhe schwang.
Auch hier: zwei Engel in einem Zelt. So langsam keimte in mir der Verdacht auf, jemand treibe sein Spiel mit mir!

Natürlich fiel mir sofort die Stelle aus dem Hohelied der Liebe wieder ein, die meine Klientin vor wenigen Tagen zitierte: *Jetzt schauen wir in einen Spiegel und sehen nur rätselhafte Umrisse, dann aber schauen wir von Angesicht zu Angesicht.*
Was aber soll es bedeuten, dass mir dieses Thema und das

Bild der beiden Engel im Inneren des (Tempel-)Zelts jetzt bereits zum dritten Mal kurz hintereinander von außen entgegentritt? Soll mir damit ein wichtiger Vorgang innerhalb meines Bewusstseins verdeutlicht werden? Bin ich etwa dabei, die Welt der Dualität dauerhaft zu überwinden oder nähere ich mich gar dem Achten Tag? Und wer mag wohl derjenige sein, der *mir* gegenübersteht, wenn ich nicht länger „in einen Spiegel" schauen werde?

Geheimnisvolle Synchronizitäten! Sie berühren mich, obwohl ich ihren Sinn noch nicht ganz verstehe. Was bedeutet „Synchronizität" eigentlich genau?
Der Begriff selbst geht auf den Psychotherapeuten Carl Gustav Jung zurück. Bei Wikipedia, der Internet-Enzyklopädie, fand ich die folgende Erklärung dazu: *Als Synchronizität bezeichnet Carl Gustav Jung relativ zeitnah aufeinander folgende Ereignisse, die nicht über eine Kausalbeziehung verknüpft sind, vom erlebenden Beobachter jedoch als sinnhaft verbunden erlebt werden. Im engeren Sinn handelt es sich bei der Synchronizität um ein inneres Ereignis (eine lebhafte, aufrührende Idee, ein Traum, eine Vision oder Emotion) und ein zeitlich darauf folgendes äußeres, physisches Ereignis, das wie eine (körperlich) manifestierte Spiegelung als Antwort auf den inneren (seelischen) Zustand wirkt. ... Synchronizität ist ein finales (teleologisches) Prinzip und widerspricht so der heutigen kausalistisch-materialistischen Wissenschaftsphilosophie.*
Vielleicht beeindrucken Synchronizitäten die meisten Menschen deshalb so sehr, weil sie uns erahnen lassen, dass die Welt in Wirklichkeit eben doch ganz anders funktioniert und man durch sie fast so etwas wie eine Führung erhält. Manchmal will es mir sogar erscheinen, als seien sie Ausdruck einer gewissen Kommunikation zwischen der physischen und der geistigen Welt.

So wächst meine Freude an der derzeitigen Schnitzeljagd! Ein anderer würde all diese Zufälle und Koinzidenzen vielleicht für bedeutungslos halten, und das wären sie dann wahrscheinlich auch. Ich lasse mich aber gerne auf diese Spielereien ein und hüte diese rätselhaften Hinweise sorgsam wie einen Schatz, diese Spuren einer größeren Ordnung. Metaphysische Splitter, wie Meteoriten aus unbekannten Regionen zur Erde gestürzt. Unauffällig liegen sie im Staub, Bruchstücke eines zerborstenen Spiegels. Ich sammle sie. Eines Tages werden sie ihre Botschaft offenbaren.

24

16. August: Nach einem abendlichen Spaziergang durch den stillen Wald schaute ich mir vorhin den gestern aufgezeichneten Film an, ich war damit einer Anregung von Leonhard gefolgt. Er und Sophia sind vorgestern in die Schweiz, ins Wallis, gefahren. In jedem Jahr findet dort in der letzten Augustwoche ein Kongress der Europäischen Yogaunion statt, zu dem Leonhard diesmal als Referent eingeladen ist. Vor seinem „Auftritt" will er sich ein bisschen akklimatisieren, der Ärmste ist furchtbar aufgeregt. Ich werde Ende der Woche nachreisen. Nachdem ich Leonhard vorhin telefonisch in Kürze von den Zufällen des gestrigen Abends berichtete, schlug er vor, mir den Film doch schon mal ohne ihn anzusehen. Vielleicht enthalte er ja einen Schlüssel zu dem aktuellen synchronistischen Geschehen.

Und nun zu „Der Himmel über Berlin".
Ein wahres Kunstwerk von einem Film: tiefgründig, poetisch, bewegend. Er spielt im Berlin vor dem Fall der Mauer und vermittelt dem Zuschauer eine Sicht der Welt, wie ein Engel sie haben könnte. Neben dem „himmlischen" Protagonisten – wundervoll gespielt von Bruno Ganz – treten ein alter Mann als Chronist des irdischen Geschehens auf, des Weiteren Peter Falk als ehemaliger, inzwischen Mensch gewordener Engel und natürlich eine schöne Frau, eine Französin – des Protagonisten menschliches Pendant. Die schöne Frau arbeitet

als Artistin in einem kleinen Zirkus, und während der Engel ihren Weg „von oben" verfolgt, verliebt er sich in sie. Seiner Existenz in weltfernen Sphären müde, entbrennt in ihm die Sehnsucht, selbst Mensch zu sein. Die Sehnsucht ist heiß und somit stark genug, der Engel stürzt aus der Ewigkeit in die Zeit. Und macht sich in der großen Stadt auf die Suche nach der schönen Frau. Währenddessen muss der Zirkus wegen finanzieller Nöte schließen. Die Truppe zieht weiter, nur die Artistin bleibt zurück. Einsam und verlassen sitzt sie auf dem Platz der ehemaligen Manege. „Einsamkeit heißt ja, ganz eins zu sein. Jetzt bin ich endlich einsam", spricht sie zu sich selbst. – Diese Stelle im Film berührte mich zutiefst.

Der Engel, inzwischen Mensch und glücklicherweise Mann, und die Frau werden zueinander geführt, finden sich inmitten der großen nächtlichen Stadt. „Ich bin bereit, nun bist du dran. Du hast das Spiel in der Hand", sagt sie zu ihm, und: „Jetzt oder nie." Die Vereinigung erfolgt, die Verschmelzung von Mann und Frau, und die Erfüllung einer Liebe, nach der „die ganze Menschheit sich sehnt."

In der Schlussszene versetzt der Engel ein von der Decke herabhängendes dickes Seil kraftvoll in eine kreisende Bewegung, innerhalb der seine Liebste in akrobatischen Figuren turnt.

Shiva setzt die Welt in Gang und seine Shakti tanzt.
Und die Energie, die alles bewegt, ist LIEBE.

25

Hauch aus Wind,
wirst zum Kind,
das zur Erde fällt:
ein Same des Ewigen.

Ein-Same,
die du
zwischen deinen Händen
den Regenbogen
entfachst.

26

Wegen der verwirrenden aktuellen Geschehnisse habe ich darüber nachgesonnen, was *Zeit* eigentlich ist. Je stärker sie mir entgleitet, weil ich mehr und mehr in einem Zustand lebe, der jenseits aller Zeitlichkeit existiert, desto mehr schrumpft Zeit zu nichts anderem als einer mir *möglichen* Erfahrungsqualität, die nicht unbedingt mehr bindend ist. Mit ihrem Verlust von Realität hat sie auch gewaltig an Bedrohlichkeit eingebüßt. Wenn ich doch innerhalb eines ewigen *Seins*kontinuums existiere, das sich zugleich als *Werden* innerhalb meines Bewusstseins erstreckt, wie sollten einzelne Zäsuren, auch Tode genannt, oder Wandlungen, Inkarnationen genannt, mich da noch schrecken? – Ganz im Gegenteil: Die Freude wächst, Initiator, Handelnder und Zeuge eines so großartigen Spektakels zu sein!

In einem der Bücher von Jane Roberts fand ich eine Textstelle, die das Phänomen „Zeit" viel besser erläutert, als ich es mit meinen Worten ausdrücken kann:
Was ihr von der Zeit wahrnehmt, ist ein Teil von einem anderen Geschehen, das in euer eigenes System hineinragt und von euch oft als eine Bewegung im Raum gedeutet wird oder als etwas, das die Ereignisse voneinander trennt. Was die Ereignisse voneinander trennt, ist aber nicht die Zeit, sondern eure Wahrnehmung. Ihr nehmt die Ereignisse eins nach dem anderen wahr. Die Zeit, wie sie euch erscheint, ist in Wirklichkeit eine psychische Erfahrungsordnung. Der scheinbare Anfang und das Ende

eines Ereignisses, die scheinbare Geburt und der Tod, sind einfach Erfahrungsdimensionen ähnlich wie Höhe, Breite und Gewicht. Euch dagegen kommt es so vor, als würdet ihr einem Ende entgegenwachsen, wenn das Ende einen Teil einer spezifischen Erfahrung oder eines menschlichen Geschehens ausmacht. Wir sprechen daher von der multidimensionalen Realität. Das Gesamtselbst oder die Wesenheit oder die Seele kann sich niemals vollkommen in der dreidimensionalen Form materialisieren. Es kann jedoch ein Teil von ihr in diese Dimension hineinprojiziert werden, kann sich eine Anzahl von Jahren zeitlich entfalten, kann einen bestimmten Raum einnehmen usw. Die Wesenheit sieht das Gesamtgeschehen, das gesamte menschliche Geschehen in einem Licht, in dem das Zeitelement nur als ein Charakteristikum oder eine Dimension unter anderen erscheint.

Diese Wahrnehmung von Zeit ist mir nicht fremd. Vor Jahren – es mag um mein dreißigstes Lebensjahr herum gewesen sein, als ich von all diesen philosophisch-spirituellen Fragen noch ziemlich unbeleckt war – wurde mir auf einer langen Wanderung durch den Harz einmal ein ähnlicher Einblick in das Mysterium von Sein und Werden gewährt. Völlig unvermittelt hatte ich, während ich Schritt für Schritt durch den herbstlichen Wald zu marschieren glaubte, auf einmal den *ganzen Weg* wie aus einem einzigen Stück gegossen gesehen: Endlosigkeit vor mir, Endlosigkeit hinter mir. Das Leben des Menschen als breiter Strom, der in seiner Gesamtheit präexistent vorhanden ist, während er sich unserer Wahrnehmung nach Abschnitt für Abschnitt formiert – und zerfließt. Jeder vom Ganzen scheinbar abgetrennte Moment ein Aufflackern des Bewusstseins innerhalb einer in Wirklichkeit ungeteilten und unteilbaren Kontinuität.

27

17. August. Stell eine Frage, und das Leben antwortet dir. Das Leben reagiert, indem es die Antwort *inszeniert*. Ich bin sicher, das ist immer so, man muss nur lernen, es zu sehen. Kaum hat man eine Frage mit der gebührenden Ernsthaftigkeit oder einem gewissen Nachdruck gestellt, schon beginnt der „Anschauungsunterricht", der die Antwort in sich birgt. Ich bin im Moment nicht glücklich mit den Antworten, die das Leben mir bringt, kann sie trotz der Offensichtlichkeit ihrer Aussage nicht fassen, nicht verstehen.

Vor gut einer Woche hatte eine Mitarbeiterin des Verlages, der den ersten Band meiner Aufzeichnungen veröffentlichen wird, mit mir ein paar Details bezüglich des Covers des Buches besprochen. Und mir bei diesem Anlass erzählt, dass sie, da es ja nun eine Fortsetzung geben werde, schon ganz neugierig sei, „wie es mit Leander weitergeht". Womit sie einen wunden Punkt von mir traf.

Zwar hatte ich im Laufe der Monate hin und wieder versucht, im Internet nach Leander zu recherchieren, um zu sehen, zu welchen Themen er Vorlesungen hält. Sobald ich jedoch die Website seiner Uni anklickte, erschien dieser unliebsame Hinweis „Anwendung wegen ungültigen Vorgangs abgebrochen", danach stürzte jedes Mal der Rechner ab. Da ich, wie gesagt, so ziemlich alles für bedeutsam halte, somit auch dies, registrierte ich es als „Soll wohl nicht sein". Nachdem ich jetzt aber so geradeheraus auf das Thema angesprochen worden war, packte mich mit jäher Heftigkeit der Wunsch, endlich selbst zu erfahren, wie es mit Leander weitergeht. So fasste ich mir heute Mittag ein Herz und rief kurz entschlossen im Sekretariat seines Fachbereichs an. Wo ich erfuhr, dass Leander heute (!) Nachmittag eine seiner wenigen Sprechstunden während der Semesterferien abhalten wird. (Ich erwähne diese Nebensächlichkeit, obwohl ich befürchte, dass die Trefferquote all dieser „Zufälle" dem normalen Menschenverstand unglaubwürdig erscheinen mag. Aber ich versichere: Nichts davon ist konstruiert! Ich tue wirklich nichts weiter, als zu dokumentieren, was in meinem Leben geschieht.)

Als ich am Nachmittag dann anrief, war Leander freundlich aber eindeutig distanziert. Er sei noch immer voll im Stress, weshalb ein Treffen mit mir noch nicht möglich gewesen sei, aber „lieber viel Arbeit, als keine Arbeit" und dergleichen Smalltalk mehr. Jeden Versuch, mit ihm über etwas Wesentlicheres zu sprechen, parierte er mit dem Hinweis, dass „man" dies nicht am Telefon erörtern könne. Nun hatte ich in der kurzen Zeit schon mit dumpfem Entsetzen gespürt, dass es zu einem anderen Gespräch als diesem hier wohl nicht mehr kommen werde – welch unbegreifliche Gründe auch immer diesen Umschwung herbeigeführt haben mochten – und nagelte Leander in meiner Not schließlich fest. Will er mich denn überhaupt wiedersehen oder nicht? „Nun, ähm, ja schon", hörte ich ihn stammeln und dass es sicher „ganz interessant" sei, sich über „gewisse psychologisch-esoterische Sichtweisen" einmal auszutauschen (O-Ton Leander). Oh, mein Gott! Auf weiteres Bohren hin erfuhr ich, dass er mit „psychologisch-esoterischen Sichtweisen" einige Inhalte meines Briefes vom Vorjahr meint und er ja, anders als ich, sowieso der Meinung sei, dass „man" über all diese Dinge mit anderen gar nicht reden solle. Außerdem befürchte er, dass ich mit „dieser ganzen Psychonautik" in Regionen vorgedrungen sei, in die „man" sich besser nicht hineinbegebe, ich befände mich seines Erachtens in ernster Gefahr. Und überhaupt: Er habe derzeit „lebenspraktischere Dinge" zu tun, als sich mit solchen Themen auseinanderzusetzen – „lebenspraktisch" deutlich betont.
Nun wusste ich, was ich hatte wissen wollen. Weshalb ich das Gespräch beendete. Ich war so gefasst, dass es mir sogar noch gelang, ihm zum Abschied die guten Wünsche mit auf den Weg zu geben, die ich in meinem Herzen für ihn hege.
– Wie ungemein erleichtert er war!

Dann hat seine Angst nun also doch gesiegt?! Wie ein Film lief die Abschiedsszene unserer letzten Begegnung vor mir ab: Er hatte seinen Wintermantel bei uns vergessen, den er bei der Ankunft über seinem Anzug getragen hatte, dies aber erst bemerkt, als er schon ein Stück heimwärts gefahren war. Als er dann noch einmal bei uns klingelte und ich ihm in den Mantel half, hatte Leonhard sich nicht verkneifen können, Leanders Vergesslichkeit als freudsche Fehlleistung zu deklarieren und ihn zu fragen, ob er wirklich sicher sei, nicht lieber gleich bei uns bleiben zu wollen. Worauf Leander geantwortet hatte, dass er schon nachdenklich geworden sei, angesichts unserer Drillingsgeschichte zu begreifen, „was möglich gewesen wäre". Ich sehe noch seinen langen Blick dabei zu mir herüber. Und erinnere mich, dass ich genau in jenem Moment schon dachte, was mein Verstand mir auch jetzt mitzuteilen versucht: Du wirst ihn nicht wiedersehen.
Mein späterer Brief an ihn sollte der verzweifelte Versuch sein, eine andere Realität zu erschaffen. Aber das Schicksal lässt sich offensichtlich nicht bestechen.

Nachdem ich den Telefonhörer aufgelegt hatte, fühlte ich mich für einen Moment, als habe mir jemand ein dickes Brett gegen den Kopf gehauen. Eine dumpfe Benommenheit in meinem Hirn. Merkwürdigerweise kein Schmerz. Nur einige ungewöhnliche körperliche Reaktionen. Ich glaube, früher hätte mein Bewusstsein sie in emotionalen Schmerz übersetzt: Ein feines, wie elektrisches Zittern, das wieder und wieder quer durch mein Herz verlief. Interessant zu beobachten, nicht einmal unangenehm. Dazu einige Male das Gefühl, als schlüge eine Kugel aus schwerem Metall auf dem Grund meines Herzens auf. Körperempfindungen – aber keine vibrierende Emotion.
Ich bin noch immer überrascht über diese Ruhe und Festigkeit, selbst angesichts eines solchen Super-GAUs. Trägt der Yogaweg der ganzen letzten Jahre inzwischen doch Früchte? Übrigens bin ich sowieso der Ansicht, dass jeder spirituelle Pfad und jede mystische Erfahrung nur so viel taugen, wie sie

sichtbare und anhaltende Spuren im alltäglichen Verhalten hinterlassen, im Sinne zunehmender Herzensbildung, Reife, Stärke. Eigentlich doch ganz „lebenspraktisch", oder nicht?

Nun ist es Abend geworden, und ich halte auch dieses so unfassbare Ereignis in meinen Aufzeichnungen fest. Am liebsten hätte ich es unterschlagen. Ich finde nämlich, dass es so ganz und gar nicht in den Lauf der Dinge passt. Und überhaupt: Warum hat mich mein Innerstes, damals vor sechs Jahren, durch einen die Realität vorwegnehmenden Traum auf Leander regelrecht „angesetzt", wenn dieser jetzt wieder und womöglich für immer aus meinem Leben verschwinden wird? Wozu diese mich zutiefst erschütternde Begegnung mit ihm, die mich bis zu seinem unsterblichen Wesen durchdringen ließ? Soll seine Rolle in meinem Leben nur in jener Initialzündung bestanden haben? Aber wieso trage ich dann hinter der so offensichtlich erscheinenden Aussichtslosigkeit noch immer diese nicht klein zu kriegende Gewissheit in mir, ihn *doch* wiederzusehen? – Wenn auch vermutlich unter Umständen, die auszumalen mein Verstand derzeit noch nicht im Stande ist.

Dennoch ist mir, als hätte ich mit diesem Telefonat nun endgültig das Letzte verloren, woran ich bisher noch festhielt. Soll *das* also doch der Preis dafür sein, zum eigenen Innersten vordringen zu dürfen? Geht das wirklich nur allein? Und ist dieses Angesicht, dem man eines Tages wieder gegenübersteht, immer nur man selbst?!

Die Worte aus „Der Himmel über Berlin", die die schöne Artistin spricht, nachdem alle anderen gegangen sind und die mich so sehr berührt hatten, fallen mir wieder ein: „Einsamkeit heißt ja, ganz eins zu sein. Jetzt bin ich endlich einsam."
– Dann galt das also auch für mich?!

28

Wenn es Licht wird

Leg Deine Hand mir,
wie einem fiebernden Kind, auf die Stirn.
Damit ich Dich erspüren kann.

Forme mich,
gib mir Gestalt, Kontur.
Damit ich mich in Deiner Weite nicht verlier.

Dann tritt mir gegenüber,
sei der Andere, das Leben, der Tod.
Damit ich Dich erfahren kann.

Doch halt mich fest, ganz feste,
wenn die Finsternis kommt
und ihr schwarzer Drache mich zu verschlingen droht.

Du warst meines innersten Wesens Schmied,
von allen Feuern Deiner Liebe
wurd´ ich gebrannt.

Du warst mein Folterknecht, Dein eigner Verleumder,
der Widersacher in mir,
doch ich habe Dich erkannt.

Du warst der Lotse meiner Seele in der Nacht,
jetzt erwach´ ich mit dir, in dir –
zu einem niemals mehr endenden Tag.

Oh, schau nur, am Horizont dort drüben:
der Morgenstern!

29

Heute, wir haben den 18. August, ist gleich wieder etwas Seltsames geschehen: Am späten Vormittag kam ich am Haus unserer neuen Nachbarn vorbei, einem jüngeren Ehepaar mit Kind. Die beiden hantierten hektisch auf der Terrasse herum, und als sie mich sah, fing die Nachbarin ziemlich hysterisch zu schreien an: „Frau Freyermuth, Frau Freyermuth, kommen Sie schnell!" Ich hechtete die steilen Stufen zur Terrasse hoch, der Nachbar war käseweiß im Gesicht, Schweiß tropfte herab. Seine junge Frau stand, soeben der Dusche entsprungen, in Hemdchen und Höschen zitternd neben ihm und dirigierte mit einem Stock in der Hand irgendetwas, das zischend vor ihr in einem gelben Plastikbottich lag. Vorsichtig trat ich heran: Es war eine große, schwarz glänzende Schlange!

Damit die weiteren Zusammenhänge zu verstehen sind, muss ich ein wenig zur Vorgeschichte ausholen.
Die junge Familie wohnt seit letztem Dezember in dem Haus direkt neben uns, das zuvor einer ehemaligen Freundin von uns gehörte. Aber die Freundschaft war schon lange durch etwas mysteriöse Umstände zerbrochen, ein viel zu umfassendes Thema, um es hier aufzugreifen. Jedenfalls war die Vorgängerin in einen schwierigen psychischen Zustand geraten, und dem desolaten Zustand ihres Inneren glich sich in kurzer Zeit auch das äußere Erscheinungsbild ihres Hauses an. Das einst so schnuckelige Öko-Häuschen vergammelte, der Lack blätterte von den Fensterrahmen, die Bretter der Holzverlattung an der Fassade spreizten sich ab und der Garten mit den kostbaren Rosen, die sie sich extra von einem Rosenzüchter hatte schicken lassen, erstickte im Kraut. Selbst ihr Briefkasten quoll über von Zeitungen und Post, obwohl sie mehrmals täglich daran vorüberging. Sie registrierte anscheinend selbst das nicht mehr. Wir konnten damals nur vermuten, dass die ehemalige Freundin offensichtlich schwer depressiv geworden sei, anders war diese Form von Verwahr-

losung kaum zu erklären. Oft bekamen wir mit, dass sie übers Wochenende das Haus verlassen und dabei vergessen hatte, die Terrassentür oder die Fenster im Dachgeschoss zu schließen. Dann regnete es herein und so manche Tierchen krabbelten ein und aus, es ist ja sehr ländlich hier bei uns. Irgendwann hatte die Hausbesitzerin wohl eingesehen, dass sie der Lage nicht mehr gewachsen war, so wurde das Haus verkauft.

Von den neuen Nachbarn erfuhren wir, dass ihnen der schlimme Zustand des Hauses natürlich aufgefallen war, bei der ersten Besichtigung hätte sie beim Anblick des zentimeterhoch mit Hunde- und Katzenhaaren und Staub bedeckten Teppichbodens gar der Brechreiz im Hals gewürgt. Aber in die Lage des Hauses hätten sie sich nun eben verliebt und außerdem gedacht: „Wenn erst mal alles frisch renoviert ist..." Dann war alles frisch renoviert, das Häuschen herausgeputzt, die Fledermäuse, die sich eingenistet hatten, vertrieben, als sie durch allabendliches Gerascheln feststellen mussten, dass sie das Haus anscheinend immer noch mit anderen Bewohnern teilten. Eines Abends seien diese ihnen dann ganz dreist zwischen den Pantoffeln hindurchgeflitzt: eine muntere Gesellschaft wohlgenährter Mäuse. Ihre Nester hatten sie sich im wärmenden Isofloc, einer ökologischen Dämmung aus Altpapier, unter dem Holzparkett gebaut. Darin ist es bestimmt schön kuschelig, man kann die Mäuschen gut verstehen. Den Zugang hatten sie sich entlang der Zuleitungen der Heizungskörper freigenagt. Der Kammerjäger wurde geholt und wartete mit der nächsten Hiobsbotschaft auf: Die Mäuse hatten sich nicht nur unterm Holzparkett, sondern, unter den gelockerten Brettern der Außenfassade hindurch, auch in den Hauswänden häuslich niedergelassen – die sind ja ebenfalls mit dem behaglich warmen Isofloc gedämmt. Die Nerven der neuen Nachbarn lagen blank. Und das nach all der Plackerei. Kurioserweise war die junge Frau bis zum Kauf des Hauses bei der vorherigen Hausbesitzerin mit ihrer kleinen Tochter in logopädischer Behandlung gewesen. Welche sie schlagartig beendete, nachdem sie ihre Hausverkäuferin wegen der Mäuseplage zur Rede gestellt und diese ihr nur grinsend geantwortet hatte, *sie* habe nie Mäuse im Haus gehabt. (Manche Krankheiten äußern sich unter anderem darin, dass man überall Mäuse herumhuschen sieht, andere offensichtlich darin, dass man die überall herumhuschenden Mäuse *nicht* sieht...)

Und jetzt also noch eine Schlange! Wie lang und dick sie war! Nun ja, sie hatte ja auch, wer weiß wie lange, im reinsten Schlangen-Schlaraffenland gelebt! Ich hätte nicht gedacht, dass es ein solches Exemplar in unseren Breitengraden überhaupt gibt. Von daher vermutete ich, sie war irgendein Exot und aus einem Terrarium ausgebüchst. Wie sie zischte und sich wand! Für ein, zwei Sekunden durchfuhr mich ein gewaltiger Schrecken, dann hatte ich mich wieder in der Gewalt. Vielleicht weil ich sah, wie hilflos und verstört die beiden anderen waren. Ich sagte dem Nachbarn, in den Tierfilmen im Fernsehen würden die Schlangen immer direkt hinter dem Kopf gepackt, weil sie dann nicht zubeißen können. Schließlich wussten wir ja nicht, ob sie giftig war. Ich war schon bereit, sie mir bei der nächsten Gelegenheit selbst zu schnappen, als ich bemerkte, dass der Nachbar einen ledernen Arbeitshandschuh an der rechten Hand trug. Im selben Moment entwischte die Schlange auch schon mit einer hektischen Bewegung aus dem Trog. Ich riss der erstarrten Nachbarin den Stock aus der Hand, drückte ihn dem schon zielstrebig aufs Gebüsch zusteuernden Ungetüm mit beiden Händen fest auf den Leib, der Nachbar griff beherzt zu, und mit vereinten Kräften bugsierten wir das zappelnde Viech in einen bereit gelegten Jutesack. Den der Nachbar mit weit von sich gestrecktem Arm in den nahen Wald trug.

Ein beißender Geruch nach Fisch hing in der Luft, das arme Tier hatte wohl gepieselt.
Dann fing die Nachbarin an zu zittern und zu weinen, und all ihr Kummer brach wie eine Sturzflut aus ihr heraus: Das Haus sei wie verflucht! Sie sei es jetzt Leid, nur Ärger und

Unglück hätten sie bisher damit gehabt. Ein bisschen unheimlich sei es ihr von Anfang gewesen – irgendwie – die Atmosphäre darin... Aber es läge doch so schön und so ruhig und so mitten in der Natur, außerdem hatte sie unbedingt dem Regiment der Schwiegereltern und dem ganzen beengenden Familienklüngel entfliehen wollen. Und nun so was! Erst die vielen Schäden am Haus, die ekligen Fledermäuse, dann die Mäuseplage. Und jetzt auch noch eine Schlange! Ob dahinter nicht womöglich die Vorgängerin stecke, die ihnen all dieses Ungemach heimlich schicke? So richtig habe sie eigentlich nie mit ihr gekonnt. Immer laufe sie in schwarzen Klamotten herum, den Mund dunkelviolett geschminkt. Und ob ich nicht auch fände, dass der sie umwehende lange schwarze Mantel eher wie ein Umhang aussähe? Ich hielt sie tröstend in meinem Arm und schwieg. Diese Assoziationen wollte ich ihr nicht bestätigen, dachte aber: Auf eine gewisse Weise hat sie Recht. Auch Stimmungen können Form annehmen, und in dem Haus hatten so lange der seelische Schmerz und das Unglück gewohnt. Vielleicht war die Vorgängerin wirklich erst jetzt, gerade eben, vollständig ausgezogen, zumindest der letzte Rest ihrer traurigen Energie. Ich drückte die Nachbarin noch einmal fest, wischte ihr die Tränen aus dem Gesicht und konnte mit Gewissheit sagen: Jetzt wird alles gut.

Dann kam ihr Mann aus dem Wald zurück und meinte anerkennend, ich sei ja eine Schlangenbeschwörerin. Ich gab das Lob zurück, denn ohne Frage gebührte es doch ihm. Obwohl ich schon vermute, dass meine Anwesenheit und Ruhe zum Gelingen der Vertreibung der Schlange aus dem (Mäuse)-Paradies beigetragen haben dürfte.
Über diese neue Ruhe in kritischen Situationen bin ich am meisten erstaunt. Ich glaube, ich habe wirklich Fortschritte gemacht.

30

29. August. Gestern sind wir aus der Schweiz zurückgekehrt. Sophia und Leonhard waren vor zwei Wochen schon vorausgefahren, ich kam eine Woche später mit dem Zug nach. Ich fahre gern mit der Bahn. Das ist aber verhältnismäßig selten der Fall, daher nutze ich jede längere Zugfahrt und die sich dabei ergebenden Begegnungen als „Prüfung", um abzuchecken, wie weit ich mit meiner Herzensentwicklung vorangekommen bin.

Von Mannheim bis Basel saß mir diesmal ein gut gekleideter Mann gegenüber, ca. Mitte Fünfzig, mit vollem aber so wirrem Haar, dass ich sicher war, er habe frühmorgens vergessen, sich zu kämmen. Als ich in diesen Zug umstieg, war das ganze Tischchen zwischen uns, das ja zu beiden Sitzplätzen gehört, mit seinen Unterlagen belegt. Gleich mehrere Info-Blätter und eine dicke Broschüre zu einem Kongress, zu dem er offensichtlich anreiste, lagen da so großzügig ausgestreut, dass das Chaos fast wie eine Inszenierung aussah. Ganz obenauf eine englischsprachige medizinische Fachzeitschrift, die den Unbekannten als Neurologen oder Psychiater auswies. Als ich mich setzte und kurz grüßte, antwortete er weder noch schaute er auf. Mit tief eingeschnittener Falte zwischen den buschigen Augenbrauen brütete er mal über diesem, mal über jenem Prospekt, und ich verfolgte mit Staunen, wie lange man sich mit einer so angestrengt-konzentrierten Miene in solches Info-Material vertiefen kann. Mein Gegenüber dünstete eine Aura von gestresster Ernsthaftigkeit und Wichtigkeit aus wie andere Wolken von Achselschweiß. Im Stillen musste ich plötzlich furchtbar lachen, als mir an seinem seltsamen Gebaren aufging, dass er es mit seinen zig Heftchen auf dem Tisch tatsächlich darauf angelegt hatte, seine Identität als Arzt und Kongressteilnehmer kund zu tun. Vor einem Publikum anonymer Mitreisender. Ich fand das so komisch, dass ich mir für den Moment kaum das Lachen verkneifen konnte. Dann schlug meine Ausgelassenheit aber ebenso plötzlich in Traurigkeit um bei dem Gedanken, warum ein Mensch so etwas nötig hat. Sich dermaßen mit seinem Beruf oder Titel aufwerten zu müssen. Und ich wurde noch trauriger, als ich dachte, dass diese Ego-Fassade meist das Einzige ist, womit wir Menschen einander begegnen: eine wackelige Identität aus Titeln, Kleidung, Imponiergehabe. Armer Herr Dr. Wichtig! – Aber: Er passte in mein Herz, mitsamt seinen unverarbeiteten Minderwertigkeitsgefühlen, dem strubbeligen Haar und dem Chaos auf dem Tisch.

Auf der Strecke durch die Schweiz saß dann ein junger Brasilianer, vielleicht Anfang zwanzig, neben mir, der nach einer Weile begann, unermüdlich seine Deutschkenntnisse an mir zu erproben. An seiner Haltung mir gegenüber wurde mir bewusst, dass ich für so einen jungen Burschen mit meinen jetzt Fünfundvierzig sicher als „ältere Frau" gelte und musste erneut lachen. Und mit einer älteren Frau pflegt man(n) ja artig Konversation. So ganz nebenbei dachte ich aber, um wieviel entspannter das Zugfahren jetzt geworden ist, seitdem ich dank meines zunehmenden Alters für die männlichen Mitreisenden nicht mehr automatisch als Freiwild gelte. Nach einer von kurzen Pausen durchsetzten Abfrage aller persönlicher Daten, die man innerhalb der Grenzen der Höflichkeit von einer Zugbekanntschaft erbitten kann, und mehrfachen Rückfragen meinerseits, weil ich seine Aussprache kaum verstand, wobei wir notfalls auch mal ins Englische wechselten, gab der junge Mann die Unterhaltung schließlich auf. Etwas genervt, weil ich, wie es ihm ganz offensichtlich erschien, so schlecht Deutsch verstand. Dass *seine* Aussprache der eigentliche Grund meiner Verständnisschwierigkeiten war, kam ihm, glaube ich, erst gar nicht in den Sinn. Süßer kleiner Macho! Auch für so einen ist mein Herz groß genug. Diesmal hatte ich mit meinen Zugbekanntschaften aber auch Glück gehabt: nicht ein einziger Fischbrötchen-Rentner dabei!

Diese Gattung durften wir nämlich zu dritt vor wenigen Jahren auf einer Rückreise von Hamburg erleben, und zwar gleich ein ganzes Rudel davon. Die Männer waren aller Wahrscheinlichkeit nach von einer Nordseetour gekommen und die Witze, die sie sich zwischen den Sitzen hin und her warfen, waren so platt wie ihre Bäuche prall. Nun ja, das wäre ja noch zu ertragen gewesen. Aber irgendwann packten sie dann alle Mann ihre Fischbrötchen mit Zwiebeln und ihre Flachmänner aus. Bestimmt nicht nur für vegetarische Nasen eine arge Tortur. Der Mann, der mir gegenüber saß – breitbeinig und mit einem Trommelschlägerbauch wie einer Illustration zur reichianischen Charakteranalyse entsprungen –, war bald darauf selig eingeschnorchelt, wobei er noch die ganze Zeit danach aus dem Mund roch wie ein Seehund nach der Fütterung.

Bei Fischbrötchen-Rentnern ist meine Liebesfähigkeit zurzeit also an ihren Grenzen gelangt. Ich arbeite aber daran.

31

Das wichtigste Ereignis während der Woche im Wallis war natürlich Leonhards Auftritt beim Europäischen Yoga-Kongress. Zwei Workshops und einen Vortrag hatte er vorbereitet, in denen er, basierend auf dem Integralen Yoga Sri Aurobindos, ein neues Verständnis von Yoga vermitteln wollte, mit dem Schwerpunkt des Handelns in der Welt. Schon vorher war Leonhard des Öfteren von einigen Kollegen aus der Yoga-Szene gefragt worden, ob er nicht einmal diese neuen Gedanken in der Yoga-Szene vorstellen wolle. Aber vom Kongress-Komitee hatte ihn nie jemand gefragt. Nur eine der alt eingesessenen Yoga-Koryphäen teilte ihm einmal auf ein Angebot seinerseits kurz angebunden mit, dass der Integrale Yoga „thematisch nicht passt". Dabei hat der Kongress jedes Jahr ein anderes Thema, es wäre sicher etwas zu machen gewesen. Dafür ist aber, seitdem Leonhard und ich seit nunmehr neun Jahren den Kongress fast jährlich besuchen, eine Referentin aus der holländischen Yogaszene sage und schreibe *jedes Mal* dabei – alle Jahre wieder. Ihr Angebot (in der original niederländischen Ausschreibung): „Meditativ wandelen". Passt immer! Ich will ja nicht lästern, bestimmt macht die Frau ihren meditativen Rundgang durch die Schweizer Bergwelt gut. Es ist nur verwunderlich, nach welchen Kriterien man die Referenten einlädt. Nun ja, es ist eben wie immer und überall: Der Kuchen wird unter denen verteilt, die von Anfang an dabei waren.

Für diesen Sommer hatte das Kongress-Komitee bei Leonhard dann doch angefragt. Thema des Kongresses: „Yoga und soziales Bewusstsein". Diesmal schien der Integrale Yoga zu passen mit seiner Lebensbejahung und seiner weltzugewandten Transformation, und so wurde Leonhard engagiert. Dafür gestalteten sich die Verhandlungen im Vorfeld manchmal schwierig. Üblicherweise erhält ein Referent für seinen Einsatz, dessen Umfang er selbst auf nur eine oder auch mehrere Veranstaltungen festlegen kann, freie Kost und Logis plus Erstattung der Fahrtkosten. Obwohl Leonhard auf alles verzichtete und von sich aus gleich drei Veranstaltungen anbot, ließ man ihn wissen, dass „von einem kompetenten Referenten eigentlich mehr zu erwarten" gewesen wäre. Erst als Leonhard seine Workshops durchgeführt hatte und es von den Teilnehmern eine positive Rückmeldung gab, war der Weg für ein herzliches Verhältnis frei.

An einem Abend gab es diesmal sogar einen kleinen Empfang für alle Referenten und deren Partner. Weil wir im Hotel gesehen hatten, dass Sektkübel aufgestellt wurden, entschlossen Sophia und ich uns ganz selbstverständlich dazu, Leonhard zu begleiten. Schließlich sind wir ja auch seine Partnerinnen, und ein kühles Schlückchen Sekt lassen wir uns so schnell nicht entgehen! „Yogi-Brause" sagt Leonhard immer dazu, um unserem Anhaften an diesem Getränk wenigstens einen kleinen yogischen Anstrich zu verleihen. Da

unser spezielles Setting den meisten ja vom Vorjahr schon bekannt war, bestand auch kaum die Gefahr, Leonhards frisch errungenen Ruf als würdiger Referent durch unsere Anwesenheit gleich wieder zu ruinieren.
Wir merkten allerdings schon, wie sehr man uns beäugte. Wirklich geheuer ist das, was wir da leben, anscheinend niemandem. Vielleicht, weil es in keine Schublade passt? Zwar ist, so oft Leonhard und ich diesen Kongress bisher besuchten, immer mal irgendein Guru mit seinen Gespielinnen aufgetaucht. Die konnte man aber durchweg daran erkennen, dass sie auch locker als Models hätten durchgehen können und stets mit gebührendem Abstand hinter ihrem Meister durch die Dorfstraßen schritten. Sophia und ich passen mit unserer selbstverständlichen Gleichrangigkeit da nicht so ganz in dieses Bild. So beobachtete man uns eher heimlich und verstohlen aus den Augenwinkeln heraus. Nur einmal wurde Leonhard, als er solo erschien, geradeheraus gefragt, wo denn sein „Harem" sei.

32

Auch mit uns Dreien verlief es während der Woche sehr gut. Es ist schon jedes Mal eine gewisse Prüfung, eine ganze Woche miteinander in einem Hotelzimmer zu verbringen. Aber eigentlich stellt sich immer eine starke Verbundenheit ein, sobald wir drei beisammen sind. Nach den Schwierigkeiten der ersten Jahre wird inzwischen immer deutlicher, welch außerordentliches Geschenk unser Setting ist. Man darf nur nicht mit den Wünschen und Bedürfnissen eines „normalen Menschen" darauf schauen. Denn gerade diese normalen Wünsche und Bedürfnisse müssen wir drei lernen loszulassen. So sind wir geradezu dazu gezwungen, uns als Yogis zu verstehen und selbst solche Regungen, Impulse und Ansprüche zu hinterfragen und zu überwinden, mit denen der Mensch sich sonst lieber nicht konfrontiert: Besitzanspruch im Sinne von Exklusivität zum Beispiel, Angst vor dem Alleinsein mit sich selbst, Neid, Eifersucht und der ganze harte Brocken des sexuellen Egos. Letzteres dürfte wahrscheinlich einer der am schwierigsten zu transformierenden Aspekte des innermenschlichen Tummelplatzes sein.

Ich falle selbst immer wieder auf ihn rein. Vorzugsweise dann, wenn ich Leonhards besondere Art, sich Sophia zuzuwenden, gehäuft miterlebe. Ein paar solcher Liebesszenen stecke ich noch locker weg, bis mein Selbstverständnis als Yogini irgendwann zu wackeln beginnt und schließlich kippt. Dann fühle ich leider nur noch wie eine Frau...
Und hatte mich natürlich auch das eine oder andere Mal darüber beklagt. Im Laufe unserer Urlaubswoche „gestand" mir Leonhard nun immerhin, inzwischen selbst erkannt zu haben, dass er uns beide in Sachen Zärtlichkeit unterschiedlich behandle. Ihm sei aufgefallen, dass er sich Sophia tatsächlich häufiger zuwende als mir, aber sie rühre ihn mit ihrer Unschuld und ihrer emotionalen Bedürftigkeit nun einmal so an. Ach ja, „die nostalgische Sehnsucht der Männer nach der Unschuld"! (Habe ich in einem Roman von Jostein Gaarder mal gelesen.) Dabei kann ich Leonhard sogar gut verstehen: Wenn Sophia traurig wird, fliegt auch mein Herz sofort auf sie zu. Dann will ich sie in den Arm nehmen, sie liebkosen, beschützen und behüten und alles tun, damit sie nur wieder glücklich ist. Sie ist so süß und zart! Wie könnte ich da Leonhard die gleichen Impulse verwehren?

Nun, ich lerne damit umzugehen und bin letztendlich ja doch mit allem einverstanden, so wie es ist. Und sogar mehr als das! Denn obwohl wir durch unsere Lebenssituation und diese für andere vermutlich kaum nachvollziehbare Liebe zueinander – fast möchte ich sagen: auf Gedeih und Verderb – aneinandergebunden sind, findet inzwischen jeder von uns deutlicher als zuvor seinen eigenen Weg. Es mag paradox klingen, aber unser integraler Schmelzofen hat neben der Ego-Zertrümmerung offensichtlich auch die Funktion, die wirkliche Individualität eines jeden von uns hervorzubringen. Vielleicht hängt das damit zusammen, dass keiner von uns sich in gewohnten Bahnen bewegen kann, sich ständig von alten Wünschen und Mustern befreien muss und unsere Situation eine nicht nachlassende Aufrichtigkeit eines jeden vor sich selbst und vor den anderen erfordert. Dass hierdurch nun auch das Potenzial eines jeden von uns verstärkt herausgeschält wird, ist ein ganz neuer Aspekt unserer Dreier-Partnerschaft, und ich finde diese Mischung aus Freiheit und Liebe wirklich genial. Wer hat sich das nur ausgedacht? Eine der Früchte meiner Entwicklung hat der Leser ja vor Augen. Sophia hingegen widmet sich verstärkt der Musik, schließlich ist sie ja auch Musikerin. Sie hat den therapeutischen Einsatz von Klangschalen erlernt, nimmt Gesangstunden, um ihren vollen Mezzosopran zu perfektionieren, vor allem aber hat sie begonnen zu komponieren. Als ich ihr erstes kleines Werk auf dem Klavier vorgetragen bekam, war ich erst einmal nur sprachlos: Welch melancholisch-verheißungsvolles Stück! Es klang wie aus einer fernen und doch vertrauten Welt. Dann fiel mir dazu ein Artikel eines Autors rosenkreuzerischer Tradition ein, in dem er definiert, was man ursprünglich unter Kunst verstand: von etwas künden zu können.

Tja, und Leonhard hat sich seit einiger Zeit ebenfalls der Schriftstellerei zugewandt. Zwei Sachbücher hat er schon zu einem früheren Zeitpunkt verfasst, jetzt wagt er sich an einen Roman. Wir haben ihm extra einen Laptop gekauft. Sein Buch handelt von Frauen und von Sexualität – wovon denn sonst?! Na meinetwegen, „sex sells", sagt man doch, und vielleicht bessert Leonhards Bestseller ja demnächst unsere nicht allzu rosigen Finanzen auf...

Apropos Sexualität: Ich sollte noch erwähnen, dass die voranschreitende Entdeckung unserer neuen Qualitäten Sophia und mich immer zufriedener macht. Und so eigenständig, wie wir werden, reicht uns immer öfter auch ein „halber" Mann. Wenn wir mit Menschen zu tun haben, die auf Leonhard den – wahrscheinlich selbst nicht gelebten – „geilen Hengst" projizieren, erzählen wir gerne, wir zwei Frauen hielten uns einen Mann. Und freuen uns an den pikierten Gesichtern! Aber so weit ist das von der Wahrheit, finde ich, gar nicht entfernt. Wenn ich in guter emotionaler Verfassung bin, nehme ich unsere Situation fast immer so wahr, als sei „der Drilling" eigentlich auf eine Absprache zwischen Sophia und mir zurückzuführen. Manchmal habe ich dann sogar ein schlechtes Gewissen Leonhard gegenüber, geradezu als sei er ein „Opfer" unseres geheimen vorgeburtlichen Deals, und weil der Ärmste sich ja gleich mit zwei unseres Kalibers herumschlagen muss. Nun ja, so wird eben auch er zum Erkennen und Leben seiner wahren Persönlichkeit gezwungen. Allerdings nicht durch Verzicht, sondern durch Überfluss!

33

31. August. Eine merkwürdige Koinzidenz zwischen einem Traum dieser Nacht und einer kurzen Szene bei Sonnenaufgang.

In meinem Traum bin ich von unserem Nachbarn – dem mit der Schlange – zu einem Besuch bei seinen Eltern eingeladen. Ich gehe gerne mit, denn ich spüre eine tiefe Liebe zu ihm. Diese Liebe ist so anders als das, was man sonst unter diesem Begriff versteht, weder erotisch noch mit anderen Gefühlen vermischt, einfach nur „rein". Dabei so allumfassend und mein ganzes Wesen durchdringend, wie ich sie nur von meinen tiefsten Momenten mit Leonhard und Sophia und aus den Begegnungen mit Leander kenne. Schon im Traum fällt mir auf, dass die Intensität dieser Liebe ungewöhnlich ist und überlege kurz, ob diese Liebe sich nun womöglich in meinem Leben auszubreiten beginnt.
Im Haus der Eltern unseres Nachbarn angekommen, wo wir zum Kaffeetrinken eingeladen sind, schaue ich aus einem Fenster heraus. Dem Haus gegenüber liegt ein hoher kegel-

förmiger Berg. Auf seiner Spitze thront ein schneeweißes Schloss. Für ein Schloss hat es eine ungewöhnliche Form, die an die Bauhaus-Architektur erinnert, denn es ist aus lauter weißen Würfeln aufgebaut. Trotz seiner architektonischen Schlichtheit vermittelt sein Anblick eine geradezu Ehrfurcht gebietende Erhabenheit, die mich spüren lässt, dass dieses Schloss etwas ganz Besonderes sein muss.

Noch immer von der wunderbaren Liebe durchdrungen, wachte ich heute Morgen auf. Als ich die Jalousie des Zimmers hochzog, das nach Osten ausgerichtet ist, ging gerade die Sonne auf. Man konnte sie selbst noch nicht sehen, denn sie war unter einem hohen kegelförmigen Berg von Wolken versteckt. Eine höchst ungewohnte Formation, denn ansonsten war keine einzige Wolke am Himmel zu sehen. Der größte Teil des Wolkenberges war grau, nur sein Gipfel leuchtete schneeweiß. Ich blieb am Fenster stehen, wie gebannt, und verfolgte diesen wundersamen Sonnenaufgang. Die Spitze des Wolkenberges färbte sich rosa, dann orange. Dann stieg genau aus dieser Spitze die Sonne wie ein rundes Feuer in den klaren Himmel empor. Und im selben Moment trat unser Nachbar aus seinem Haus.

Vernetzungen

1

12. September. Aus den letzten Tagen gibt es gleich drei Träume zu berichten, die direkt aufeinander folgten und mich sehr beeindruckten.

Im ersten Traum lebe ich in Bad Kissingen, einer hübschen kleinen Kurstadt, die ich im Juni erstmals durch die Teilnahme an einem Kongress kennen lernte. Jetzt sieht aber alles völlig anders aus, und mir ist schon im Traum klar, dass ich mich in einer Region befinde, die irgendwo „oberhalb" unserer alltäglichen Bewusstseinsebene anzusiedeln ist. Die Atmosphäre des Traums ist festlich wie an einem hohen Feiertag, die Szenen sind üppig ausgestaltet, fast überladen, die Stimmung ist fröhlich und beschwingt. Die ganze Stadt scheint auf den Beinen zu sein. Menschen ziehen in Grüppchen durch die Straßen, sie sind herausgeputzt, tragen die prächtigsten Gewänder, die man sich nur vorstellen kann, mit Pailletten, aufwändigen Stickereien und Goldborten verziert und sonstigen kostbaren Materialien aller Art. Eine Augenweide! Ich tummele mich eine Weile staunend in all dieser Pracht, dann mache ich mich auf den Nachhauseweg, weil ich verabredet bin und mich noch umziehen will. Auf dem Weg dorthin laufen mir lauter kleine Elefanten vor die Füße. Auch sie festlich geschmückt, mit bestickten kleinen Deckchen auf dem Rücken und glitzerndem Kopfputz, sogar goldene Kettchen tragen sie an den Beinen, deren Glöckchen bei jedem Schritt fröhlich bimmeln. Sie werden in dieser Stadt als Haustiere gehalten und reichen gerade mal bis an meine Waden.

Ich wohne inmitten der Stadt im obersten Stock eines großen Gebäudes, das viele Etagen und Zwischenstockwerke hat. Und unzählige kleine Holztreppen, die sich – wie in den Harry-Potter-Büchern – immer wieder verschieben, sodass ich den Weg zu meiner Wohnung jedes Mal neu suchen muss. Im Haus angekommen, sehe ich im Erdgeschoss einige dunkelhäutige Wesen vorbeihuschen, die mir zuvor noch nie aufgefallen sind. Sie sehen fremdländisch aus, etwas asiatisch, am ehesten jedoch wie Inder, und mir ist bewusst, dass sie uns normalen Menschen in ihrer Entwicklung weit überlegen sind. Ihre Rolle ist mir nicht ganz klar, nur dass sie mit uns arbeiten, indem sie Aufgaben und neue Herausforderungen in unser Leben einbauen und dann prüfen, ob wir diese begreifen und lösen können. Das soll die Menschen zu mehr Flexibilität erziehen. Eines dieser dunkelhäutigen Wesen ist mir offensichtlich wohlgesonnen und zeigt mir zu meiner Wohnung einen neuen Weg. Bisher hatte ich auf dem langen Weg nach oben die ständig wechselnden, schmalen Holzstiegen benutzt und war überhaupt nur dann zu meiner Wohnung gelangt, wenn diese in meinem Blickfeld auftauchten, was somit immer Glückssache war. Der Dunkelhäutige nimmt mich sachte zur Seite, die anderen sollen seine Extra-Unterweisung wohl nicht sehen, und zeigt wortlos auf einen massiven, breiten Treppenaufgang, der sich hinter einem dicken Vorhang verbirgt. Ich verstehe, dass ich von jetzt an diesen Aufgang zu meiner Wohnung nehmen darf.

Der nächste Traum war ein kurzer Tagtraum während meiner Mittagsruhe: Vor meinem inneren Auge taucht ein Globus auf. Er steht an einem weit geöffneten Fenster, das jedoch nicht auf eine Landschaft hinausführt, sondern den Blick freigibt auf ein sternenübersätes All.

Der letzte der drei Träume stammt von heute Nacht: Ich bin auf einem Seminar und warte mit einigen anderen Menschen in einem großen Raum darauf, aufgerufen zu werden. Von Zeit zu Zeit ertönt ein Name, dann steht jemand auf und geht durch eine Tür. Ich erfahre, dass derjenige, der aufgerufen wird, „Gott schauen" darf. Nach einer Weile flüstert mir einer der mit mir Wartenden leise zu, dass ich als Nächste aufgerufen würde. Ich bin ganz erschüttert, weil ich ahne, dass tiefe Umbrüche damit einhergehen werden. Jemand fängt leise an zu weinen. Ich glaube, ich war es selbst.

2

Wir leben bewusstseinspsychologisch immer schon in unzähligen potenziellen (parallelen) Welten des eigenen Bewusstseins.
(R. van Quekelberghe)

Manchmal denke ich, dass es mit meinen Träumen etwas Seltsames auf sich hat. Sie sind so lebendig und so intensiv. Durchweg kommen sie mir sogar realer vor als die Realität des Wachbewusstseins. Selbst die fraglose Surrealität mancher meiner Träume will mir oft selbstverständlicher erscheinen als die hiesige Wirklichkeit. Denn das Erleben der Welt aus dem Tagesbewusstsein heraus ist meist viel blasser, belangloser, und es will mir scheinen, als habe es längst nicht so viel mit mir zu tun, wie das, was ich während meiner „Traumzeit" erlebe.

Aber – was ist eigentlich „Wirklichkeit"? In einem Buch über die Kabbala habe ich vor kurzem von dem „Haus der vielen Wohnungen" gelesen, als Synonym für das allumfassende Bewusstsein. Soweit ich weiß, stammt dieser Begriff aus der Bibel. Jedenfalls bildet er mein Erleben der so genannten Wirklichkeit recht gut ab, denn ich empfinde es tatsächlich so, als sei das gesamte Bewusstsein wie ein riesiges Haus, welches unzählig viele Wohnungen, sprich: Bewusstseinsräume, umfasst. Leider habe ich den Verdacht, dass man in unserer Kultur nur eine einzige dieser Wohnungen, und vermutlich die kleinste, als Wirklichkeit anerkennt, alle anderen als minderwertig, illusionär oder irrational deklariert und den Zugang dorthin durch diese Abwertung zu verwehren versucht.

In den letzten Jahren habe ich Seiten über Seiten mit meinen Erlebnissen in der Traumrealität gefüllt, nur einen Bruchteil davon führe ich in diesen Aufzeichnungen überhaupt an, weil ich den Leser nicht mit diesen allzu persönlichen Erlebnissen erschlagen will. Meine Träume kündigten neue Impulse, Veränderungen, Ereignisse an, lange bevor diese sich im Tagesbewusstsein offenbarten. Sie erlaubten mir einen Einblick in Vorgänge, Gefühle und Überzeugungen, die aus viel tieferen (oder höheren) Regionen meiner selbst stammen, wohin das Tagesbewusstsein mit seinem schwachen Lichtkegel gar nicht reicht. Und boten Lösungen für die verschiedensten Probleme mit einer solchen Zielgenauigkeit, Phantasie und Brillanz an, dass mein Denkapparat daneben nur vor Neid erblassen kann. Und das soll, im Vergleich zum rationalen Verstand, minderwertig sein oder gar irrational?

Wenn ich heute in meinen Traumaufzeichnungen zurückblättere, muss ich feststellen, dass fast alles, was sich in meinem Leben entwickeln sollte, in den tieferen Träumen angekündigt worden war, oft viele, viele Jahre im Voraus.
So lasse ich es mir nicht nehmen, eine Tür nach der anderen zu öffnen in diesem wundervollen „Haus der vielen Wohnungen". Mein Refugium wird größer und größer, ich kenne mich immer besser darin aus. Oft komme ich an Orte, die ich wiedererkenne und freue mich, für eine zeitlose Weile an vertrauter Stelle zu verharren. Fast schmerzt es mich dann, weiterzuziehen, obwohl ich weiß, dass ein Teil von mir immer dort verweilt. Manchmal gelingt es mir, Träume bestimmten „Wohnungen" zuzuordnen. Das bringt Klarheit in die ganze Traumkomplexität, ich fertige in meinem Geist so etwas wie eine „Landkarte der inneren Regionen" an. Träume, die beispielsweise aus dem Keller des Hauses stammen, erkenne ich an ihrer finsteren Farbauswahl. Meist sind sie völlig in Schwarz-weiß gehalten oder in sonstigen düsteren Farben: in Grautönen aller Nuancen, in Dunkelbraun, Schwarz oder in metallischem Silber. Die Themen dieser Traumregion drehen sich meist um Bedrohung, Gewalt, Hor-

ror, Krieg. Ihre Gestalten sind Massenmenschen, oft roboterhafte Zwitterwesen, halb Mensch, halb Maschine, böse, kalt und entseelt. Wenn man sich anschaut, was heute als Horror-Massenware über unsere Bildschirme flimmert, ahnt man, aus welcher Ecke diese Drehbücher stammen.

Träume, die sich aus den oberen „Etagen" heraus manifestieren, weisen sich hingegen durch helles und strahlendes Licht aus, durch klare und brillante Farben. Häufig treten dabei so genannte Synästhesien auf, d.h. die Sinnesempfindungen vermischen sich, sodass ich eine Farbe auch schmecken kann oder ein Klang zugleich in ein visuelles Muster übersetzt wird. Je höher die „Etage", aus der ein Traum stammt, um so erhebender ist seine Stimmung. In den „obersten Etagen" vermittelt die Atmosphäre des Traums einen Hauch von Ewigkeit, von Göttlichkeit und ist so intensiv, dass sie mich für Tage in Glückseligkeit zu versetzen vermag.

Aber außer dem Kellergewölbe und dem Speicher gibt es natürlich noch eine ganze Menge weiterer Etagen. Hier sind nach meiner Erfahrung vitale Themen aller Couleur angesiedelt, von schwülstig-sinnenlastig über eindeutig sexuell bis hin zu veredelter Sinnlichkeit. So hatte ich vor Jahren einmal eine Serie von Träumen, in denen ich über Wochen hinweg fast jede Nacht in erlesenen Stoffen schwelgte und extravagante Kleiderschnitte entwarf. Ein Modedesigner hätte seine wahre Freude daran gehabt, dabei ist dieses Thema für mich sonst nicht von besonderem Interesse.

Für die Gestaltung meines Lebens nehme ich, inzwischen ganz selbstverständlich, die Hinweise aus den Träumen als Wegweiser ernst, wobei ich neben dieser Ernsthaftigkeit auch eine immense Freude und Leichtigkeit verspüre und das höchst angenehme Gefühl, mit einer unglaublichen Sicherheit durchs Leben zu gehen. Selbst dieses Gefühl tauchte übrigens bereits vor vielen Jahren explizit in einem meiner Träume auf: In jenem Traum war „ich" nichts weiter als ein Punkt. Ein winziger leuchtender Punkt aus reiner Energie. Und ich wusste, dass dieser nicht mal mehr als „Form" zu bezeichnende Zustand meine eigentliche Gestalt ist – nicht mehr und nicht weniger. In der Gestalt dieses Lichtpunktes sauste ich mit einem irrsinnigen Tempo durchs Weltall, an Galaxien, Sonnen und Planeten vorbei. Hindernissen auf meinem Weg wich ich, meist erst im allerletzten Moment, mit gekonnten Haken aus, ohne auch nur daran zu denken, mein Tempo zu reduzieren. (Was nun bitte nicht als Hinweis auf meinen sonstigen Fahrstil zu verstehen ist!) Mein Weg war sicher, und das wusste ich genau. Ein anerkennendes Raunen ging durchs All: „Schaut nur, mit welch traumwandlerischer Sicherheit sie ihre Bahnen zieht!"

Wie weit ist das Alltagsbewusstsein doch *davon* entfernt!

3

Ich will mich hier nicht über eine Kultur oder Gesellschaft beschweren, die bestimmte Erfahrungen des Bewusstseins nicht anerkennen will. Schließlich ist das Koordinatensystem von Zeit und Raum für jeden von uns während einer verdammt langen Strecke des Entwicklungsweges der nahezu ausschließliche Aufenthaltsbereich. Nur wird es mir hier so langsam zu eng! Und alles in mir weigert sich, ein Leben in einer Realität, die sich auf das rein sinnenhaft Erkennbare reduziert, als ausschließliche Wirklichkeit zu akzeptieren. Ich fühle mich wie ein Küken in einem Ei, das naturgemäß gewachsen ist, jetzt aber überall an die Eischale stößt und in der viel zu klein gewordenen Hülle zu ersticken droht. Das Leben im Ei vermittelt mir schon lange keine Geborgenheit mehr, die jenseitige Weite fürchte ich nicht. Im Gegenteil: Ich will hier raus! Raus aus der Enge der Dreidimensionalität! Ich weiß doch, dass die diesseitige Welt kein abgeschlossenes Ganzes ist, auch wenn es uns so erscheint. Habe ja oft genug in diesen Aufzeichnungen darüber geschrieben, dass alles, was sich hier an Ereignissen, Wesen oder Gestaltungen manifestiert, einer höheren Ebene entstammt.

Ich weiß ja auch nicht, weshalb ich neuerdings so ungeduldig, ja sogar unruhig bin! Liegt es daran, dass mir der Traum von neulich, in dem es hieß, ich sei die Nächste, die das Göttliche schauen dürfe, noch in den Knochen steckt? Er hat eine gewisse Angst vor einem nächsten großen Umbruch in meinem Leben ausgelöst, wobei die Angst sich auch mit Hoffnung und einer ordentlichen Portion Neugier paart. Mir ist, als ginge der von mir so viel zitierte siebte Tag zur Neige, als stünde ich kurz vorm Eintritt in das „Gelobte Land", in eine Neue Welt – was immer das auch heißen mag.
Vereinzelte Erfahrungen des Neuen durfte ich von Zeit zu Zeit ja bereits erleben, was jetzt noch fehlt, ist deren Beständigkeit. Ken Wilber würde das, was ich bisher erfahren habe, als „Zustände" bezeichnen. Erst wenn diese von Dauer sind, spricht er von „Verwirklichungen", was bedeutet, dass man eine neue Ebene des Bewusstseins dauerhaft erklommen hat.

Doch bei aller Ungeduld verspüre ich auch diese bereits erwähnte wunderbare Leichtigkeit. Vielleicht weil ich so sicher bin, nicht nur zwischen Sternen und Galaxien meinen Weg zu finden, sondern auch hier auf Erden – das sollte doch eigentlich die leichtere Aufgabe sein! Und weil ich dank der drei zu Anfang dieses Kapitels geschilderten Träume eigentlich schon weiß, dass meine Weltsicht sich fundamental ändern wird. Möglicherweise hat diese Leichtigkeit aber auch etwas damit zu tun, dass ich mir etwas Kindhaft-Naives bewahrt oder eher: zurückerobert habe. Etwas, das alles für möglich hält, etwas, das selbst Alltäglichem mit Ehrfurcht begegnen kann, das schnell ins Staunen gerät und daher überall auch Erstaunliches sieht: ein Zustand der Wiederverzauberung der Welt.

Hierzu möchte ich noch einmal eine Textstelle von Jane Roberts zitieren, in der genau dieses Lebensgefühl eingehend

beschrieben und die Anwendung dieser „magischen Einstellung zur Wirklichkeit" dringend empfohlen wird:
(Einige) *Menschen beginnen, ihr Leben mit anderen Augen zu sehen, mit einem Blick, der aus der Natur selbst und aus ihrer persönlichen Eigenart eine anmutige Mühelosigkeit, eine fast vergessene Freiheit heraufzubeschwören sucht. ... Überall macht sich eine beschleunigte Entwicklung geltend und bringt die Menschen dazu, dass sich ihre Erwartungen im Hinblick auf die Geschehnisse in ihrem eigenen Leben und auf das von anderen erwartete Verhalten allmählich ändern. Unter solchen Umständen finden im geistig-seelischen Erleben des Menschen beachtliche Veränderungen statt. Die Gefühle des Menschen sich selbst gegenüber ändern sich, sein Vertrauen in das Unvorhersagbare wächst. ...*
Ihr beginnt jetzt, ahnungsweise das Gelobte Land zu erkennen – ein „Land" der mit dem Universum verflochtenen Seele und der grandiosen Wirklichkeit, in der sich die unverstellte Natur offenbart. Die richtige Fragestellung lautet nicht: „Kann ich eintreten in dieses Gelobte Land?" Das Land ist hier, wo ihr seid, und es war stets hier. Die Methoden, die Wege, die Glaubensannahmen, die Modalitäten der Reise zu einem Bestimmungsort erschaffen den Bestimmungsort selbst.
Eurer Lebensumstände oder eurer Fähigkeiten ungeachtet steht ihr auf eurer eigenen Schwelle im Mittelpunkt aller Wirklichkeiten – denn alles, was lebt und ist, überschneidet sich in eurem Mittelpunkt. Überall seid ihr Teil dessen, was lebt und ist, und dieses ist Teil von euch. Jede Nische des Universums birgt in sich das Wissen um alle anderen Nischen, und jeder Punkt einer Wirklichkeit ist Mittelpunkt dieser Wirklichkeit. So ist jeder Einzelne von euch nicht nur das, was er in eurer Welt ist, sondern auch Zentrum des Universums.
Wenn ihr an der Schwelle eurer Körperlichkeit steht, könnt ihr den Blick nach innen wenden und damit ein unglaubliches psychisches Abenteuer in Gang bringen. Euer ganzes Leben ist ein großer Traum, den ihr euch ins Bewusstsein wachruft – und den ihr zu gleicher Zeit erschafft. Die innere Wirklichkeitswelt, die Welt der Träume, ist das euch zur Verfügung anheim gegebene

Reservoir, in dem Lebensenergie und Daseinsfreude allgegenwärtig vorhanden und verfügbar sind, in jedem Moment mobilisierbar, um die von euch erstrebten Transformationen zu bewirken. Dieses innere Universum ist einer psychischen Gestalt gleichzusetzen, die geformt, getragen, bewegt und motiviert ist vom Streben nach Werterfüllung, von Liebe und Freude und Lust – den Qualitäten der Liebe schlechthin –, für die es keine Grenzen gibt.

4

7. Oktober. Heute Nacht habe ich von einem niedlichen Wesen geträumt: von einem kleinen Delfin.
Ich sitze auf einem schlichten Stuhl in einem quadratischen weißen Raum, vor mir ein ebenso schlichter Tisch. Ansonsten ist der Raum leer, beziehungsweise zu einem Teil mit Wasser gefüllt, das mir bis zu den Oberschenkeln reicht. Ein kleiner Delfin tummelt sich darin, zumindest sieht das Tierchen wie ein solcher aus: dunkelgrau glänzend, mit der für Delfine so typischen spitzen Schnauze, die immer zu lächeln scheint, nur ist er ziemlich klein, höchstens dreißig Zentimeter lang. Plötzlich fängt der Delfin an zu springen, zieht einen Kreis nach dem anderen, einen halben Kreisbogen jeweils im Wasser, den anderen in der Luft. Er bewegt sich unermüdlich, setzt mit jedem neuen Sprung ein Stückchen hinter der Absprungstelle von vorher an, sodass seine Bewegung an eine Nadel erinnert, die zwei Lagen Stoff emsig zusammennäht. Ich finde ihn total niedlich und spreche ihn in Gedanken einfach an. Er scheint mich zu verstehen und wagt sich näher heran. Dann springt er vertraulich auf meinen Schoß, reibt seine lächelnde Schnauze an meinem rechten Bein, und ich streichle ihn sanft. Er nimmt seine Sprünge wieder auf, während das Wasser im Raum immer weniger wird, bis es ganz verschwunden ist. Doch der kleine Delfin springt, inzwischen völlig im Trockenen, noch genauso munter umher wie zuvor.

Ich bin erstaunt und teile ihm meine Verwunderung auf telepathischem Wege mit. „Aber das ist doch mein eigentliches Element!", ruft er fröhlich und lacht.

Als ich aufwachte, fielen mir zu diesem Traum direkt die in der Kabbala aufgeführten Stadien der menschlichen Entwicklung ein, welche mit den hebräischen Buchstaben gekennzeichnet sind. Vorhin las ich in meinen Unterlagen darüber nach – wie gut, dass ich immer alles exzerpiere! – und fand, dass es auf einer dieser Entwicklungsstufen darum geht, das Zeitliche (das Wasser) mit dem Zeitlosen (dem Trockenen) zu verbinden, die diesseitige mit der jenseitigen Welt. Das eigentliche Geschehen des Lebens, so las ich in dem Text, spielt sich oberhalb unserer raumzeitlichen Existenz ab. Und während ein Mensch diese Entwicklungsstufe durchläuft, wird er von einem so genannten Zadik aus dem Wasser gefischt, woraufhin er in beiden Welten zugleich leben kann. Auch hier wieder die gleiche Symbolik wie beim Übergang vom siebten zum Achten Tag; das Thema begleitet mich diesmal lange!

Das Bild allerdings gefällt mir sehr. Wie gerne möchte auch ich so ein Zadik sein, der andere aus der Zeit herausfischt, sie aus der Gefangenschaft der Dreidimensionalität befreit. Aber das wird mir wohl erst selbst ganz gelingen müssen! Und das heißt, in vollem Gottvertrauen weiter zu marschieren und zu beobachten, wie „die Wasser sich teilen", wie Zeit und Raum immer durchlässiger werden.

5

Stunden, die in feuchtem Grau verrinnen,
der Weg in weiße Schleier verhüllt.
Ein blauer Riss inmitten nasser Zeit,
das Gold eines Sonnenstrahls.

Orange flackert auf im glänzend schwarzen Geäst,
glitzernde Juwelen im müden gelben Gras.
Die Farben des Herbsts.

6

Für den zweiten Teil dieses Bandes habe ich mir vorgenommen, die Theorie zur Integralen Psychotherapie mit einem Einblick in die konkrete Praxis zu veranschaulichen. Ich werde mit einem Bericht über meine ersten zögerlichen Schritte beginnen, die schon einige Jahre zurückliegen – und gleich mit einem therapeutischen Misserfolg. Wenigstens handelt es sich um meinen bis dato „erfreulichsten" Misserfolg.

Zum damaligen Zeitpunkt habe ich noch ausschließlich die so genannte Richtlinien-Psychotherapie praktiziert. So bezeichnet man die Therapieverfahren, die von den Krankenkassen offiziell anerkannt sind, in meinem Fall die klassische Verhaltenstherapie. Die Klientin, über die ich berichten will, Sibylle, damals Anfang Vierzig, litt unter heftiger Angst vor geschlossenen Räumen, in der Fachsprache Klaustrophobie genannt. Sie war weder in der Lage, enge Räume zu betreten, eine Abstellkammer zum Beispiel oder ein Gäste-WC, noch Bus zu fahren oder Bahn, und Fahrstühle waren ihr ein ganz besonderes Gräuel. Allein schon der Gedanke, jemals einen solchen betreten zu müssen, löste eine heftige Panikattacke aus. Die Anamnese ihrer Lebensgeschichte ergab genügend Hinweise, die als Ursache der Erkrankung dienen konnten. Als kleines Mädchen war sie in ein schreckliches Ereignis verwickelt gewesen, das eine hochgradige Angst vor dem Tod, vor allem vor dem Eingesperrtsein in einen Sarg, hinterlassen hatte. Ein klassischer Fall also, geradezu lehrbuchhaft, die Therapie hätte eigentlich völlig unkompliziert verlaufen können. Aber bei Sibylle ergab sich keine Veränderung.

Wir hatten die Hintergründe der Lebensgeschichte gemeinsam analysiert, ein plausibles Erklärungsmodell zur Entstehung und Aufrechterhaltung der Symptomatik erstellt und über Wochen hinweg ein gestaffeltes Konfrontationstraining durchgeführt. Seither kenne ich sämtliche brauchbaren Aufzüge hier in der Region, wir leben ja nicht in der Großstadt, in der es diese Dinger an allen Ecken gibt. Ein klassisches Therapieangebot also, nur bei Sibylle tat sich, wie gesagt, nichts. Ich war mir sicher, alle Regeln der verhaltenstherapeutischen Kunst angewandt und die entsprechenden Methoden korrekt durchgeführt zu haben, auch die Motivation der Klientin war groß, nur hatte eben alles nicht gefruchtet. Sibylle brauchte die von der Krankenkasse genehmigten Sitzungen erst gar nicht alle auf, erst kam sie seltener, dann gar nicht mehr: ein klassischer Therapieabbruch. Auch das kommt vor.

Einen Erfolg, der mir damals allerdings völlig nebensächlich erschien, zog die ganze Sache dann doch nach sich: Sibylle hatte irgendwann während der Therapie darüber geklagt, wie unglücklich sie mit ihrem Beruf, einer Bürotätigkeit, sei. Ihre Eltern hatten sie direkt nach Schulabschluss, wie so viele Mädchen dieser Generation, ins Büro geschickt, mit der Bemerkung „Mädchen heiraten sowieso." Hatte sie auch, und auch Kinder bekommen, was aber nichts daran änderte, dass sie ihren Beruf nach wie vor als langweilig und absolut unbefriedigend empfand. Ich stand damals noch ganz am Anfang mit meinen Ideen zu einer Integralen Psychologie, das Thema Svadharma war mir von der Philosophie des Integralen Yoga her jedoch schon ein Begriff. Und hatte selbst schon mehrfach erfahren, welche erstaunlichen Entwicklungen in Gang kommen können, wenn man solch inneren Impulsen vertraut, die auf etwas Größeres verweisen, anstatt sie gleich als nicht machbar auszusortieren. So konnte ich wenigstens dieses Gedanken- und Erfahrungsgut an Sibylle weitergeben und sie motivieren, verstärkt nach einer Vision für eine berufliche Erfüllung zu suchen oder auf Hinweise zu achten, die das

Leben ihr gegebenenfalls als Antwort auf ihre Frage zuspielen würde.
Noch am selben Abend war dann etwas Außerordentliches geschehen: Sibylle zappte, wie sie mir gleich tags darauf aufgeregt am Telefon berichtete, vor Ausschalten des Fernsehers noch eine Weile unentschlossen von Sender zu Sender und erwischte dabei eine Dokumentation über Sterbebegleitung und Arbeit im Hospiz. Schon die ersten Bilder schlugen bei ihr ein wie ein Blitz. In jenem Moment wurde ihr schlagartig bewusst, dass sie vor dem Thema Tod nicht länger davonlaufen dürfe und dass dieser Beruf ihre Berufung sei. Sie begann umgehend, sich um Möglichkeiten zum Berufswechsel zu kümmern und geriet in eine Lawine von Zufällen, Fügungen und Synchronizitäten. Noch kein halbes Jahr später befand sie sich in der Ausbildung zur Altenpflegerin. Zur Absolvierung des praktischen Parts hatte sie nicht nur *ein* Altenheim gefunden, sondern derer gleich drei, sodass sie sich das beste davon aussuchen konnte. Dass sie ihre gesamten Abschlussprüfungen glänzend bestand, sei auch noch kurz erwähnt.
Ich vermute, die meisten Menschen in ihrer Lage bzw. in ihrem Alter hätten nicht die Courage gehabt, ihre berufliche Unzufriedenheit als Motor für eine Veränderung zu nutzen, sondern eher darauf verwiesen, wie schlecht in diesem Alter doch „ganz objektiv" die Chancen auf dem Arbeitsmarkt seien und mit dem Sprüchlein „Die restlichen Jahre krieg´ ich auch noch irgendwie rum" alles beim Alten gelassen. Glücklicherweise ist das Leben nicht „objektiv". Das werden aber auch nur jene herausfinden, die es wagen, ihren Träumen zu folgen.

Natürlich hat Sibylle inzwischen auch die Schattenseiten des neuen Berufs kennen gelernt, und ich weiß, dass sie keineswegs nur glücklich damit ist. Dennoch wurde mit der damaligen Entscheidung eine gravierende Wende in ihrem Leben eingeleitet, vor allen Dingen begann von da an – soweit ich das heute beurteilen kann – ihr Weg zu sich selbst. Die intensive Arbeit mit anderen Menschen, die ständige Konfrontation mit dem Tod und dem Mysterium von Leben und Sterben führte in den darauf folgenden Jahren zu einer beeindruckenden Wandlung und Vertiefung von Sibylles Persönlichkeit. Es war, als streifte sie eine alte Hülle nach der anderen ab, wodurch die überraschende Weite ihrer inneren Persönlichkeit immer unübersehbarer zum Ausdruck kam. Auch ein Rückgang ihrer Klaustrophobie ging damit einher. Inzwischen ist sie schon mehrfach in Flugzeugen gereist, in großen ebenso wie in kleinen, kann Bus fahren, sich in kleinen Räumen aufhalten und sogar Drehtüren betreten. Nur in einen Aufzug kriegt sie noch immer keiner rein.

Ich kann von all dem berichten, denn aus dem „therapeutischen Misserfolg" entwickelte sich ein jahrelanger Briefkontakt, der schließlich in eine Freundschaft überging. Durch Sibylle habe ich zum ersten Mal so ganz bewusst erfahren, welch kostbares Juwel in den Tiefen so mancher Menschen ruht. Und welch Geschenk es ist, Zeuge sein zu dürfen, wenn das Leben dieses ans Licht befördert und zum Leuchten bringt!

Sibylles Wandlung über die Jahre hinweg ließ mich endlich auch die wirkliche Ursache ihrer Klaustrophobie erkennen: Ihre panische Angst vor der Enge war die symbolische Entsprechung, in eine viel zu enge Persönlichkeit eingesperrt gewesen zu sein. Welch Horror für einen Menschen, der mir heute wie ein Bergsee erscheint: unergründlich tief und still.

7

Damals konnte ich das alles noch nicht sehen, denn ich war selbst noch nicht so *weit*. Weder in meiner Reife als Therapeutin noch in der Entfaltung meiner eigenen Persönlichkeit. Vielleicht wird am Beispiel von Sibylle deutlich, weshalb ich Selbsterkenntnis bzw. Selbsterforschung für eine so wesentliche, ja sogar unverzichtbare Voraussetzung für ein integral-psychologisches Arbeiten halte sowie eine umfassende Kenntnis der Grundprinzipien menschlicher Bewusstseinsevolution.

Zudem sind, jedenfalls meiner Erfahrung nach, auf dem Weg der Entwicklung einige Barrieren eingebaut, jenen rot-weißen Absperrungen vergleichbar, die die Aufschrift „Unbefugten ist der Zutritt verboten" tragen. Was bedeutet, dass nur derjenige, der die jeweilige Barriere mittels des eingeforderten Entwicklungsschrittes überwunden hat, weiter voranschreiten und erst dann auch wieder anderen auf diesem nächsten Streckenabschnitt weiterhelfen kann. Oder wer glaubte schon einer Raupe, die sich als Fachmann für den Übergang zum Schmetterlingsdasein ausgibt, wenn diese selbst noch nicht fliegen kann? Zu wirklich tiefer Menschenkenntnis gelangt man nicht durch ein Wissen *über* den Menschen, sondern durch ein Wissen, das sich aus Identität mit dem anderen ergibt. Wer bei sich selbst die unterschiedlichsten inneren wie äußeren Vorgänge definieren, deren Motive, Ziele und den jeweiligen Ursprung im Gesamtsystem Mensch benennen bzw. einordnen kann, dem gelingt das auch bei anderen. Dabei funktioniert diese „Kunst" nach dem hermetischen Gesetz der Entsprechungen: Die Kombinationsmöglichkeiten sind zweifelsohne mannigfaltig, die ihnen zu Grunde liegenden Prinzipien jedoch immer die gleichen.

Natürlich kann man nicht erwarten, dass jemand, nur weil er integral-psychologisch arbeitet, bereits die komplette Strecke des menschlichen Entwicklungsweges durchlaufen hat, zumal sie ja niemals genau die gleiche ist. Es reicht ja, wenn er den anderen Pilgern auf dem Pfad der Seele wenigstens um eine Länge voraus ist.

So sind die Therapien, die bei mir beispielsweise am unkompliziertesten verlaufen, solche mit Frauen im Alter zwischen Anfang Zwanzig und Mitte Vierzig, die – aus welchen individuellen Gründen auch immer – aus ihrer bisherigen Weltsicht und ihrem bisherigen Selbstbild zu erwachen beginnen. Für mich nicht verwunderlich, denn dieses Stück des Weges ist mir selbst bestens vertraut, und diesen Sprung von der Fremd- zur Selbstbestimmung habe ich, wie ich glaube, recht gut gemeistert.

Für viele dieser Klientinnen ist es dabei sehr hilfreich zu verstehen, dass wir Menschen einen grundsätzlich progressiven und zielgerichteten Entwicklungsprozess durchlaufen, der sich an Anlage und Gesetz (Svabhava und Svadharma) des jeweiligen Individuums ausrichtet und in mehrere Wachstumsstufen untergliedert ist. Die starke Verunsicherung solcher Klientinnen, weshalb sie auf einmal krank geworden sind oder weshalb eine Lebenshaltung, nach der sie doch über Jahre oder gar Jahrzehnte hinweg gut funktionierten, nun nicht mehr greifen will, ist mit dieser Wissensvermittlung schon meistens etwas abgemildert. Eingebettet in einen solch bedeutungsvollen und sinnhaften Rahmen eines vorwärts strebenden Werdeprozesses können die Frauen ihre Erkrankung oder Symptome nun viel eher als Krise des Übergangs oder als (notwendige) Erfahrungen innerhalb des ganz individuellen Lebenskontextes verstehen. Dieses Modell hilft ihnen, ihren bisherigen Lebensverlauf und die weitere Entwicklung besser zu begreifen und mehr als zuvor „sie selbst" zu werden. Denn *je zutreffender man sich selbst interpretieren kann, umso transparenter wird das Leben für einen selbst. Je tiefer man so in seine eigene Tiefe vordringt und diese vor sich und anderen wahrheitsgetreu wiedergibt, umso mehr kommt man mit sich selbst in Einklang.* (Ken Wilber)

Unabhängig von dieser speziellen weiblichen Klientel ist es meiner Erfahrung nach für jeden Klienten eine enorme Erleichterung zu begreifen, dass seine jeweilige – und meist sehr bedrängende – Symptomatik einen nachvollziehbaren Sinn im Lebensverlauf macht, somit in gewisser Weise eine eigene Sprache spricht, die man jedoch zu übersetzen wissen muss. Die konkrete Umsetzung dessen, was durch die Krise eingefordert wird, ist dann der wesentlich einfachere Teil der Behandlung. Hilfreich sind dabei Fragen wie: Welcher Teil der Vordergrundpersönlichkeit soll möglicherweise mit der

vorliegenden Symptomatik oder Lebenssituation transformiert werden? Auf welche (evolutionär gesehen) höhere Aufgabe weist die aktuelle Situation hin? Welche Stärke verbirgt sich hinter der offen erkennbaren Schwäche?
Wer einmal gelernt hat, das Leben als permanenten Bewusstwerdungsprozess zu verstehen, als „Wachstum zum Licht", wird zudem leichter erkennen, dass die Außenwelt immer als Spiegel des Inneren dient. Als Spiegel, der unbewusste innere Vorgänge über die Gegebenheiten im Außen reflektiert, um sie so über die anschauliche Erfahrung bewusst werden zu lassen. Er wird die augenfälligen Erscheinungen des Lebens als Symbole sehen, die auf eine Wirklichkeit dahinter verweisen wollen und die Sprache des Lebens mit der Zeit auch allein besser verstehen.

8

Eine weitere wesentliche Anforderung an einen integralen Psychotherapeuten besteht für mich darin, sich auf das eingangs schon erwähnte morphische Feld „Klient-Therapeut" einzulassen und sich nicht, wie in den anderen Therapierichtungen, hinter einer Rolle zu verbergen oder sich als getrennt von den Klienten zu verstehen. Ein integral-psychologisches Arbeiten verlangt „den ganzen Menschen", weil die Probleme von Therapeut und Klient gemeinsam zu lösen sind.

Zur Erinnerung: Im Integralen Yoga gilt die Erde als Konzentration aller kosmischen Bewusstseinsebenen und -kräfte, der Mensch wiederum als individualisiertes Abbild der Erde. Jeder von uns ist somit der reinste „kosmische Tummelplatz", auf dem sich alles und jedes austoben kann. Ein heilloses Durcheinander unzähliger Antriebe und Regungen, die wir vermutlich noch nicht einmal beim Namen nennen können, aber wie selbstverständlich unter dem Begriff des „Ich" subsumieren. In unserer Vordergrundpersönlichkeit sind wir somit ausgesprochen fremdbestimmt und von allen möglichen Prägungen überlagert, weshalb unsere Reaktionen auch meist mechanisch und unbewusst sind. Daraus ergibt sich die Aufgabe, auszusortieren, welche der unzähligen Impulse, Regungen und Kräfte wir in unserer Persönlichkeit zulassen wollen und welche nicht. Denn nur so kann uns Menschen die Transformation vom vermischten und verzerrten Zustand der Vordergrundpersönlichkeit zur reinen und geläuterten Form unserer wahren bzw. seelischen Persönlichkeit gelingen, die sich am Guten, Wahren und Schönen orientiert.

Sri Aurobindo bezeichnete den Menschen daher als ein Laboratorium, in dem *der wirkliche Mensch* erst noch ausgearbeitet werden müsse. Er wies darauf hin, dass zur Durchführung dieser großen Aufgabe innerhalb der Evolution ein jeder Mensch mit ganz speziellen Schwierigkeiten behaftet sei, die er im Sinne einer Lebensaufgabe früher oder später zu lösen, das jeweilige Thema damit zu *erlösen* habe. Allerdings lasse sich die Vielzahl der Menschen und die auf den ersten Blick unüberwindlich erscheinende Vielfältigkeit an Schwierigkeiten und Problemen aus dem Pool der kosmischen Kräfte in einigen wenigen Archetypen zusammenfassen. Genau gesagt, ging er von etwa hundert solcher archetypischen Schwierigkeiten aus, mit denen wir Menschen in mehr oder weniger reiner Form behaftet sind. Der Intellektuelle, der zwar über ein gut entwickeltes Mental verfügt, sich aber gerade durch dessen Überbetonung andere Zugangswege, die Welt und das Leben unvoreingenommen zu erfahren, versperren kann, wäre ein typisches Beispiel für eine solche archetypische Schwierigkeit. Die Lösung läge für diesen Archetypus darin, mentale Fähigkeiten zu relativieren, zu einem unmittelbaren Wahrnehmen und Erleben der Wirklichkeit zu gelangen und Vernunft und Verstand eher als reine Instrumente für konkrete Problemlösungen zu betrachten. Einer der engsten Schüler Sri Aurobindos, ein nach westlichem Standard ausgebildeter indischer Arzt, der noch heute über hundertjährig im Ashram lebt, gehörte dieser Sparte an und setzte seinem Meister wie wohl kein anderer der großen Schülerschar durch seine spitzfindigen Attacken zu. Über seine Schüler im Ashram sagte Sri Aurobindo: *Die Menschen hier stehen gleichsam für die Welt. Jeder Einzelne repräsentiert einen Typus der Menschheit. Wenn er transformiert wird, bedeutet es einen Sieg für alle, die diesem Typus angehören, und so eine Errungenschaft für unsere Arbeit.*

Ich denke, diese Aussage galt nicht nur für die Schüler in Sri Aurobindos Ashram, sondern gilt für jeden Menschen, der bereit ist, sich einer bewussten Wandlung und einer gezielten Entfaltung seines Bewusstseins zu unterziehen. Wenn wir also unsere persönlichen „typischen" Schwierigkeiten meistern, bahnen wir gleichzeitig einen Weg, der es allen anderen Menschen mit den gleichen Schwierigkeiten erleichtert, diese zu überwinden. Denn diese Veränderungen werden fortwährend als neu zur Verfügung stehende Information in das globale Feld der Menschheit eingespeist, die jeweiligen Archetypen somit umgeformt. Im Sinne Rupert Sheldrakes könnte man sagen, dass der einzelne Mensch damit die Möglichkeit hat, das ganze morphische Feld „Menschheit" ununterbrochen mit zu beeinflussen. Weil ein jeder auf seine Weise eine neue Furche ins Feld der Menschheit zieht.

Ich habe mir durch meine beruflichen Erfahrungen erlaubt, diesen Zusammenhang auf die Integrale Psychotherapie und das morphische Feld „Therapeut – Klient" zu übertragen. Denn ich stellte fest, dass man insbesondere als Therapeut vielen Menschen den Weg der Wandlung erleichtern kann, wenn man die Schwierigkeiten und Krankheiten des Menschseins, die man bei anderen lösen oder heilen will, zuerst bei sich selbst gelöst und geheilt hat. Denn erst dann ist man nicht länger selbst in die typischen Probleme involviert, und nur so wird man frei, die Probleme seiner Klienten von der nötigen höheren Warte aus zu sehen: *Wir sind … einer Reihe von überlagerten Determinismen unterworfen – Determinismen physischer, vitaler, mentaler und weiterreichender Natur –, und der Determinismus jeder Ebene ist in der Lage, den Determinismus der jeweils nächst niederen Ebene außer Kraft zu setzen. ... Die Freiheit besteht darin, sich auf eine höhere Ebene zu begeben. ... Durch seine Arbeit am Bewusstsein trägt jeder Einzelne von uns dazu bei, den Verhängnissen, die die Welt belasten, Widerstand zu leisten. Wir sind ein Gärstoff der Freiheit der Erde und ihrer Vergöttlichung. Denn die Evolution des Bewusstseins hat eine Bedeutung für die Erde.* (Satprem)

9

16. Oktober. Meine ständige Beschäftigung mit der Integralen Psychotherapie setzt sich neuerdings sogar in meinen Traumerlebnissen fort. So jedenfalls interpretiere ich den Traum der letzten Nacht.

Er handelt in einer riesengroßen, ausgesprochen morbid wirkenden Pension. Sie ist in ihren Abmessungen größer als jedes noch so große Hotel, das ich jemals gesehen habe. Ich sitze zusammen mit einigen anderen Leuten im Keller der Pension in einem außergewöhnlich hohen rechteckigen Raum, einer Art Schacht, auf dessen Boden sich Berge schmutziger Wäsche häufen. Weit oberhalb von uns, ca. dreißig Meter über unseren Köpfen, befindet sich eine Luke in der Schachtdecke, von wo aus in kurzen Abständen Bündel gebrauchter Bettlaken, Handtücher und Tischwäsche zu uns heruntergeworfen werden. Meine Kollegen und ich sortieren die Wäsche nach Farben, reinigen sie vor und stecken die jeweiligen Wäschehaufen in überdimensional große Waschmaschinen. Während der nächste Schub Schmutzwäsche auf uns herabsegelt, blitzt bei mir kurz der Gedanke auf, was da mit der Wäsche wohl noch so alles zu uns herunterrieselt, von fettigen Haaren über Hautschüppchen und sonstigen Kleinstpartikeln des menschlichen Körpers, die in Bettwäsche so häufig zu finden sind, bis hin zu wer-weiß-welchen Bakterien. Es schüttelt mich für einen Moment, dann streife ich den ekligen Gedanken schnell ab mit der Überzeugung, gegen all das immun zu sein. Oberhalb des Kellerraumes befinden sich die eigentlichen Räume der gigantischen Pension: Unzählige Gästezimmer, Konferenzräume, Büros, Kinos und Restaurants und ein weitläufiger Sport- und Wellnessbereich mit allem Drum und Dran. Wir von der Wäscherei dürfen sämtliche Einrichtungen nutzen, denn wir erhalten als Gegenleistung für unsere Dienste freie Kost und Logis. Leider kann mich nichts von alledem mehr reizen. Außerdem ist es mir viel zu stickig in der Pension und, obwohl sie doch so riesig ist, viel zu eng. Überall nur alte Menschen. Entweder sind sie wirklich alt oder sie wirken vom Wesen her verknöchert und erstarrt. Ich ziehe es daher vor, meine freie Zeit außerhalb des muffigen Pensionsgebäudes zu verbringen und nur zu den Arbeitszeiten dort zu erscheinen. Der Pension angegliedert ist ein Bestattungsunternehmen. Dessen Inhaber scheint der einzig wache Mensch hier zu sein. Jedes Mal, wenn ich mich zur Mittags- und Abendzeit nach draußen schleiche, zwinkert er mir mit einem Auge zu. Er nimmt das hier alles auch nicht so ernst.

Oh je, wenn ich diesen Traum so deuten soll, dass die von mir angestrebte neue Form von Psychotherapie demnach etwas Ähnliches sein soll wie die Reinigung kollektiver „schmutziger Wäsche" bei freier Kost und Logis, dann werde ich wohl nicht allzu viele Befürworter meiner neuen Theorien finden!

10

Ich hoffe doch, dass der Leser/die Leserin nicht davon ausgeht, dass ich jeden, der sich bei mir zu einer Therapie anmeldet, mit „meiner" integralen Philosophie und Arbeitsweise zwangsbeglücke! Selbstverständlich wende ich diese nicht ungefiltert an. Viel mehr besteht für mich neben der Kontaktaufnahme mit einem neuen Klienten einer der ersten Schritte darin, zu erkennen, wo genau er innerhalb seines eigenen Entwicklungsprozesses steht und wo die Ursache der psychischen Störung liegt. (Was mir natürlich nur bezüglich der Stationen möglich ist, zu denen ich selbst bisher vorgedrungen bin!) Der Standort des Klienten ist ausschlaggebend dafür, welche Art von Unterstützung er am ehesten braucht. Denn je nachdem, auf welcher Entwicklungsstufe eine Pathologie auftritt, sind unterschiedliche Behandlungsformen angesagt. Weshalb man während des Erstkontakts die optimale Zuordnung treffen und den einen oder anderen Klienten gegebenenfalls an andere Therapeuten, z.B. für eine Körpertherapie, verweisen muss. Jemanden, der mir beim Erstgespräch zum Beispiel eröffnet: „De Doktor sacht, ich han´s an de Nerven", werde ich mit einer Integralen Psychotherapie sicher nicht behelligen. Auch nicht solche Klienten, die ihre Symptome als „aus heiterem Himmel" angeflogen wahrnehmen und mit sich und ihrem Leben absolut keinen Zusammenhang sehen (können). Erst bei denjenigen, die ihre Symptomatik im Sinne von „Krankheit als Weg" verstehen und den Zusammenhang zwischen ihrer Erkrankung, ihrer bisherigen Lebensweise, ihren Überzeugungen vom Leben und dergleichen mehr herausarbeiten wollen, lasse ich nach und nach einige der neuen Ansätze einfließen. Niemals jedoch als feststehende Tatsache, stets nur als Angebot.

Das kann zum Beispiel die Hypothese sein, dass wir Menschen hier auf der Erde leben, um unser seelisches Wesen zu entfalten, um der zu werden, der wir im Innersten wirklich sind und nach und nach das in uns angelegte Potenzial (d.h. die seelischen Qualitäten) zu verwirklichen. Wobei es meines Erachtens kein „Richtig" oder „Falsch" gibt, sondern zunächst nur – wertfreie – Erfahrungen. Denn meiner Meinung nach sollte jeder Mensch das Recht haben, sich frei zu entfalten, weil er nur so seinem ganz persönlichen Entwicklungsweg folgen kann. Manchmal gebe ich auch einige Informationen dazu, dass der Mensch möglicherweise eine Mischung darstellt aus „Licht" und „Dunkelheit", d.h. aus guten, schönen, wahren Bestrebungen, aus Idealen und hohen Zielen ebenso wie aus Egoismus und Unbewusstheit, aus nicht reflektierten Überzeugungen und Prägungen aus der Vergangenheit (Samskaras).

Des Weiteren habe ich festgestellt, dass es auf viele Klienten ausgesprochen motivierend wirkt, ihre Probleme als Ausdruck archetypischer Determinismen zu verstehen. Man könnte sogar sagen, dass diese Sichtweise das Bedürfnis nach bewusster Selbstentfaltung schürt und den Drang, die Inhalte des eigenen Bewusstseins wie Denk-, Gefühls- und Handlungsmuster, Motive, Überzeugungen und Ängste erkennen, in Frage zu stellen und überschreiten zu wollen. Ein weiterer Aspekt meines konkreten Vorgehens ist, entscheidende Ereignisse im Leben des jeweiligen Klienten – meistens die Geschehnisse, die Krisen bzw. Erkrankungen auslösten – genauer unter die Lupe zu nehmen und ihren Sinn innerhalb des Lebenskontextes des Klienten herauszufinden. Allein diese scheinbar kleine Methode bewirkt meist schon erstaunliche Veränderungen.

Auch wenn ich nicht bei jedem Klienten integralpsychotherapeutisch arbeite, ist es doch in jeder therapeutischen Begegnung hilfreich, mich innerhalb eines umfassenden Rahmenkonzepts bewegen zu können. Bei meiner Auseinandersetzung mit den mir bekannten Ansätzen zur so genannten Transpersonalen Psychologie habe ich festgestellt, dass nämlich genau dieses Fehlen eines allgemein gültigen theoretischen Rahmens deren Schwäche ist. (Die Modelle Ken Wilbers nehme ich von dieser Kritik aus. Er hat sich meines Wissens aus ähnlichen Gründen von der Szene der Transpersonalen Psychologie abgewandt und seine Richtung ebenfalls „Integral Psychology" genannt.) Es liegt ein Nebeneinander von Einzeltheorien vor, aber kein Bezugsrahmen, der all diese Bruchstücke zu integrieren vermag. Aber erst eine solche Integration im Sinne einer „Wiederherstellung eines Ganzen" (integral = ein Ganzes bildend, vollständig) wäre meines Erachtens ein wirklicher Durchbruch im Selbstverständnis der Psychologie.

Für meine Auffassung einer Integralen Psychologie und Psychotherapie habe ich als theoretisches Rahmenkonzept das Menschen- und Weltbild Sri Aurobindos adaptiert, wie er es in seinem evolutionär-spirituellen System des Integralen Yoga skizziert. Sicher nicht ohne Grund hat er in seinen Schriften dieses System, welches auf der indischen Philosophie, mehr noch auf eigenen Erfahrungen mittels kontemplativer Forschung basiert, des Öfteren selbst als „praktische Psychologie" bezeichnet. Überzeugend finde ich dabei die Tatsache, dass dieses äußerst differenzierte und akribisch kartographierte System eine Synthese aus östlicher Psychologie/Spiritualität und westlicher Wissenschaft darstellt. Sowieso bin ich der Überzeugung, dass Wissenschaft, wenn sie sich so weit wie möglich der Wahrheit annähern will, sich mit mystischer Erkenntnis, Erfahrung und Weisheit vereinigen sollte. Denn: *Wissenschaftliche Erkenntnis hilft nur, wenn wir den Schleier der Prozesse und Phänomene durchdringen und die eine Wirklichkeit im Hintergrund sehen, die sie alle erklärt.* (Sri Aurobindo)

11

20. Oktober. Interessante Bewusstseinserfahrungen zurzeit. Sie scheinen alle etwas damit zu tun zu haben, wie mein Bewusstsein Bilder erschafft. In einer der letzten Nächte Unmengen von Traumszenen hintereinander, die sich aber alle nicht so ganz deutlich aufbauen wollen, weshalb ich mich auch nur an eine, vermutlich die klarste von ihnen, erinnern kann.

Ich befinde mich in einer Stadt, dort steht der Bamberger Dom. (In „Wirklichkeit" habe ich ihn bisher noch nie gesehen.) Der Dom, ganz in schwarz-weiß, wirkt ungewohnt durchscheinend, als habe er sich in meinem Traum nur unvollständig manifestiert. Das Kirchenschiff ist noch deutlich zu sehen, nach oben, zu den Türmen hin, verliert sich jedoch das Bild. Dicht an den Dom gedrängt dunkle, wuchtige Industriebauten mit kantigen Konturen, was sie ausgesprochen bedrohlich wirken lässt. Während die Bilder auf mich wirken, habe ich den Eindruck, als schaute ich mir selbst bei der Übersetzung von Gefühlsinhalten in bildhafte Formen zu. Mit dem Bewusstsein noch in die Traumebene involviert, bin ich mir schon sicher, dass es sich bei den Gebäuden um manifestierte Gefühle handelt. Als ich zur Ebene des Wachbewusstseins zurückkehren will, bleibt das Bild meines Schlafzimmers schwarz-weiß und etwas griesig. Es dauert länger als sonst, bis es das gewohnte Aussehen annimmt.

In einem anderen Traum sehe ich nur weiße Würfel. Sie tauchen unvermittelt vor meinem inneren Auge auf und nehmen erst in einem nächsten Schritt die gewohnten Formen von Gegenständen, Personen oder kurzen Szenen an. Sobald die Bilder zu verblassen beginnen, wandeln sie sich erst wieder in weiße Würfel um, bevor sie sich meinem Blick gänzlich entziehen. Mir kommt es so vor, als wolle mir jemand auch anhand dieser Wandlungen demonstrieren, wie das menschliche Bewusstsein generell Realität konstruiert. Die weißen Würfel scheinen dabei so etwas wie abstrakte Symbole für die psychologischen Strukturen oder Bausteine zu sein, die jeder physischen Manifestation zu Grunde liegen.

Sich wandelnde Formen auch als Thema meiner Erfahrungen während der Mittagsruhe:
An einem Tag tauchen beim Umschalten des Bewusstseins waagrechte Streifen in den verschiedensten Abstufungen von Dunkelblau auf. Wie mit raschem Pinselstrich über eine nicht sichtbare Leinwand gezogen, die Ränder leicht zerfließend. Das eine oder andere Dunkelblau geht fast in ein Violett über, andere schimmern wie von mikroskopisch feinen Licht-

partikelchen durchsetzt, was ihnen eine geheimnisvolle Tiefe verleiht. Während des ruhigen Betrachtens dreht sich das Bild, wird dreidimensional, die dunkelblauen Streifen nehmen die Form eines langen Mantels mit üppiger Schleppe an. Aber da ist niemand, der ihn trägt. Der majestätische Mantel selbst ist die Gestalt. Eine kleine, weiß leuchtende Kugel sitzt oben drauf, wirkt wie ein lächerlich kleiner Kopf im Verhältnis zur voluminös drapierten Mantelgestalt. Eine erneute Drehung des Bildes verwandelt den dunkelblauen Stoff nun in ineinander verschlungene Gänge, röhrenförmig, in deren Tiefe weißes Licht aufblitzt. Eine letzte Drehung, die Gänge werden zu Spiralarmen, die sich in gemächlichem Tanz um die helle Lichtkugel drehen.

Ein anderes Mal sehe ich vor meinem inneren Auge einige durchsichtige Quader vorüberziehen. Die Quader sind unterschiedlich groß, hängen transparent-schwebend in der Luft, zum Teil überlappen sie sich. Wenn ich die Augen öffne, sehe ich sie deutlicher als mit geschlossenen. Die meisten sind in verschiedenen Abstufungen von Türkis getönt, einige in zartem Hellblau, ein paar reinweiße sind dabei, ein goldener und einer in einem duftigen Apricot. Mir fällt auf, dass diese schwebenden Rechtecke die Farben meines Zimmers wiedergeben. Wobei jeder von ihnen zusammen mit der Farbe auch eine typische Gestimmtheit oder Energie repräsentiert. Das wird am deutlichsten bei dem Quader in Apricot. Lenke ich meine Aufmerksamkeit auf ihn, wird er größer und größer, saugt mich fast in sich hinein, umhüllt mich mit seiner rosa-orangenen warmen Weite. Dabei kommt diese Farbe in meinem Schlafzimmer nur an einer einzigen Stelle vor: als Hintergrund der japanischen Kalligraphie des Wortes „Liebe".
Ich spüre, dass die Farbquader so etwas wie Übersetzungen der physischen Gegebenheiten meines Zimmers in ihren jeweiligen psychischen Informationsgehalt sind. Sie kommen mir vor wie der physischen Manifestation vorgeschaltete nicht-materielle Bausteine. Sobald ich mich länger auf sie konzentriere, schrumpfen sie zu Farbpunkten, die sich kreuz

und quer in einer nicht mehr fassbaren Weite verlieren, dennoch miteinander in Verbindung stehen. Ein kurzer Schrecken durchfährt mich, als mir dämmert, dass sich das so handfest wirkende Erscheinungsbild meines gemütlichen Schlafzimmers anscheinend aus nichts anderem als abstrakten psychischen Botschaften zusammensetzt, die in Wirklichkeit noch nicht einmal in einem räumlichen Zusammenhang stehen. Jeder Bestandteil existiert für sich allein „irgendwo" in der Tiefe der kosmischen Gefilde. Allein meine Vorstellung von einem behaglichen Schlafzimmer bringt die einzelnen Bausteine miteinander in Resonanz, versetzt sie in Schwingung. Es ist ihr gemeinsamer Klang, der meinen Raum erschafft!

12

Vermutlich hat sich die Leserin, der Leser schon mehr als einmal gefragt, wie ich nur immer zu diesen verrückten Bildern in meiner Mittagszeit komme?
Also: Ich lege mich auf den Rücken, auf dem Bett oder auf der Couch, mit einer zusammengerollten Decke unter den Knien, um meine Wirbelsäule zu entlasten. Dann streife ich mir eine schwarze Augenmaske über, das erleichtert das innere Sehen. Das Gummibändchen, das man um den Kopf herum legt, ist leider vom vielen Tragen schon ziemlich ausgeleiert. Allerdings ist die Augenmaske auch eine Billigversion, ich habe sie bei meinem letzten Rückflug Chennai-Frankfurt als Souvenir mitgehen lassen. Früher, zu den Zeiten der britischen Kolonialherrschaft, hieß Chennai „Madras", aber das sagt man heute nicht mehr. „Lufthansa" steht in schon etwas abgegriffenen goldenen Buchstaben auf dem schwarzen Stoff, daneben ein langhalsiger Vogel, der gerade steil in die Lüfte abhebt. „Hansa", manchmal auch „Hamsa" geschrieben, ist Sanskrit und heißt Schwan. Ein fliegender Schwan also; ich finde, dass das ein sehr schönes Emblem für

eine Augenmaske ist, mit der ich meine inneren Welten bereise.

Überhaupt reise ich lieber in die innere statt in die äußere Welt. Obwohl, heute hält es sich vermutlich eher die Waage. Gerade die Reisen nach Indien habe ich anfangs überhaupt nicht gemocht. Erst mal der furchtbar lange Flug und dann noch dieses Land! Leonhard war immer so geschickt darin, sich den Platz an der Fensterluke zu sichern, aber, um ehrlich zu bleiben, wollte ich den ganz zu Anfang wegen meiner Flugangst auch nicht. Dann saß auf der anderen Seite neben mir fast immer ein Inder oder eine Inderin. Die können ja schlafen, wo immer sie stehen oder gehen! Beneidenswert! Einmal saß eine junge indische Mutter neben mir, mit ihrem in Rüschchen gepackten Baby auf dem Schoß. Der Jumbo war noch nicht in der Luft, da schliefen die beiden schon, selig und fest. Und so merkte meine Nachbarin natürlich auch nicht, dass nach kürzester Zeit schon die Windel voll war, und ich verbrachte zehn Stunden Flug in diesem von nebenan warm aufsteigenden Duft. Aber, ich wollte ja von meinen inneren Reisen berichten...

Ja, dann liege ich also da, still, und warte. Vor meinen Augen ist erst einmal alles nur schwarz. Manchmal schlafe ich darüber einfach ein, meistens jedoch ereignet sich etwas, eine kleine Bewegung vor dem inneren Auge, ein erstes Bild, an das ich mich mit meiner Achtsamkeit anhängen kann, und der Ausstieg aus der Dreidimensionalität beginnt. An manchen Tagen wandelt sich die Schwärze hinter den Augenlidern nach wenigen Momenten in Helligkeit, in ein inneres Licht, das ich genau genommen weniger sehen als vielmehr fühlen kann. Es ist dem Licht eines diesigen, hitzedurchfluteten Sommertags ähnlich, dessen grelle Wärme man auch eher mit dem Körper fühlen denn mit den Augen sehen kann. Dieses Licht mag ich ganz besonders, es hüllt mich in die Geborgenheit einer weiten weißen Leere. Leider ist es nicht beständig, vermutlich weil ich den entsprechenden Bewusstseinszustand noch nicht auf Dauer zu halten vermag.

Dafür haben sich die Erfahrungen der Wände aus Glas, die von einem milchigen undurchsichtigen Zustand in einen immer klareren übergehen, von denen ich im ersten Band der Aufzeichnungen gegen Ende berichtete, nicht nur weiter fortgesetzt, sondern sogar verstetigt. Wenn es so ganz durchlässig wird in mir, strömt daher alles ungehindert durch mich hindurch, das Empfinden eines Außen und das eines Innen werden eins. Und ich spüre, dass ich das bewusste Zentrum eines einzigen strahlenden, körperlosen Fluidums bin.

Und alles, was ich auf meiner Reise nach innen dann sehe, fühle und erlebe, schreibe ich auf, sobald ich wieder gelandet bin. In eine große Kladde, in der ich auch meine nächtlichen Träume, viele meiner Gedanken und sonstigen Erfahrungen notiere. Wenn sie voll ist, beginne ich eine neue. Seitdem mir aufgefallen ist, wieviel ich doch schreibe, kaufe ich mir die Kladden auf Vorrat, immer dann, wenn es sie bei Aldi gibt. Wenn ich zwischendrin mal Muße habe, tippe ich die Erlebnisse und philosophischen Erkenntnisse, die mir würdig erscheinen, und einige herausragende Therapieerfahrungen in den PC. Dann füge ich die eine oder andere Erinnerung hinzu – aus meiner Kindheit oder aus einem anderen Leben –, überarbeite zum Schluss alles sprachlich noch einmal, damit es sich flüssig liest. – Na ja, und so entsteht dann daraus ein Buch.

13

19. Dezember. Nun haben wir schon Winter, und ich habe es fast nicht bemerkt. Ich komme auch kaum noch zum Schreiben, meine Arbeit in der Praxis ufert seit dem späten Herbst bedenklich aus. Von wegen Ausstieg aus der Dreidimensionalität! Was mein Alltagsbewusstsein anbelangt, bin ich immer noch nicht ganz aus dem Ei geschlüpft!

Die Grenzen des Arbeitspensums, die ich mir bisher gesteckt hatte, sind weit überschritten, es tauchte in den letzten Wochen ein Notfall nach dem anderen auf. So geballt habe ich das in den vielen Jahren meiner Berufstätigkeit noch nie erlebt:
Ein ganzer Schwung Neuer, deren bedrängende Symptomatik oder kritische Lebenssituation keinen Aufschub duldeten, dazu gleich mehrere Klientinnen, die mir von der hiesigen Frauenärztin als dringendst behandlungsbedürftig ans Herz gelegt wurden, und dann noch die Tochter meiner früheren Sekretärin, die wegen eines Liebesdramas kurz vorm Durchdrehen war. Das Ganze gekrönt von zwei akuten Selbstmordkandidaten. Hätte ich all denen etwa sagen sollen, dass meine Wartezeit eigentlich ein Dreivierteljahr beträgt? Also habe ich meinen Terminkalender aufgestockt, mit dem Effekt, dass seither für kaum etwas Anderes Zeit übrig bleibt und mein Leben fast nur noch aus Arbeiten besteht.
Ich weiß nicht so recht, wie ich damit umgehen soll und was diese Phase – ich will hoffen, dass es bei einer „Phase" bleibt – nun wieder zu bedeuten hat. Wahrscheinlich die prompte Antwort auf meine Ungeduld! Statt Ausstieg, Freiheit und Stille jetzt erst mal wieder voller Einsatz und Stress.

Das, was ich während der therapeutischen Arbeit mit meinen Klienten erlebe, ist allerdings so ungewöhnlich, dass es mich trotz der akuten Überlastung jeden Tag wieder von Neuem in meine Praxis treibt. Jeder der Menschen, die zu mir kommen, trägt etwas Verborgenes in sich, das es zu entdecken gilt, weshalb ich mich doch auf jeden von ihnen mit einem erwartungsvollen Staunen einlassen kann. Von einigen will ich nun etwas ausführlicher berichten.

14

Ich beginne meine „Fall"-Berichte mit meiner Klientin Petra Friedrich.
Die Therapie mit ihr hatte im September begonnen, ein Arzt des Psychiatrischen Landeskrankenhauses hatte sie mir zu einer ambulanten Anschlussbehandlung überwiesen. Der Psychiater, der Stimme nach ein alter Hase in den Sechzigern, hatte händeringend nach einem Therapieplatz für sie gesucht und sie mir mit dem Hinweis darauf anempfohlen, dass ihm in all den Jahren seiner Berufstätigkeit noch nie ein Mensch mit einer so grauenvollen Lebens- und Leidensgeschichte begegnet sei. Tolle Empfehlung, so was hatte mir gerade noch gefehlt! Ich sagte trotzdem einen Termin für ein Erstgespräch zu, letztlich aus dem einzigen und ziemlich verrückten Grund, weil der – nicht allzu geläufige – Nachname der Klientin auch mein Geburtsname ist und ich neugierig war, ob sich hinter dieser rein äußerlichen Gemeinsamkeit noch weitere verbergen würden.

Von dem Psychiater erfuhr ich kurz, dass er nicht viel über die Klientin wisse, nur dass sie vermutlich während ihrer Kindheit und Jugend von ihrer gesamten männlichen Verwandtschaft (Vater, Bruder, Onkel) regelmäßig vergewaltigt worden sei. Und dass sich das Thema des sexuellen Missbrauchs mit größter Wahrscheinlichkeit auch in der aktuellen Partnerschaft der Patientin fortsetze, die Patientin jedoch eine „hysterische Persönlichkeit" sei, weshalb er nicht sicher sei, inwieweit man ihren Schilderungen wirklich glauben könne. Nun ja, beim ersten Termin bei mir erzählte Frau Friedrich erst einmal so gut wie nichts. Später fand ich heraus, dass sie sich selbst ausführlichere Mitteilungen zu ihrer Lebensgeschichte verbot, weil sie befürchtete, dafür bestraft zu werden, indem anderen Menschen ein Unglück widerfährt. Das hatte ihr ihre Familie wie eine Gehirnwäsche infiltriert, nachdem ihr Bruder an Hodenkrebs gestorben war. Von da an war sie für alles die Schuldige, die noch dazu mit ihren „Lügengeschichten" die Familie beschmutzte. In der Woche nach der ersten Sitzung mit ihr träumte ich, dass mir ein Mann eine grüne Paste auf die Beine aufträgt, die zunächst grauenvoll brennt, als der Schmerz sich legt aber merkwürdigerweise eine geradezu wohltuende Klarheit bei mir hinterlässt. In einer der folgenden Sitzungen erfuhr ich von Petra Friedrich, dass sie sich regelmäßig zur Selbstbestrafung mit Rasierklingen die Beine aufschnippelt und sie danach mit Chlorreiniger übergießt. Aus den Bruchstücken, die sie mir nach und nach servierte, begriff ich, dass sie bis heute sexuell missbraucht wird und nicht in der Lage ist, sich zu wehren, weil sie sich selbst für durch und durch böse hält und ihr Umfeld außerdem für den Fall eines Aufbegehrens eindeutige Konsequenzen androht.

Die Frau war umgeben von einer Aura des Grauens und ich wegen meiner Neugier nun in eine Geschichte involviert, wie man sie sonst nur in den Boulevardblättchen liest.

Dann, noch ziemlich am Anfang, brachte sie zu einer Sitzung eine grässliche Fratze aus Pappe mit. Die drückte sie mir mit der Bitte in die Hand, „das Böse zu vernichten". Ich antwortete, dass die Sache mit dem Bösen vermutlich nicht ganz so einfach zu beheben sei, versprach aber, über eine geeignete Lösung nachzudenken. Bis zur nächsten Sitzung fasste ich den Entschluss, mich in einem gewissen Ausmaß auf ihre Bitte einzulassen, wenn auch in etwas abgewandelter Form. Ein bisschen helfen sollte sie mir schon dabei, ich hätte sonst das Gefühl gehabt, mir blauäugig wer-weiß-was aufzuladen. Beim nächsten Termin ließ ich sie selbst die Fratze zerreißen und verschnürte die Papierfetzen fest in schwarzem Kreppapier. Am darauf folgenden Wochenende marschierten Leonhard und ich mit einem Schippchen und dem verschnürten Bösen in den Wald, suchten weit abseits der Wanderwege einen Platz, der uns für ein solches Ritual geeignet erschien, und vergruben das finstere Päckchen in der Erde. Wir hatten lange überlegt, ob es richtig sei, dem Wunsch meiner Klientin nachzukommen. Schließlich wissen wir als Yogis nur zu gut, dass sich auch hinter einer noch so kindhaft-naiv vorgetragenen Bitte etwas wesentlich Bedeutungsschwereres verbergen kann. Was wir hier taten, war keine Kinderei, dem Bösen bietet man nicht einfach so die Stirn! Deshalb hatte Leonhard darauf bestanden, das Ritual gemeinsam mit mir zu vollziehen, in der Hoffnung, mich so vor allem, was dadurch nun auf mich zukommen mochte, zu beschützen.

Es war ein grauer, wolkenverhangener Tag. Aber als wir die letzte Schippe Erde festgeklopft hatten, durchbrach ein einzelner Lichtstrahl den verhangenen Himmel und genau dieser kleine Flecken Erde wurde für einen kurzen, nur Sekunden andauernden Augenblick von der Sonne berührt. Unsere Anspannung wich. Wir hatten das Gefühl, als sei „das Böse" damit gebannt und unsere Aktion mit diesem leuchtenden Zeichen „abgesegnet" worden.

Direkt in der Nacht danach tauchte dieses Licht in meinem Traum wieder auf: Ich befinde mich, wie in der Wachrealität, in meinem Schlafzimmer, als ein schmaler Lichtstrahl durch das Dachfenster fällt. Das Licht ist erst schwach, wird hell und heller, bis es mir unerträglich wird und ich davor nur noch fliehen möchte. Aber der Strahl jagt mir hinterher, wie von einer gigantischen Taschenlampe gelenkt, tastet mit zielsicheren, gleißenden Fingern nach meinem Leib. In meiner Not und weil das Licht so furchtbar grell ist, verstecke ich mich in der engen Nische hinter meinem Bett, aber selbst hier spürt es mich auf – und ich ergebe mich. Der Strahl wird breiter, noch intensiver, leuchtet mich und schließlich das ganze Zimmer aus.

Kurz danach, Anfang November, fuhr Frau Friedrich für drei Wochen in eine Klinik zur Rehabilitation. Wieder zuhause, sah ich sie für zwei Wochen nicht, erhielt den Abschlussbericht der Klinik daher noch vor unserem Wiedersehen. Man hatte die Frau, die eine ansehnliche Bandbreite an psychischen Störungen aufzuweisen hat, als „voll arbeitsfähig" entlassen und als Erfolg der Reha-Maßnahme angegeben, dass

es gelungen war, die Abführmittel abzusetzen und sie zum Besuch eines Englischkurses bei der VHS am Heimatort zu motivieren. Dem Bericht war des Weiteren zu entnehmen, dass die Patientin als nicht glaubwürdig einzuschätzen sei, denn es könne nicht sein, dass eine Frau von bisher insgesamt acht Tätern missbraucht bzw. vergewaltigt worden sei. Ihre Schilderungen seien vielmehr als Suche nach Anerkennung und als Geltungsdrang zu verstehen. (Das Gleiche behauptet die Familie von Frau Friedrich ja auch.)
Ich legte die Papiere zur Seite und holte ein paar Mal tief Luft. Eine kalte Angst kroch mir den Rücken hoch und mit ihr eine tiefe Verunsicherung. Sollte ich mich in meiner Wahrnehmung dieser Frau wirklich so getäuscht haben, trieb sie tatsächlich nur ein Spiel mit mir, mit ihrem Umfeld und mit allen anderen? Die Therapeuten in der Klinik sind ebenfalls Profis, die irren sich doch nicht! Andererseits spüre ich doch bei jedem Kontakt mit ihr dieses kaum zu ertragende Grauen, das sie mit sich schleppt! Oder sollte es womöglich sein, dass andere Therapeuten sich so jemanden lieber vom Leibe halten, indem sie ihn von Anfang an mit einer Diagnose etikettieren, ihn in die Schublade eines passenden pathologischen Persönlichkeitstypus stecken, eben weil man ein solches Grauen selbst kaum aushalten kann? Das könnte ich durchaus nachvollziehen. Der Bericht setzte mir so zu, dass ich mal wieder völlig an mir zweifelte.

Dann folgte der nächste Traum: Ich renne durch einen finsteren Wald, werde von einem Mann gejagt, bin schon ganz außer Atem. Da komme ich zu einem Dorf, verstecke mich in einem Haus, eine Familie bietet mir Schutz. Plötzlich, und mir völlig unverständlich, wendet sich die Familie, die mir doch gerade eben noch half, gegen mich, schließt sich dem Verfolger an, und ich bin wieder auf der Flucht. Es folgen mehrere Szenen, in denen ich wieder und wieder das Gleiche erfahre: Die Menschen, denen ich mich anvertraue, glauben mir auf einmal nicht mehr, wenden sich gegen mich, verfolgen mich, als ob ich eine Hexe sei oder gar der Leibhaftige in

Person, und ich renne und renne, gehetzt und atemlos und außer mir vor Angst. Von Zeit zu Zeit werfe ich einen kurzen Blick hinter mich, sehe voller Entsetzen, wie die Meute wächst. Irgendwann liegt ein hohes Felsmassiv vor mir, versperrt mir den Weg. Vor Angst und Panik wie von Sinnen beginne ich, daran hochzuklettern. Ganz oben angekommen, sehe ich tief unter mir die Menschen lauern, ein paar von ihnen klettern mir hinterher. Nun gibt es keinen Ausweg mehr. Ich stehe am äußersten Rand der schroffen Felsenwand und denke: „Jetzt bleibt dir nur noch der Tod." Im selben Moment merke ich, dass ich auf einmal *neben* der Frau stehe, die ich bisher im Traum war und mir – nun von außen – selbst zuschaue. Da wache ich auf.

Als ich Petra Friedrich letzte Woche erstmals wieder sah, streckte sie mir zur Begrüßung statt ihrer Hand eine große Plastiktüte entgegen mit einem verlegen-ruppigen „Da!". Ich warf einen kurzen Blick hinein, die Tüte war zu Dreiviertel vollgestopft mit einer ansehnlichen Auswahl an Psychopharmaka: Schlafmittel, Angstlöser, Antidepressiva und dergleichen mehr. In der Menge, so schätzte ich, vermutlich ausreichend, um gut und gerne gleich drei Personen ins Jenseits zu befördern. Wieder einmal werde ich um Entsorgung gebeten. Dann schilderte sie mir mit rauer Stimme und noch immer ruppig und knapp, was geschehen war: Seit ihrer Rückkehr aus der Klinik hatte sich die häusliche Situation weiter zugespitzt. Durch heftigste Beschimpfungen und sexuelle Übergriffe des Partners sowie den Vorwurf ihrer Eltern, dass sie wohl nichts Besseres zu tun habe, als sich in irgendwelchen Kliniken wichtig zu tun, dort rumzuhuren und ihre Tochter – die während der Zeit bei einer Freundin untergebracht war – zu vernachlässigen. Dann kam der Anruf vom Arbeitsamt, durch den sie erfuhr, dass sie von der Klinik als voll arbeitsfähig eingestuft worden war. In ihrer Fassungslosigkeit, selbst dort als Simulantin eingeschätzt worden zu sein, sei ihr klar geworden: „Jetzt bleibt dir nur noch der Tod!"

Am Samstag habe sie sich dazu entschlossen, diesem Alptraum von Leben nun endlich und endgültig ein Ende zu setzen. (Meinen Traum hatte ich Sonntag nachts.) Nachdem sie ihre an den verschiedensten Plätzen im Haushalt versteckten Medikamente eingesammelt hatte, habe sie im letzten Moment dann doch das Verantwortungsgefühl für ihre kleine Tochter davon abgehalten, ihren Entschluss in die Tat umzusetzen. Denn wenn sie nicht länger als Missbrauchsopfer im familiären System fungiere, würde diese Rolle der Kleinen zufallen. „Du weißt, was wir mit der Kleinen machen, wenn du nicht...", das habe sie von ihrem Partner und dessen Vater schon oft genug gehört. Nun werde sie noch durchhalten, bis ihre Tochter alt genug sei, sich selbst zu beschützen, aber dann mache sie Schluss. Von dieser Entscheidung bringe sie auch keiner mehr ab.

Soweit der aktuelle Stand der Psychotherapie.
Ich habe meine Sicherheit wiedergefunden, weiß allerdings selbst nicht mehr, wie ich das, was da im Kontakt mit Frau Friedrich geschieht, nennen soll. Ich bin dankbar, dass mir meine Träume so zuverlässige Wegweiser sind. Und eigentlich auch ganz froh über den tiefen Zugang, den ich zu den Menschen finde, mit denen ich arbeite, auch wenn meine Art der „Datenerhebung" zugegebenermaßen etwas unorthodox erscheinen wird. Vermutlich aber nur so lange, wie man an der Vorstellung festzuhalten versucht, dass wir Menschen voneinander getrennte Wesen seien und glaubt, ein Therapeut sei (nur) der Therapeut und ein Klient (nur) der Klient.
Ich hoffe, es wird mir durch die freimütige Schilderung meiner beruflichen Erfahrungen gelingen, mit diesen fein säuberlich abgegrenzten Vorstellungen aufzuräumen.

15

Nicht immer ist die Vernetzung zwischen meinen Klienten und mir so beeindruckend wie im soeben geschilderten Fall. Viel öfter sind es banale Kleinigkeiten, von denen ich träume bzw. die geschehen. Zum Beispiel gebe ich in einem Traum mein Auto in Reparatur und einige Tage darauf erzählt mir eine meiner Angstklientinnen voller Stolz, dass ihr jemand ins Auto gefahren ist – was natürlich kein Anlass zur Freude ist –, sie aber selbst in dieser schwierigen Situation die komplette Abwicklung mit der Kfz-Werkstatt ohne Panikattacken gemanagt hat. Oder ich gehe im Traum durch ein leeres Haus, in dem jedes Zimmer in einer anderen sanften Farbe gestrichen ist und erfahre kurz danach von einer Klientin, die ausgesprochen selbstunsicher ist, dass sie ihre Wohnung renovieren will und sich ganz alleine, soll heißen: ohne diesmal die Meinung ihrer halben Verwandtschaft einzuholen, für einen Anstrich im anthroposophischen Farbstil entschieden hat.

Solche Erfahrungen häufen sich, mein Leben hat ganz offensichtlich immer weniger mit mir selbst zu tun. Nicht mal mehr in der Nacht bin ich, wie man sieht, für mich allein. Nun hatte ich ja schon vor geraumer Zeit das Empfinden, dass mein persönliches Leben „irgendwie" zu Ende sei, fertig, vollendet, rund. Was also soll ich anfangen mit der restlichen Zeit, jetzt, wo sich mein Leben nicht mehr um die eigene Person dreht?
Ich habe allerdings den Verdacht, als nächsten Schritt auf dem Weg nun begreifen zu müssen, dass ich selbst auch nicht das bin, was ich bisher glaubte zu sein. Als müsse ich nicht nur die Inhalte loslassen, die mein persönliches Leben ausmachten, sondern obendrein sämtliche Vorstellungen von meiner Person. Diese Vorahnung und die aktuellen Erfahrungen hinterlassen nicht nur ein gutes Gefühl in mir. Denn ist nicht zu befürchten, dass man sich über einen solchen Loslöseprozess schlimmstenfalls auch ganz verliert? Leider tendiert

mein Empfinden des Öfteren in diese Richtung: Die Grenzen meiner Persönlichkeit werden auffallend porös.
In Ansätzen habe ich solche Phasen zwar schon vor einem Jahr mehrfach erlebt, jetzt bekommen sie jedoch Kontinuität. Eine bedrohliche Kontinuität. An manchen Tagen fühle ich mich fast nur noch „durchsichtig", und jegliches, zuvor noch so sichere Bild meiner selbst zerfließt wie Aquarellfarben auf feuchtem Papier. Das, was vorher „ich" war, wird zudem mehr und mehr von „anderen" ausgefüllt. Im gleichen Zuge wird allen möglichen Kräften meines Umfeldes Einlass gewährt, und das, ohne vorab auszusortieren. Bin ich tatsächlich dabei, die Kontrolle über mich zu verlieren? Oder auf dem besten Wege, einer Berufskrankheit zu erliegen? Ich wäre nicht die erste Psychologin, die selbst „einen an der Klatsche" hat. Leider gibt es niemanden, der mir eine Antwort oder gar eine Sicherheit geben kann. Welch unangenehme Gratwanderung!
An anderen Tagen wiederum gelingt es mir, mich damit zu beruhigen, dass in meinem Leben sowieso reichlich wenig als „normal" zu bezeichnen ist und dass Normalität kein Maßstab für geistige Gesundheit sein muss.

Natürlich überlege ich auch, ob dieses Auflösen meiner selbst „einfach nur" ein Hinweis auf die nächste Stufe der Entwicklung auf dem Yoga-Weg sein könnte. Vielleicht ein Ausdruck der Tatsache, dass es in meinem Leben immer weniger gibt, womit ich mich „persönlich" noch identifizieren kann. Es wurde ja in den letzten Jahren so einiges großzügig abgeräumt, genau betrachtet fast alles, womit der Mensch sich sonst identifiziert. Möglicherweise folgt dem Loslassen im Außen jetzt ein Loslassen im Inneren, d.h. all dessen, was ich bisher für „mich selber" hielt?

16

Wann immer ich mich in der letzten Zeit kurz hinlege, um ein paar Minuten zu ruhen – mehr ist leider nicht drin –, werde ich mir ebenfalls einer deutlich veränderten Wahrnehmung meiner selbst bewusst. Früher schien es, als betrachtete ich durch meine physischen Augen die Welt. Mein Ich-Empfinden als Zentrum der Wahrnehmung war irgendwo im Kopf lokalisiert, vielleicht im Gehirn. Jetzt ist kein Fokus mehr da, kein Mittelpunkt. Der hat sich in der undefinierbaren, nicht festzulegenden Weite verloren, die so milchig-weiß ist und zugleich transparent.

Da, wo einst „ich" war, ist neuerdings nur noch ein riesiger schweigender Raum, schwebende Stille im immerwährenden Jetzt. Und dennoch *ist* da noch etwas, was immer das auch sei. Dieses Etwas betrachtet sich selbst von innen, fast so, als sei es der Körper selbst, der jetzt schaut oder etwas, das tief in ihm wohnt. Die Konturen des physischen Körpers nimmt dieses Etwas irgendwo „ganz weit draußen" wahr. Der inneren Weite setzen sie nicht wirklich eine Grenze.

Es ist schön, so in der Stille zu ruhen. – Ganz unabhängig davon, wer oder was ich nun noch sein mag oder nicht.

17

8. Februar. Nachdem meine Klientin Petra Friedrich mir Mitte Dezember ihre gesammelten Psychopharmaka überreicht hatte, um sich selbst vor der Flucht in den Tod zu bewahren, fragte ich sie zwischen Weihnachten und Neujahr, weshalb sie eigentlich noch nie auf den Gedanken gekommen sei, mit ihrer Tochter wegzuziehen und den Start in ein neues Leben zumindest zu versuchen. Sie hätte doch wahrlich nichts zu verlieren. Dabei war mir schon bewusst, dass sie ihr Missbrauchsthema mitnehmen wird, wohin auch immer sie flieht

und dass sie vor einer Fortsetzung solcher Erfahrungen auch an anderen Orten nicht unbedingt gefeit sein wird. Meines Erachtens ging es akut aber erst einmal ums reine Überleben. Natürlich zählte mir Frau Friedrich daraufhin – völlig panisch – alles auf, weshalb ein solches Unternehmen für sie unmöglich sei. Bei den meisten ihrer Argumente musste ich, zugegebenermaßen, im Stillen nicken.

Nur eine Woche später kam sie zur Therapie, stemmte, noch an der Tür zu meinem Zimmer, die Fäuste in die Hüften und sprudelte, bevor sie sich überhaupt gesetzt hatte, los: „Sie werden nicht glauben, was ich gemacht habe!" Ihr Partner hatte übers Wochenende seinen knapp siebzigjährigen Vater eingeladen, um sich – wie schon oft zuvor – gemeinsam mit ihm an Frau Friedrich gütlich zu tun. In einer früheren Sitzung hatte sie mir von der Latexwäsche erzählt, die „der alte Sack" zu solchen Anlässen anschleppe und gefragt, ob sie mir in einem Katalog einmal die diversen Teile zeigen dürfe, die sie zu diesen Anlässen tragen müsse, damit ich ihren „ganz alltäglichen" Horror besser verstünde. Mir war aber allein vom Zuhören schon so schlecht geworden, dass ich dankend ablehnte. Als die Männer ihr Sortiment an Gummifummel fürs Wochenende ausgepackt hätten, habe sie diesmal einfach „Nein" gesagt. Nach der ersten Irritation, die schnell in heftigste Beschimpfungen übergegangen sei, habe „der Alte" schließlich einen Zweihundert-Euro-Schein aus seinem Portemonnaie gezückt und ihn vor ihrer Nase herumgeschwenkt. Da habe sie sich den Schein geschnappt, ihn kreuz und quer zerrissen und ihm vor die Füße geworfen. „Wissen Sie, wieviel zweihundert Euro sind?!" In ihren großen schwarzen Augen schossen Blitze, so stolz hatte ich sie noch nie erlebt. Am Ende der Therapiestunde meinte sie beim Hinausgehen, vielleicht hätte ich ihr mit dem Gedanken, irgendwo anders neu anzufangen, ja doch „Flausen in den Kopf gesetzt".

Im weiteren Verlauf zeigte sich, dass die beiden Herren wohl doch nicht bereit waren, sich ihre sonst so gefügige Beute nun kampflos durch die Lappen gehen zu lassen. Der Vater

ihres Lebensgefährten quartierte sich für einen nicht absehbaren Zeitraum bei Frau Friedrich ein, die Beschimpfungen steigerten sich, arteten in körperliche Gewalttätigkeiten aus. Unsere Sitzungen konnten nicht stattfinden, meine Klientin wurde von den beiden Männern am Weggehen gehindert und der Sozialarbeiterin vom Sozialmedizinischen Dienst, die sie sonst immer zu mir fährt, der Zutritt verwehrt.
Letztes Wochenende nun flüchtete sie doch tatsächlich mit ihrer Tochter in einer Nacht- und Nebelaktion. In einer weiter entfernten Stadt gibt es eine Tante, die sich bereit erklärte, die beiden bei sich aufzunehmen, bis Frau Friedrich etwas Eigenes gefunden haben würde. Wir hatten während der Aktion alle paar Stunden per Mobiltelefon Kontakt, ich schaltete am Montag Morgen das dortige Frauenhaus ein, in der Hoffnung, dass damit wenigstens eine erste soziale Unterstützung gewährleistet ist.

Ich weiß noch nicht, was ich von dieser überstürzten Flucht halten soll! So ganz hatte ich es Frau Friedrich, muss ich mir eingestehen, gar nicht zugetraut. In meinem Bauch brodelt ein Mischmasch von Gefühlen:
Da ist die Ahnung, dass mit diesem ersten „Nein", das meine Klientin jemals von sich gab, eine entscheidende Wende in ihrem Leben eingeleitet worden ist. (In ihrer Kindheit hatte sie sich ein einziges Mal jemandem anvertraut, dem katholischen Pfarrer ihres Heimatortes. Dieser war daraufhin zu ihrem Elternhaus gestürmt, um mit den Eltern zu besprechen, welche Beschuldigungen das Kind gegen den Vater vorgebracht hatte. Dass auch Bruder und Onkel sie missbrauchten, hatte sie erst gar nicht erwähnt. Dies war ihr erster und letzter Versuch gewesen, sich zu wehren.) Dann ist da die Hoffnung, dass auf diesen ersten Schritt weitere folgen werden, dass sie lernt, sich erstmals im Leben selbst ein Bild von sich zu machen – ohne das Stigma des Bösen. Und ein Schaudern, wenn ich mich an das Ritual im Herbst zurückerinnere, mit dem Leonhard und ich das zuvor zerrissene „Böse" vergruben, das Petra Friedrich mir in Form der hässlichen Pappfrat-

ze in die Hand gedrückt hatte, mit der Bitte, es „zu vernichten". Sollte es Frau Friedrich tatsächlich gelungen sein, sich von dem grausamen alten Selbstbild zu befreien, nur weil ich ihr und dem Wahrheitsgehalt ihrer Schilderungen Glauben schenkte? Und dadurch von der Überzeugung Abstand zu gewinnen, so böse zu sein, dass sie alles zu ertragen habe, was immer Menschen auch mit ihr tun? Oder ist diese ganze weitere Entwicklung etwa als Konsequenz jenes Rituals zu verstehen? Und sollte Petra Friedrich womöglich unbewusst geahnt haben, dass nur eine solch ungewöhnliche Aktion ihr wird weiterhelfen können? (Irgendwann hatte sie mir nämlich einmal gebeichtet, dass die Sache mit der Fratze eine Prüfung gewesen sei. Hätte ich sie mit ihrem Anliegen nicht ernst genommen, hätte sie gewusst, dass ich nicht „die Richtige" für sie sei.) Zu den Gefühlen von Freude, Hoffnung und Überraschung gesellt sich die ernsthafte Sorge, ob diese Frau mit all ihren psychischen Störungen und Defiziten dem Start in ein neues Leben wirklich gewachsen ist. Andererseits denke ich, dass sie bisher im Leben unvergleichlich Schlimmeres durchgestanden hat und auf eine gewisse Art erstaunlich handfest ist und zäh. Die letzte Zutat meines Gefühlscocktails ist eine Mischung aus Zweifel und Erstaunen, welch seltsame Blüten diese Art der Psychotherapie treibt, die ich hier beschreibe.

18

25. Februar. Was ist im Moment nur mit meinen Leuten los? Die Selbstmorddrohungen reißen nicht ab, und ich suche mal wieder nach dem Sinn des aktuellen Geschehens.

Am Montag vor einer Woche hatte eine andere meiner Klientinnen, Ulla Schneider, einen Termin bei mir. Sie begann ihre Behandlung vor knapp einem Jahr, weil sie seit Jahren unter massiven Depressionen leidet. Eine einsame und lieblose

Kindheit, enttäuschende Partnerschaften, eine zunehmende Verhärtung der Persönlichkeit und ständige Abwehr anderer, um sich vor weiteren Verletzungen zu schützen: ein Leben in Isolation. In der Psychotherapie hatte sie nach und nach auch ihren eigenen Anteil am Drama entdeckt, zum Beispiel, wie sie selbst andere Menschen für das in der Kindheit erlebte Unrecht bluten lässt und ihre Stacheln ausfährt, noch bevor das Gegenüber überhaupt die Chance hat, den Mund zu öffnen. Daraufhin legte sie in ein paar Situationen probeweise ein anderes Verhalten an den Tag und erntete auch prompt vom Umfeld ein erfreulicheres Spiegelbild. Dann hatte sie sich von einer Bekannten mal wieder abgewiesen gefühlt und sich wieder voll in der Bastion ihrer verbitterten Weltsicht verschanzt: Sie war ein Haufen Scheiße, die anderen waren ein Haufen Scheiße – allesamt. Jetzt habe sie die ständigen Enttäuschungen endgültig satt, weshalb sie sich das Leben zu nehmen gedenke. Als medizinisch-technische Assistentin kennt sie genügend Strategien, ein solches Unterfangen erfolgreich durchzuführen, und diese legte sie mir an jenem Montag dann auch in akribischen Einzelheiten dar.

Anfangs war ich noch um eine gewisse therapeutische Distanz bemüht, dann gelang es mir nicht mehr und in mir stiegen heiß die Tränen hoch. Aus Trauer und aus Wut. Gute Frau, dachte ich nur im Stillen, wenn du nach den ganzen gemeinsamen Kämpfen bisher und den nicht zu verleugnenden Beweisen, dass dein Leben sich ändert, wenn *du* dich nur änderst, wegen einer erneuten Enttäuschung nicht mehr Einsatzbereitschaft aufzubringen weißt, dann bin auch ich mit meiner Geduld jetzt am Ende. Bring´ dich meinethalben um, aber lass´ mich mit deiner sadistischen Schilderung in Ruhe! – Ich fühlte mich so gequält!

Frau Schneider war entsetzt, als sie die Tränen in meinen Augen sah. Über meine unerwartete Reaktion, viel mehr aber über sich selbst. Das hat sie mir aber erst in der Sitzung in dieser Woche erzählt. Ich begriff jedoch, dass sie in genau diesem Moment den Kern ihres eigenen Musters verstanden hatte, nämlich andere Unschuldige zu „schlachten", so wie sie als unschuldiges Kind „geschlachtet" worden war. Beim Verabschieden standen wir beide ein bisschen wie Falschgeld an der Tür, dann schlich sie sich davon mit dem offensichtlich unauflösbaren Knoten in Herz und Hirn, wieso jemand wegen des angekündigten Todes eines doch so wertlosen Menschen wie sie hatte weinen können.

Am nächsten Tag, einem Dienstag, kam Markus Helbrich. Ein anderer Klient, das gleiche „Spiel". Ich erspare mir Einzelheiten zu seiner Lebensgeschichte. Der Hintergrund ist natürlich anders als bei Ulla Schneider, aber auch er ein Selbstmordkandidat, der schon einmal auf einer Brücke jenseits des Geländers stand. Ihn quälte allerdings nicht eine schwierige Kindheit, sondern eine berufliche Insolvenz, nach der ihm sein Leben nicht mehr lebenswert erschien. Auch er hatte sich eigentlich gut stabilisiert, einen neuen Blick auf seine Geschichte gewonnen, dann aber einen emotionalen Einbruch erlebt und sich daraufhin ebenfalls mit einer geballten Ladung Selbstmitleid in eine nächste Suizidankündigung gestürzt. Diesmal blieb ich stabil, keine Traurigkeit, keine Tränen. Dafür eine Stinkwut. Diese verdammten Kleingeister! Wo lass´ ich hier eigentlich meine Energie!? Da erleben die Leute über Wochen, wie anders ihr Leben verlaufen kann, preisen großartig ihre inneren Erkenntnisse, um bei der ersten Schlappe wieder alle Register eines Jammerlappen-Egos zu ziehen!

Einen Tag später ereignete sich ein ähnliches Drama noch ein weiteres Mal, diesmal bei einer ganz neuen Klientin, deren Symptomatik mit Problemen in der Ehe zusammenhängt. Sie hatte ihren sechzehnjährigen Sohn mitgebracht, in dessen Beisein sie nun ankündigte, dass sie irgendwann in der nächsten Zeit mit dem Auto gegen einen Baum zu rasen gedenke. Wenn Mutter demnächst also nicht nach Hause käme, wüsste er, warum. Ein Rundumschlag gegenüber der Familie, von der sie sich unverstanden und ausgenutzt fühlte. Da war sicher auch etwas Wahres dran. Aber rechtfertigt es, das ei-

gene, noch nicht einmal erwachsene Kind in ein solches Drama hineinzuziehen? Irgendwie weiß man als geübter Therapeut selbst eine solche Sitzung noch halbwegs in annehmbare Bahnen zu lenken, aber bei mir war eine Grenze überschritten. Gehörig überschritten.
Montag, Dienstag, Mittwoch – jeden Tag eine Suizidankündigung. So geballt hatte es das in der ganzen Zeit meiner Berufsausübung noch nie gegeben. Wobei es mir nicht darum geht, dass Menschen wegen ihres subjektiven Leides nicht mehr leben wollen. Viel schlimmer war: Ich hatte die Fratze des Bösen hinter dem Leiden gesehen! Diesen grauenhaften Mechanismus, eigenes Leid als Rechtfertigung zu nehmen, selbst austeilen zu dürfen – ohne Rücksicht auf Verluste. Vom Opfer zum Täter, der wiederum neue Opfer schafft. Das ewig alte Spiel!

Ich sollte noch klarstellen, dass meine Wut sich nicht gegen das menschliche Ego an und für sich richtet. Auch wenn dieses in spirituellen Kreisen ja oft als *das* Feindbild schlechthin gilt. Aber ich halte nicht das Ego selbst für das Problem, denn es macht in unserer Entwicklung schon seinen Sinn, erfüllt sogar einen unabdingbaren Zweck. Wer nicht ein handfestes Ego entwickelt hat, wird auch nicht zu den höheren Stufen der menschlichen Entwicklung vordringen können, denn wie soll man etwas transzendieren, das man noch gar nicht entwickelt hat? Auf der Stufenleiter der Bewusstseinsevolution ist nun einmal jede Entwicklungsaufgabe zu erfüllen. Also: Nicht über das Ego schimpfe ich, sondern darüber, dass Menschen länger daran festhalten als nötig, so als sei das Ego der Hauptaspekt der Persönlichkeit und nicht nur ein Provisorium.

19

7. März. Da habe ich mich gerade noch über das Ego der anderen beschwert, inzwischen – gut eine Woche danach – habe ich mein eigenes im Visier. Natürlich sind mir die Regungen meines Egos keineswegs unbekannt, und ein paar von ihnen habe ich während der letzten Jahre schon überwinden können. So wie es aussieht, nimmt das Thema „Ego" jetzt aber eine völlig andere Größenordnung an. Es geht nicht mehr um den Kampf gegen vereinzelte egoistische Regungen hier oder da, gegen Begehrlichkeiten, Wünsche, die Impulse von Eifersucht, Minderwertigkeit oder Größenwahn. Nein, jetzt geht es um die Bewusstwerdung des Egos an sich, um das *Ego als Prinzip*.

Und ich muss sagen, es ist fürchterlich! Ich bin in einen Zustand geraten, gegen den ich mich nicht wehren kann. In einen Strudel, der mich haltlos nach unten zieht, mir ist, als hätte ich keinerlei Kontrolle mehr über mich. So habe ich mich noch nie erlebt! Egal, wohin ich schaue, ob zu mir oder zu anderen, überall grient mich die Falschheit an. Meine Welt scheint plötzlich nur noch aus Menschen zu bestehen, die ihre Dramen inszenieren, um Darstellung irgendwelcher Charaktere bemüht, die sich als gespenstisch hohl erweisen, sobald man sie packen will. Ich fühle mich, als säße ich auf einem durchgegangenen Gaul, der mich durch das Ego jagt – durch das Prinzip Ego in Reinkultur. Und habe noch nicht mal die Zügel in der Hand. Oder wird mir etwa nur bewusst, welche Illusion es ist, überhaupt zu glauben, man habe die Zügel des Lebens selbst in der Hand, solange man noch aus der Haltung des Egos heraus lebt?

Auch bei mir selbst scheint mit einem Mal alles, was ich tue, ja selbst alles, was ich unterlasse, dem Ego zu entspringen. Alles wird ausgeleuchtet in mir, jede Nische, der verborgenste Winkel meiner Persönlichkeit. Fühle mich aufgescheucht, ohne Chance, mich zu verstecken. (Hatte ich nicht so etwas in der Richtung vor einigen Monaten geträumt!?) Allein schon wenn ich nur den Mund aufmache oder sonst eine Regung von mir gebe, habe ich den Eindruck, nichts weiter als eine Rolle zu spielen, die sich an den vermeintlichen Erwartungen anderer orientiert oder an irgendwelchen einst verinnerlichten und längst vergessenen Standards für wohlgefälliges oder sonstiges Erfolg versprechendes Verhalten. Die strebsame Yogini, das schmusige Weibchen, die ewig Starke, die alles alleine kann, die Träumerin, die in anderen Welten schwebt: Was darf´s denn heute bitte sein? Das alles bin aber doch nicht ich! Aber wo hinter all diesen fadenscheinigen Seifenblasen gibt es das überhaupt – dieses „Ich"?

Ich habe es noch nicht entdecken können, da taucht bereits der nächste Schwall dieses so penetrant erwachten Selbstgewahrseins auf. Und lässt mich ein verborgenes Motiv meines Handelns nach dem anderen erkennen, die zu allem Übel auch noch aus den dunkelsten Ecken meines Unter- und Unbewussten zu stammen scheinen. Wie grässlich!

Ich fühle mich wie ein Täter auf der Flucht! Fürchte ein Hochstapler zu sein, ein Lügner, ein Blender. Kann ich mir überhaupt selbst noch trauen? Hab´ ich nicht womöglich auch euch alle nur in die Irre geführt? Mit meinen fantastischen Geschichten. Euch glitzernden Sand in die Augen gestreut, mit meinem spirituellen Ego das eure an der Nase herumgeführt?

Es grenzt an Wahnsinn, was ich hier durchlebe! Ich fühle mich wie eine Marionette, die sich – klein, ohnmächtig, haltlos – einem übermächtigen, überbordenden Schwall gigantischer Kräfte gegenüberstehen sieht. Und weiß: Es ist nur eine Frage von Sekunden, dass dieser kosmische Tsunami über sie hinwegrollen, sie hinwegfegen wird. Wird überhaupt etwas übrig bleiben von „mir"?

20

30. März. Da bin ich wieder! Bin wieder aufgetaucht, dem Wahnsinn gerade mal so entkommen. Der grelle Scheinwerfer einer unvermittelt heftigen Selbsterkenntnis – „Ego-Erkenntnis" müsste ich korrekterweise schreiben – hat sich auf eine gemäßigtere und erträglichere Stufe zurückgeschaltet.
Inzwischen bin ich zu der Überzeugung gelangt, dass mich irgend etwas oder irgend jemand gezwungen hat, eine Abkürzung auf meinem Entwicklungsweg zu nehmen, indem ich *einmal* mit Haut und Haaren in jene Mechanismen eintauchen musste, nach denen das menschliche Ego funktioniert. Normalerweise versteckt man sein Ego ja lieber, wenigstens vor den anderen.

Der Boden bröckelt mir allerdings weiterhin unter den Füßen weg. Nachdem in den letzten Jahren eine vermeintliche Sicherheit nach der anderen im Außen verschwand, scheine ich mir jetzt selbst in einem nicht absehbaren Ausmaß verlustig zu gehen, zumindest mein Bild von mir. Hatte zwischenzeitlich sogar mit meinen Aufzeichnungen pausiert, nicht einmal mehr die kleinste handschriftliche Notiz, weil ich mir auch hier nicht mehr sicher war, welchem Motiv sie eigentlich entspringen. Und wie, bitte schön, soll man schreiben, wenn man gerade selbst nicht weiß, wer man ist... Abgesehen davon habe ich das Gefühl, dass meine bisherige Art des Schreibens für das, was ich durchlebe, nicht mehr die richtige Form ist, nur fällt mir zur Zeit auch keine neue ein. Nun ja, es wird sich alles ergeben.
Etwas gefestigt hat mich der Gedanke, dass man, um das Prinzip Ego so vehement zu entlarven, dasselbe ein Stück weit überschritten haben muss. Schließlich kann man nur das erkennen, wozu man in Distanz getreten ist. Allerdings schwillt durch diese Distanz das bedrohliche Empfinden von Nicht-Existenz noch stärker in mir an und mündet von Zeit zu Zeit in einer Phase der allumfassenden Sinnlosigkeit. Am

liebsten würde ich mein nihilistisches Malheur allabendlich in Alkohol ertränken, aber der bekommt mir kaum noch. Dann kann ich nämlich nicht gut schlafen, vor allem erinnere ich mich nicht an meine Träume. Und meine Erlebnisse im Land der Träume sind mir nun doch wichtiger als ein Ersäufen meiner Depression.
– Wenn es denn wenigstens eine Depression wäre, was mich da plagt. Aber es ist nicht einmal das. Nicht einmal eine Depression! Sondern NICHTS! Zwar ist da noch etwas im Vordergrund, das nach wie vor leidlich funktioniert, dahinter aber ist: NIEMAND!
Ich musste sogar kurzfristig und mit der Ausrede, krank zu sein, für ein paar Tage meine Termine absagen, weil ich beim besten Willen nicht wusste, wie ich mich als „Niemand" auf meine Klienten hätte einlassen sollen.

Ich fühle mich wie ein rohes Ei, dem man seine Schale genommen hat. (Demnach bin ich nun doch aus der zu eng gewordenen Hülle geschlüpft?)
Wenn ich mich recht entsinne, hatte ich im ersten Band meiner Aufzeichnungen das Bild eines Turms und eines Baugerüstes verwendet, um daran den Übergang von der Ego- zur Seelenpersönlichkeit zu demonstrieren. Und beschrieben, wie das Gerüst (das Ego) abgeschlagen wird, sobald der Turm (die Seelenpersönlichkeit) „fertig" ist. Dieses Bild muss ich jetzt etwas korrigieren. (Und mir eingestehen, dass es doch einen erheblichen Unterschied macht, ob man theoretisch über ein Thema philosophiert oder die Erfahrung ganz praktisch durchlebt: „in vivo", wie wir Psychologen das nennen. Aber ich hatte mich ja damit einverstanden erklärt, die Inhalte, die ich aus dem Integralen Yoga auf die Psychologie und Psychotherapie zu übertragen gedenke, im Selbstversuch zu erforschen.) Ganz so einfach ist die Sache nämlich nicht. Denn zwischen dem Baugerüst und dem Turm gibt es – wie ich derzeit entdecken muss – noch eine Übergangsphase: die Zone des zwielichtigen Niemandslands.

Diese Region des Bewusstseins ist der Baukasten, aus dem der Mensch die Aspekte seiner vordergründigen Identität rekrutiert. Wer diese Strecke wachen Geistes durchquert, erkennt, welch zusammengesetztes Wesen der Mensch in Wirklichkeit ist, denn er fühlt sich auf einmal mit sämtlichen im Universum existierenden Kräften konfrontiert. Jede dieser Kräfte drängt nur darauf, dass ein Mensch sich mit ihr identifiziert, auf dass sie sich in der raum-zeitlichen Existenz manifestieren kann. Diese subtile Invasion kann nur deshalb funktionieren, weil man im ersten Moment bei jedem Impuls, der sich in einem regt, davon überzeugt ist, er sei ein Teil von einem selbst. Obwohl er in Wirklichkeit jenem gigantischen Tummelplatz kosmischer Kräfte entstammt. Und bevor man sich versieht, hat man sich von einer von ihnen umgarnen lassen, die jeweilige Kraft ins Selbstbild eingebaut, um sich – vorausgesetzt, man ist schon halbwegs erwacht – Momente später mit einem Hilfeschrei wieder davon zu befreien. Was leider zur Folge hat, dass all das zurückgewiesen wird, was das bisherige Selbstbild konstituierte und man sich vorübergehend als ein Niemand fühlt. Als Alternative kann man die Fremdbesetzung natürlich auch ein Leben lang beibehalten und dieses ganze zusammengesetzte Bündel von Gefühlen, Ideen, Überzeugungen und sonstigen Regungen weiterhin als „die eigene Persönlichkeit" pflegen.

Der erste Schritt in der Arbeit der Selbstvollendung besteht darin, sich seiner selbst und der verschiedenen Ebenen seines Seins sowie ihrer zugehörigen Tätigkeiten bewusst zu werden. Wir müssen lernen, diese verschiedenen Ebenen voneinander zu unterscheiden, damit wir den Ursprung der Bewegungen, die in uns stattfinden, deutlich zu erkennen vermögen, die Quelle der Impulse, der Reaktionen und der verschiedenen Triebe, die uns zum Handeln antreiben. Es ist ein unermüdliches Studium, das viel Ausdauer und Aufrichtigkeit erfordert, denn die menschliche Natur, vor allem die mentale, hat die spontane Neigung, für alles, was wir denken, fühlen, sagen und tun eine Rechtfertigung zu finden. (Sri Aurobindo)

21

Sri Aurobindo nannte diese Region des menschlichen Bewusstseins das „Subliminal". Dieses ist der Teil des menschlichen Bewusstseins, welcher der Vordergrundpersönlichkeit zwar verborgen ist, dennoch nicht mit dem Unterbewusstsein verwechselt werden sollte. Denn das Unterbewusste befindet sich *unterhalb* des uns vertrauten Bewusstseins – sofern man überhaupt eine Topographie dieser Bereiche anfertigen kann –, das Subliminale *dahinter*, durch einen Vorhang oder Schleier vom Bewusstsein der Vordergrundpersönlichkeit abgetrennt. Diesen Bereich durchqueren wir üblicherweise nur in Zuständen jenseits des Wachbewusstseins, in unseren Träumen zum Beispiel oder in Trancezuständen. In der Region des Subliminals kommt unsere Individualität mit der Universalität, d.h. mit den kosmischen Kräften in Kontakt. Es ist das Verbindungsglied zwischen den individuellen und den universellen Zonen des Bewusstseins und der Bereich, auf den sich zumeist der Begriff „transpersonal" bezieht.

Wenn ein Mensch reif ist, den Fokus seiner Identität von der Egopersönlichkeit zum seelischen Wesen hin zu verlagern, muss er durch diese Zone hindurch. Nach Sri Aurobindos Philosophie ist der Mensch aus drei Bereichen aufgebaut: einer so genannten Vordergrundpersönlichkeit (dem Ego), deren Bewusstseinsfokus nach außen gerichtet ist, dem inneren Wesen (das im Subliminalen anzusiedeln ist) und dem innersten bzw. dem seelischen Wesen.
Unsere Vordergrundpersönlichkeit setzt sich aus den Erfahrungen unseres aktuellen Lebens zusammen, die sich mittels Erinnerung um das Zentrum des Egos formieren. Das so entstandene Selbstbild ist weitgehend fremdbestimmt, ein bunter Strauß aller möglichen Konzepte und von Projektionen anderer und nur selten Abbild unserer wahren Persönlichkeit. Das, was wir wirklich sind, ist der Gestalt im Vordergrund noch gar nicht bewusst, denn diese wahre Identität, die tief verborgen im Innersten wohnt, ist zunächst durch einen

„Stellvertreter", die Ego-Persönlichkeit, ersetzt. Und die Ego-Persönlichkeit kann sich nur als etwas begreifen, das sich innerhalb der Zeit entwickelt und nicht als etwas, das jenseits des Werdens, im bewussten Sein, ewig existiert.

Indem diese vordergründige Persönlichkeit ihre aktuellen mit den vergangenen Erfahrungen vergleicht und verknüpft, nicht genehme Aspekte in den Hintergrund drängt (mitunter als „Schatten" bezeichnet), erreicht sie eine Kontinuität in ihrer (Schein-)Identität. Genau genommen ist das, was wir gemeinhin als „uns selbst" bezeichnen, somit nicht viel mehr als eine Schallplatte mit Sprung. (Eine Schallplatte ist eine dieser gerillten schwarzen Scheiben, auf denen früher Musik konserviert wurde.) Das, was wir als unsere Persönlichkeit bezeichnen, setzt sich also weitgehend aus Wiederholungen zusammen: aus Wiederholung von einmal gewählten Sichtweisen, von Gewohnheiten, von emotionalen und mentalen Mustern, von Fähigkeiten, Vorlieben und Abneigungen.

So muss ich im Augenblick jedes Mal im Stillen lachen, wenn einer meiner Klienten einen Satz mit der Formulierung „Ich bin ein Mensch, der..." beginnt, und beneide ihn im selben Augenblick darum, überhaupt zu einer Aussage über die vermeintliche eigene Person in der Lage zu sein. Wenn man in der Psychologie von „personal" spricht, wäre es nach dem Integralen Yoga die vordergründige Persönlichkeit, auf die sich dieses Adverb bezieht.

In seiner „Synthese des Yoga" beschreibt Sri Aurobindo, wie immer in treffsicheren Worten, wie man sich die Ego- oder Vordergrundpersönlichkeit vorstellen kann: *Dem gewöhnlichen Menschen, der lediglich auf der Oberfläche seines Wachzustandes lebt, der die Tiefen und Weiten seines Selbst hinter der Hülle nicht erkennt, erscheint die eigene (psychische) Existenz als etwas Einfaches. Das Material seines Daseins ist folgendes: eine kleine, jedoch lärmend fordernde Gruppe von Begehren, einige überragende intellektuelle und ästhetische Bedürfnisse, mancherlei Neigungen des Geschmacks, einige leitende oder Ziel weisende Ideen inmitten eines großen Stromes unzusammen-*

hängender, kaum oder nur schlecht miteinander verbundener trivialer Gedanken, eine Anzahl mehr oder minder zwingender vitaler Bedürfnisse, der dauernde Wechsel zwischen leiblicher Gesundheit und Krankheit, eine verstreute inkonsequente Aufeinanderfolge von Freuden und Kümmernissen, häufige Aufregungen und Misshelligkeiten geringerer Art zusammen mit einem selteneren Suchen und Durcheinander im Mental und im Körper.

Je intensiver sich ein Mensch auf seinem Entwicklungsweg nach innen wendet, umso deutlicher wird er sich hinter dieser zusammenbrechenden Vordergrundpersönlichkeit einer unwandelbaren, alles überdauernden Identität jenseits von Zeit und Raum bewusst. (Vorausgesetzt, dass er das Durchqueren des subliminalen Krokodilgrabens heil übersteht!) Er beginnt, seine wahre Identität zu erkennen, seine Seelenpersonalität.

Meine aktuellen Erfahrungen der letzten Wochen lassen vermuten, dass ich innerhalb meines Entwicklungsweges an einer solchen Stelle des Übergangs angekommen bin. Wobei ich keineswegs behaupten kann, mir meiner Seelenpersönlichkeit jetzt schon voll und ganz bewusst zu sein. Da ist erst einmal nur jene permanent vorhandene Instanz, die ich schon seit langem und hinter allen Erschütterungen wahrnehmen kann. Sie hat für mich jedoch so recht noch keine Kontur, noch keine klar erkennbaren Formen. Und da ist diese anhaltende Säuberungsaktion, die mit einer schrecklichen Vehemenz alles über Bord wirft, was nicht mehr zu mir gehören soll. Im Grunde genommen könnte ich im Augenblick gar nicht mehr definieren, was oder wer oder wie „ich selbst" denn nun bin. Ich kann höchstens sagen, was ich alles *nicht* bin. Und dass ganz offensichtlich bei mir derzeit das Baugerüst demontiert wird. Ich kann nur hoffen, dass der Turm dahinter auch wirklich fertig ist und stabil genug, damit diese ganze Ego-Dekonstruktion nicht ins Leere geht!

22

Wie es sich immer so fügt, habe ich derzeit eine Frau in Therapie, deren durch ein völlig unerwartetes Erlebnis ausgelöste Ego-Dekonstruktion leider wirklich ins Leere zu gehen droht. Noch erhoffe ich einen anderen Ausgang für sie, nur will mein sonst so kraftvoller Glaube diesmal meiner Hoffnung nicht so recht folgen. Dabei hat ihre Geschichte mich sehr erschüttert.
Denn mit dieser neuen Klientin habe ich einen Menschen vor mir, der sich sein ganzes Leben lang – die Dame ist über 70 Jahre alt – rigoros an bestimmten Vorstellungen vom Leben festgebissen hat, dabei sämtliche Hinweise, die diese Überzeugungen hätten in Frage stellen können, ausgeblendet hat, um nun zu guter Letzt doch von der verleugneten Realität eingeholt zu werden. Es ist zu befürchten, dass die Realität, die einen Menschen unter solchen Umständen und zu einem so späten Zeitpunkt des Lebens überrollt, wohl nur bitter sein kann. Und ich fürchte, dass meiner Klientin nicht mehr die Zeit bleiben wird, das Bittere in eine wenigstens handhabbare Neutralität zu verwandeln, geschweige denn in jenen Frieden, der sonst das Geschenk der voll und ganz bejahten Wirklichkeit ist.

Die ganze Vorgeschichte des Dramas will ich mir diesmal ersparen, da gäbe es bei einem Lebensalter von über Siebzig zu viel zu schildern. Hier nur die wesentlichen Informationen:
Marie-Luise Wettning wuchs in einer Familie auf, die von außergewöhnlich rigiden moralischen Anschauungen geprägt war. Ihr Vater, ein Arzt und engagiertes Mitglied der nationalsozialistischen Partei, vermittelte kraft seiner persönlichen Überzeugung Frau und Kindern ganz exakt, was als Gut und Böse, als Recht und Unrecht anzusehen sei. Marie-Luise verinnerlichte den väterlichen Wertekatalog, denn er bot ihrer ursprünglich ängstlichen und unsicheren Persönlichkeit Halt und eine unumstößliche Sicherheit auf dem Weg durchs Le-

ben. Und schenkte ihr obendrein das Gefühl, immer auf der richtigen Seite zu sein, so lange sie nur danach handele. Nun ja, bis hierher noch nicht sonderlich ungewöhnlich, mit einer mehr oder weniger unreflektierten Übernahme der elterlichen und gesellschaftlichen Weltanschauungen fangen wir schließlich alle mal an.

Ungewöhnlich ist allerdings, dass Frau Wettning diese ideellen Leitplanken aus Kindertagen während der folgenden Lebensjahre und -jahrzehnte tatsächlich niemals in Frage stellte; dabei ist sie übrigens eher überdurchschnittlich intelligent. Noch während ihrer Lehrzeit lernte sie ihren Mann kennen, einen angehenden Ingenieur und heiratete so ganz standesgemäß. Leider stellte sich schon in den ersten Jahren der Ehe heraus, dass der Gatte diverse Affären mit anderen Frauen hatte. Jedermann im Umfeld des Paares wusste das oder schien es zu ahnen. Nur die Ehefrau nicht, sie blendete es aus, zu hundert Prozent. Für sie kam eine solche Möglichkeit erst gar nicht in Betracht, denn: „Wenn man sich liebt, macht man so etwas nicht." *Der* Leitspruch, der mit dräuenden Lettern über ihrem Weg zur inneren Erblindung stand. Nach dem Motto: Was nicht sein kann, das nicht sein darf.
Auch der Kontakt zu ihren beiden Töchtern, auf deren Erziehung sie sich stürzte, weil die mit der Mutterrolle verbundene Selbstaufwertung die von Zeit zu Zeit schon mal dumpf anklopfenden Zweifel an der bisher so selbstverständlichen Großartigkeit direkt wieder im Keim zu ersticken vermochten, war keineswegs so innig, wie sie immer glaubte. Auch das blendete sie mit einem gezielten Griff in die Dogmen-Kiste aus: „Wir sind doch *eine* Familie. In einer Familie liebt *man* sich tief und innig." Die beiden Mädchen, die als eineiige Zwillinge genügend Halt und Liebe untereinander fanden, distanzierten sich, kaum pubertierend, vehement von der unangreifbaren Mutter. Aber auch hierfür fand diese einen anderen, ihre Person nicht tangierenden Grund. Nur nicht sich selbst in Frage stellen.

Beinahe hätte die alte Dame es geschafft, ihre Unfehlbarkeit und die Absolutheit ihrer Maßstäbe bis in den Tod hinüber zu retten. Dann aber verließ ihr Mann, der bis dahin nach außen hin noch die Form einer glücklichen Ehe gewahrt hatte, sie doch. Zog zu einer anderen. Nach über 50 Jahren Ehe und kurz vor Toresschluss. Und meine Klientin fiel aus allen Wolken der Selbstverblendung und stürzte ins Bodenlose.

Nach zwei misslungenen Selbstmordversuchen knapp hintereinander kam sie zu mir in Behandlung. Ich kann mich nicht an einen einzigen Klienten erinnern, mit dem das Zusammenraufen zu Beginn der Therapie – im Fachjargon nennt man es „das Herstellen einer tragbaren Beziehung" – vergleichbar schwierig gewesen wäre. In ihrem schwer depressiven Zustand verdrängte Frau Wettning immer noch all das, was nicht in ihre Vorstellung vom Leben passte, was mich die moralische Zähigkeit der alten Dame wiederum fast bewundern ließ. „Nein, ich habe nichts gewusst! Nein, ich habe nie etwas davon geahnt!", warf sie mir in den ersten Sitzungen zischend entgegen, wenn ich die Tiefe ihrer Verdrängung vorsichtig auszuloten versuchte. Und dann folgte im Brustton der Überzeugung die Kundgabe ihres Werte- und Moralkodexes: eine unumstößliche, unabänderliche, ewig gültige Gesetzessammlung. Und eine ebenso absolute und geradezu statische Auffassung von dem, was ihrer Auffassung nach Liebe sein soll. Versuche meinerseits, hier und da gelinde eine andere Sichtweise anzubringen, fegte sie voller Verachtung und mit einer erschreckenden Portion Stolz vom Tisch.
Irgendwann platzte mir der Kragen: Was will die eigentlich von mir?! Und wo in all dieser Selbstherrlichkeit ist denn nur eine Spur eines Wunsches nach Selbsterkenntnis oder eines Sich-in-Frage-stellens. „Tja, dann haben Sie eben Ihr Leben mit dem Festhalten an einem Irrglauben verbracht!", warf ich ihr brutal zu, als sie mal wieder auf der Korrektheit ihrer Ansichten herumritt. Ich hatte die Nase voll. Aber sieh an: Von da an wendete sich das Blatt! Plötzlich bat sie mich, auf jeden Fall weiter mit ihr zu arbeiten, selbst wenn ich irgend-

wann mal das dringende Bedürfnis haben sollte, sie rauszuschmeißen. Ich antwortete ihr, dass dieses Bedürfnis schon längst mehrfach aufgetreten, nun aber möglicherweise eher am Abklingen sei. Da schaute sie mich mit ihren braunen Kulleraugen im alt gewordenen Puppengesicht mit einer Mischung aus Erschrecken, Verschmitztheit und Bewunderung an: Unsere gemeinsame Basis war gefunden.
Jetzt war Frau Wettning auch in der Lage, eine Hoffnung an die Behandlung zu äußern: Gemeinsam mit wenigstens einem Menschen die Beweggründe ihrer Lebensgestaltung verstehen zu wollen. Dabei zeigte sie sich überzeugt davon, dass allein dieses Erkennen ausreichen werde, um ihre „Rettung", wie sie es nannte, herbeizuführen, sodass ihr vielleicht noch ein paar gute Jahre bleiben könnten. Ein paar Jahre ohne die selbstzerstörerische Depression.

Viel mehr ist seither noch nicht geschehen. Ich habe dank dieser Klientin jedoch so weit hinter die Fassade schauen dürfen, um zu begreifen, dass es zutiefst verdrängte innere Zustände von Leere, von Scham oder Versagensgefühlen sind, die einen Menschen so vehement an Überzeugungen festhalten lassen. Statt wirklicher Festigkeit der Persönlichkeit und einer authentischen inneren Sicherheit ein äußeres Korsett der Hybris, an welchem niemals gerüttelt werden darf. Und je länger ein Mensch dies betreibt, um so größer ist das Ausmaß des Desasters, das zu Tage kommt, wenn die stabilisierende Form dann doch zerbrochen wird und die Hülle der vermeintlichen Macht zu Staub zerfällt.
Womit wir wieder bei dem Bild vom Baugerüst und dem Turm wären...

Übrigens habe ich festgestellt, dass eine derart erstarrte Haltung dem Leben gegenüber bezeichnend ist für die Generation von Frauen, die als „BDM-Mädels" im Deutschland der Nazi-Zeit groß geworden sind. Vielleicht hat es etwas mit der mentalen Impfung zu tun, allein aufgrund der Nationalität etwas Besseres zu sein, angeblich ja sogar eine höher stehende „arische Rasse". Ich könnte mir vorstellen, dass eine solche Hybris, die einem noch jungen und selbstunsicheren Menschen angeboten wird, von diesem erst einmal dankbar angenommen wird. Die unangenehmen Gefühle von Minderwertigkeit, mit denen sich wahrscheinlich jeder Mensch im Laufe seines Lebens irgendwann einmal herumzuschlagen hat, werden so in eine angenehme Ferne verdrängt und dann nur noch bei anderen gesehen. Es lässt sich nachvollziehen, dass darüber eine Persönlichkeit heranwächst, deren Diskrepanz zwischen Perfektion, Großartigkeit und Selbstverherrlichung und den zugedeckten Gefühlen von Unsicherheit und eigener Wertlosigkeit immer bedrohlicher wird.

Bei Frau Wettning bin ich, wie gesagt, nicht sicher, ob sie den Spagat zwischen der lebenslangen Abwehr der Realität und dem unvermittelten Hereinbrechen derselben wird aushalten können bzw. ob es ihr gelingen wird, diese beiden Stand-Beine ihrer Persönlichkeit zusammenzubringen – auf *einem* Boden der Tatsachen.

23

Dieses Fallbeispiel ist eine günstige Gelegenheit, zu gestehen, dass ich mich bei meiner Art zu arbeiten, auch nicht scheue, Gegenübertragungen zuzulassen, sie sogar zu nutzen, obwohl sie nach den Vorgaben manch anderer Therapierichtungen ja vermieden werden sollten. (Der Begriff „Gegenübertragung" stammt aus der Psychoanalyse und meint Gefühle und Fantasien, die der Klient beim Therapeuten auslöst.) Wenn nun aber tatsächlich – wie Sri Aurobindo postuliert – jeder Mensch einem ganz bestimmten Archetypus zuzuordnen ist, dann liegt das Auftreten von Gegenübertragungen doch auf der Hand. Weil der Vertreter eines bestimmten Typus´ Mensch zwangsläufig die Erinnerung an ein anderes Exemplar dieser Sorte wachruft.

Und was ist eigentlich dabei, dass mir bei der Persönlichkeit von Frau Wettning schon nach wenigen Minuten die Ähnlichkeit mit der Persönlichkeit meiner Mutter ins Auge sprang? Und das gewiss nicht nur aufgrund des fast gleichen Alters. So vieles erinnert mich an sie: das herrische Auftreten, ihre Zähigkeit, die Sturheit ihrer Behauptungen und die Ignoranz anderen Meinungen gegenüber. Ja, selbst ihre Schrift. Auch meine Mutter hat noch heute die fein säuberlich gemalte Handschrift eines Schulmädchens von vielleicht elf oder zwölf Jahren. Und ist stolz darauf und äußert sich abfällig über all jene, deren Schrift auf eine entwickeltere Persönlichkeit schließen lässt.

Interessanterweise hatte ich direkt nach der ersten Sitzung mit Frau Wettning gedacht, dass sie ein letzter noch fehlender Teil eines Puzzles ist, das letzte noch ungelöste Rätsel meiner eigenen Geschichte. Wenn es gelingen sollte, die Motive der Lebensgestaltung dieses Menschen zu verstehen, würde ich auch meine Mutter und darüber hinaus mich selbst endlich ganz begreifen können. Irgendwann während der letzten Monate war mir nämlich der Gedanke gekommen, dass Beziehungen zu anderen Menschen über einen langen Entwicklungszeitraum hinweg fast ausschließlich dazu dienen, sich in diesen Menschen zu spiegeln. Weil jeder Mensch eine gewisse Facette von uns selbst in sich trägt, die wir durch Projektion verstärken, um sie – ab einer bestimmten Stufe unserer Entwicklung – durch die Widerspiegelung bewusst erkennen zu können. Irgendwann sind es der Spiegelungen schließlich genug, dann sieht man im anderen nicht mehr die blinden Flecken des eigenen Bildes, sondern tatsächlich den anderen – so wie er wirklich ist.
Jetzt schauen wir in einen Spiegel und sehen nur rätselhafte Umrisse, dann aber schauen wir von Angesicht zu Angesicht. Ob die merkwürdigen Synchronizitäten des vergangenen Sommers darauf hinweisen wollten, dass ich mich allmählich diesem Ende der Projektionen nähere? Vielleicht geht damit ja das ebenfalls seit längerem angekündigte große Ereignis

einher, „das Göttliche" schauen zu dürfen. Denn was bleibt übrig, wenn eines Tages kein Blindflecken, kein Schatten mehr die Sicht bedeckt? Vermutlich doch nichts anderes als „das Göttliche" – im Sinne des wahren Wesens der Dinge, als unverstellte Realität.

Es war der Archetypus des Selbstherrlichen, des Unfehlbaren, dem ich erst noch begegnen musste. Desjenigen, der nur das, was ihm einmal vermittelt worden ist, für das einzig Richtige und für alle Zeiten Gültige hält. Dieser Typ Mensch ist wirklich das letzte noch fehlende Stück meiner „Sammlung". Ich glaube, ich habe um dessen Aufschlüsselung immer einen großen Bogen gemacht. Wahrscheinlich war ich dazu bis jetzt auch noch nicht reif. War meine Rolle im Kontakt mit den Vertretern dieses Menschentyps doch bisher – in diesem, mehr aber noch in früheren Leben – stets die eines Opfers gewesen.

Ich erinnere mich an sie in so vielen Varianten: Es sind die, die zu anderen Zeiten felsenfest behaupteten, dass die Erde eine Scheibe sei, an deren Rändern man – ihnen zu nahe getreten – ins Bodenlose stürze. Und dass die Sonne sich um die Erde drehe, was ihnen die Erlaubnis zu geben schien, den Blick in das, eine andere Wahrheit bezeugende, Fernrohr von vornherein zu verweigern. Es sind die Gleichen, die heute verkünden, dass die Erde durch einen dummen Zufall im Kosmos entstanden sei und eine ganze Welt aus dem Nichts heraus. Und dass Bewusstsein sich aus Materie entwickelt habe und dass es keine Seele gäbe, weil sie nämlich mit all ihren Instrumenten noch nie eine gefunden hätten. Es sind auch all jene, die darauf beharren, dass allein die Religion, welcher sie selbst angehören, von Gott „persönlich" den Menschen gegeben worden sei. Oder die, die anderen weismachen wollen, dass der Mensch auf einen Vermittler angewiesen sei, um seinen Weg zu Gott zu finden, und die einen Menschen auf einen Thron setzen und zum Stellvertreter Gottes auf Erden erklären. Ich kenne diesen Archetypus auch daher nur allzu gut, weil er Andersdenkende zum Widerruf

unerwünschter Thesen zwingt, worüber jene schon mal den Verstand verlieren.
Zusammenfassend sind es all jene, die, ohne sich selbst je in Frage zu stellen, ohne sich bis in die tiefsten Tiefen des Unter- und Unbewussten hinein zu erforschen und in zahllosen inneren Schlachten um ein edleres Menschsein zu ringen, glauben, sie – und nur sie – seien „auserwählt": Das auserwählte Volk Gottes oder die auserwählte, da „arische", Rasse. (Wobei der Stamm dieses Wortes, „arya", nebenbei bemerkt, dem Sanskrit entstammt und als „strebender Mensch" zu übersetzen ist, was eigentlich schon Vorwärtsentwicklung und Dynamik impliziert.)

Es gab Zeiten, da habe ich diese Menschen zutiefst gehasst. Die Macht dieses Archetypus´ jetzt bröckeln, ihn seiner Maske der Grandiosität entkleidet nun sogar im Staube liegen zu sehen, erzeugt weder Freude noch Genugtuung in mir. Es stimmt mich eher ein wenig traurig – zu meiner eigenen Verwunderung! Vielleicht liegt das daran, dass ich bei den vereinzelten Stellvertretern dieses Archetypus´ zum ersten Mal auch deren Hilflosigkeit zu sehen vermag? Und begreife, dass ihre Hybris und Selbstverblendung nicht allein aus ihnen selbst erfolgte, sondern ihnen zu einem großen Teil gezielt eingepflanzt worden war – von anderen, die wiederum mächtiger waren als sie. Ja, ich glaube, das ist der Grund meiner Traurigkeit: Weil ich selbst bei diesem Typ Mensch, der mir bisher als der „ewige Täter" erschien, auf einmal den Gegenpol wahrnehmen kann, *seinen* Aspekt als Opfer. Als Opfer gar des größten Verbrechens, das es meines Erachtens gibt: die Verhinderung von innerem Wachsen, die Verhinderung von Bewusstseinsevolution.
Nun habe ich also auch hinter diese Fassade schauen dürfen.

Mein Herz öffnet sich, schließt unausgesprochen Frieden. Und ich entdecke ein Mitgefühl, sogar Liebe in mir – so tief, ja tiefer noch als einstmals mein Hass.

LIEBE bringt die Wahrheit deines Wesens hervor und gibt dir eine neue Gestalt.
(Mirra Alfassa)

24

11. April. In der gestrigen Nacht habe ich etwas Verwirrendes geträumt, war den ganzen Tag über in einer merkwürdigen und kaum zu beschreibenden Stimmung, einer Mischung aus Wehmut, hochfliegender Freude und einer restlichen Spur tiefer Traurigkeit. Dennoch hinterließ der Traum in mir eine enorme Lust auf all das, was mein Leben noch bringen mag.

Der Traum beginnt mit einem Gespräch mit Leonhard. Ich äußere meine Sorge, dass sich die Tatsache, mich im Laufe der letzten Jahre so gut mit dem Alleinsein arrangiert zu haben, es oft sogar anderen Alternativen gegenüber vorzuziehen, ungünstig auf unsere Dreierbeziehung auswirken könnte. Da tritt eine Handvoll Menschen zu uns heran. Sie stellen sich als Mitglieder einer jüdischen Gemeinde vor, sollen allesamt Zadiks, Weise, sein. Sie erklären mir, dass mein Bevorzugen des Alleinseins auf meine letzte Inkarnation, eine jüdische, zurückzuführen sei, die ich noch nicht vollends verarbeitet hätte. Sie nehmen mich in ihre Mitte, um mich zu ihrer Gemeinde zu führen. Sofort keimt in mir wieder die alte Panik auf, vor ein Tribunal gestellt zu werden.
Was jedoch nicht der Fall ist, im Gegenteil. Im Haus der Gemeinde angekommen, sind alle sehr nett zu mir und wollen mir einfach nur helfen, mich selbst noch umfassender zu verstehen. Man vermittelt mir einiges an geheimem Wissen, das ich beim späteren Hinausgehen leider an der Pforte zum Tagesbewusstsein zurücklassen muss. Danach werden mir einige kostbare Gegenstände oder Reliquien gezeigt; an mit Edelsteinen reich verzierte Holzkästchen, zum Beispiel, erinnere ich mich. Eines davon darf ich öffnen, es liegen zwei ganz

exquisite, zu Prismen geschliffene Herzen aus Rosenquarz darin. Sie funkeln im Licht, das nun auf sie fällt und erscheinen mir als das Schönste, das ich je gesehen habe. Ein zusammengefalteter Zettel liegt dabei, worauf geschrieben steht, dass die beiden Herzen an „David" geschickt werden würden, sobald das Kästchen erstmals wieder geöffnet werde. David, erinnere ich mich, ist der Name des Königs, der laut jüdischer Prophezeiung am Vorabend des Achten Tages auftauchen soll. Sein Name bedeutet: der Geliebte.

Da steht urplötzlich meine Mutter neben mir und äußert sich voller Hohn darüber, dass ich von Juden Unterweisungen annähme. Sie bekommt mit, wie mir einer der Zadiks erzählt, dass ich nicht nur beim Eintritt in mein jetziges Leben klinisch tot gewesen sei, sondern es schon vorher mehrere „Fehlschläge" gegeben habe, es also nicht einfach gewesen sei, mich überhaupt noch einmal zu einer weiteren Inkarnation zu bewegen. Meine Mutter macht sich lustig darüber, besteht darauf, dass ich umgehend die Gemeinde zu verlassen und mit ihr zu gehen habe. Ich werde furchtbar zornig, schreie sie an, dass *ich* aber dort zu bleiben wünsche. Im gleichen Moment erscheint ein stilisierter Vogel im Bild, der eine Gestalt in seinen Klauen umklammert hält. Ich erkenne ihn sofort als den Reichsadler der Nazis. Jemand erklärt aus dem Hintergrund heraus, dass meine Mutter ein Symbol jener Kräfte sei, die mich bisher noch gefangen hielten. Kaum ausgesprochen, sinkt meine Mutter in sich zusammen, als sei sie mit diesem Hinweis plötzlich all ihrer Kraft beraubt, und schaut mich voller Erstaunen an. Ich spüre, dass sie zum ersten Mal meine wirkliche Persönlichkeit erkennt.

Danach führt mich einer der Zadiks aus dem Raum und weist mir ein Zimmer zu, in dem ich wohnen darf. Kurze Zeit später bekomme ich einen Zimmergenossen zugeteilt. Es ist ein bekannter Journalist und Filmregisseur, der mich interviewen und einen Film über mein Leben drehen soll. Ich kenne ihn von irgendwann früher und freue mich über das Wiedersehen.

25

Meine Verwirrung setzt sich fort, denn meine Vergangenheit wird in einer nie gekannten Tiefe aufgedeckt. Mit Querverweisen zu anderen Leben, zu fernen Erinnerungen, zu Träumen, die schon wieder am Verblassen sind. Vernetzungen also auch bei mir bzw. innerhalb der verschiedensten Regionen meiner selbst.

Der soeben geschilderte Traum verknüpft sich mit dem von vor zwei Jahren, in dem ich mich mit Leonhard und Sophia in einem Konzentrationslager wiederfand; ich schrieb darüber im ersten Band von Mahas Pathah. Mir ist, als stünde ich jetzt erneut an der gleichen Stelle, an der ich schon einmal stand, nur in einem anderen Körper und zu einer anderen Zeit. Das meiste meines damaligen Wissens habe ich zum jetzigen Zeitpunkt meines Lebens wiedererlangt, sogar ein mir fast unerschütterlich erscheinendes Gottvertrauen. War ich mir womöglich im Leben zuvor wegen genau dieses tiefen Vertrauens so sicher, dass mir nichts geschehen könne? *Zu* sicher offenbar! Denn dann hatte sich die Polizei als Gestapo entpuppt und das als Umerziehungslager angekündigte Lager als KZ. Von da an hatte ich gewusst, was uns bevorstand.
Könnte das demnach *mein* Aspekt von Hybris und Selbstverblendung gewesen sein? Diese selbstverständliche, schon fast arrogante Erwartung, dass Gott mich wegen meines Vertrauens in IHN schon beschützen werde? Ich fürchte, ja! Aber dann, im allerletzten Moment, als ich schon nicht mehr zum Atmen fähig war, als mir das Bewusstsein schwand, der schwarze Drache mich zu verschlingen begann, da entdeckte ich es doch: das Zeichen. Jene Vision eines golden leuchtenden Herzens in Form einer Uhr – das Lächeln Gottes inmitten

des Grauens. Und begriff im Augenblick des Hinübergehens, dass ER den Menschen niemals verlässt.

Die Lebensuhr von damals war abgelaufen. Und jetzt sind wir doch wieder da, alle miteinander: Sophia, Leonhard und ich. Die Dinge wiederholen sich. Ich sehe mich den gleichen Kräften und Prinzipien gegenüber wie in vielen Leben zuvor, nur jetzt mit neuen Gesichtern und in veränderter Gestalt. Eines jedoch ist anders dieses Mal, grundlegend anders. Ich kämpfe nicht mehr im Außen: gegen das vermeintlich Böse und Bornierte, gegen Hass, Misstrauen und Intoleranz. Nein, diesmal kämpfe ich im eigenen Inneren: gegen Aspekte, die ich in mir nicht länger beherbergen will. Denn ich habe erkannt, dass alle Aspekte, die mir in Form anderer Menschen entgegentraten – jener, die mich quälten, mich leiden ließen, zur Weißglut brachten und anderes mehr –, ein Spiegel waren der entsprechenden Kräfte in mir. Gestalten eines innermenschlichen Gruselkabinetts, das es zu einem Götterpantheon zu wandeln gilt.

Göttlich zu werden in der Natur der Welt und im Symbol des Menschen ist die Vollendung, für die wir erschaffen wurden.
(Sri Aurobindo)

26

10. Mai. Zur Zeit träume ich mal wieder sehr viel und habe gleich eine ganze Serie von Träumen produziert, in denen ich meinen momentanen inneren Zustand in passende Bilder gekleidet fand.

In jedem von ihnen befinde ich mich in einem turmartigen Gebäude, das nach oben wie nach unten durchgehend offen ist. Mal ist es eine riesige Klinik, mal ein leer stehendes Bürogebäude, im dritten Traum ein Hotel. In dem Traum mit dem

Bürogebäude, das mindestens so hoch ist wie ein Wolkenkratzer, jedoch nicht in Etagen unterteilt, ist mir bewusst, dass ich es ziemlich lange in diesem Gebäude aushalten muss. Denn ich reise darin durch die Zeit. Das Gebäude scheint also so etwas wie ein „Raumschiff" zu sein. Einer der wenigen Mitreisenden hilft mir, aus einem der überall herumstehenden Schreibtische eine Bettstatt zu bauen, damit ich mich auf der langen Reise ab und zu ausruhen kann. Wir befestigen sie weit oben an einer Wand, sie klebt dort wie ein Wespennest. Der Weg hinauf ist jedesmal sehr mühsam, da ich mich im Freeclimbing-Stil an den Resten abgebrochener Mauervorsprünge und ähnlich unzuverlässigen Halterungen in der endlos hohen und ansonsten völlig glatten Wand emporhangeln muss. Als mein Blick durch den offenen Büroturm nach unten fällt, schaue ich plötzlich weit in die Vergangenheit hinein. Und erblicke eine urzeitliche Welt: steiniges, grobes Geröll, mit haushohen Farnen übersät und eine mir völlig fremde, bizarre Pflanzenwelt. Mitten darin ruht eine mächtige Schildkröte wie ein Fels. Sie scheint so etwas wie das Fundament der unteren Welten zu sein. Über telepathische Verständigung erlaubt sie mir, von nun an vor dem Hinaufkraxeln auf ihren Panzer zu springen, der seltsam elastisch ist, und mir so Schwung zu holen für den Weg nach oben.

Auch in dem Traum von dem Hotel, das 108 Stockwerke hat – die indische heilige Zahl – wohne ich ziemlich weit oben. Hier habe ich es mit dem Hinaufkommen wesentlich bequemer, denn es gibt einen wackeligen aber immerhin funktionstüchtigen Aufzug, der mich zu meinem Zimmer bringt. Noch ein paar Etagen darüber entspringt ein Fluss, der „Mahindra" heißt. Und ich finde es, noch im Traum, äußerst merkwürdig, dass ein Fluss in einem Hotel entspringen soll.

Während der Zeit dieser Serienträume hat auch eine meiner Klientinnen von mir geträumt. Wie interessant, sonst ist es ja meistens umgekehrt! Es war Sonja Krieger, die junge Frau, die mir im letzten Sommer, direkt nach dem Tagtraum, in dem ich mich bemühte, meine verklebten Augen zu öffnen, von ihrer Einsicht berichtet hatte, auch ihre Augen wieder vollständig öffnen zu wollen. Sie träumte, dass sie zu mir in die Praxis gekommen und ziemlich irritiert gewesen sei, weil alle Innenwände und Decken darin fehlten. Ich bestätigte ihr ihre Wahrnehmung mit einem kurzen Hinweis auf mein derzeitiges inneres Geschehen, und sie freute sich, dass sie sich auf ihre zurückgewonnene Wahrnehmung verlassen kann.

27

17. Mai. War früh in der Nacht aufgewacht und bemerkte dabei nur, dass sich nach meinem Aufenthalt in der Ebene des Traumbewusstseins „etwas" wieder „hier" eingefunden hat, ohne dieses „wer" oder „was" oder den genauen Standort wirklich definieren zu können. Hatte Probleme, „mich" einzusammeln, so als habe das Bewusstsein sich zu weit verstreut, um in die mir vertraute Gestalt seiner Konzentration (und damit meiner Identität) zurückzufinden. Völlige Orientierungslosigkeit. Myriaden Mittelpunkte und dennoch kein Zentrum in Sicht. Da ist nicht wie sonst eine Welt um mich, in die hinein ich erwache und anhand deren zuverlässiger Beständigkeit ich mir auch meiner Existenz als Person sicher sein kann. Keine Welt – kein Spiegel. Kein Spiegel – kein Ich. Oder will es der Welt deshalb nicht gelingen, sich aus dem Meer des ungeformten Bewusstseins herauszukristallisieren, weil kein Ich (mehr) da ist, das sonst – ohne sein eigenes Wissen und somit unbewusst – diese Aufgabe im Bruchteil einer Sekunde erfüllt? Demnach also eher: kein Ich – keine Welt?

Zugleich interessante neue Erfahrungen, vor allem die, *nur zu sein*.
Das Fenster war leicht geöffnet, es drang klare, frische Luft mit einem fernen Duft von Regen herein: Klare, frische Luft,

die nach Regen riecht, erkennt sich als klare, frische Luft, die nach Regen riecht. Ein wohliges Zerfließen der Luft in sich selbst. Das Gefühl, mein Bett sei leer, wobei ich „ein Bett" als solches gar nicht wahrnehmen kann, auch wenn ich zur Beschreibung im Nachhinein auf Begriffe angewiesen bin. Es gibt nur Kräfte, Berührungen, Wahrnehmung. Keine Begrifflichkeit. Keine Person. Da ist niemand mehr. Kein Ich – nobody. Kein Körper – no body.

Das Eingehülltsein in die Bettdecke bis zum Kinn habe ich zwar als umhüllende Wärme gespürt, hätte aber nicht zu sagen vermocht, wer da was einhüllt, es existierte einfach nur „umhüllende Wärme". Habe weder eine Matratze noch einen Körper erkannt, nur eine leichte Druckempfindung, die sich selbst als solche begreift, da, wo der nicht existente Körper auf die nicht existente Matratze trifft. Keine Objekte – nur die Begegnung von Kräften. Im Hintergrund eine schwarze Unendlichkeit, aus der heraus all das in jedem Moment entsteht und wieder vergeht.

Form als Variation von Formlosigkeit. Existenz als Aufbäumen gegen den Tod. Dauer: ein Augenaufschlag.

Regen trommelt auf das Dachfenster in meinem Raum – das Prasseln des Feuers in mir.

28

Gestern habe ich mich von meiner Klientin Petra Friedrich verabschiedet. Zu ihrem weiteren Werdegang gibt es noch einiges zu berichten, obwohl sie ja seit ihrer nächtlichen Flucht Anfang Februar offiziell nicht mehr meine Klientin ist.

Direkt nach der überraschenden Flucht von Frau Friedrich sah es für fast zwei Monate so aus, als liefe alles schief. Das Frauenhaus, das mir telefonisch Unterstützung zugesagt hatte, selbst für den Fall, dass Frau Friedrich nicht dort unterschlüpfe, lehnte seine Hilfestellung dann aus genau diesem Grund plötzlich ab. Mit Hilfe einer anderen sozialen Einrichtung fand sie zwar bald eine neue Bleibe, sonst tat sich aber absolut nichts. Keine Möbel, keine sozialmedizinische Unterstützung – die für sie zuständige Sozialarbeiterin war über Wochen hinweg erkrankt –, kein Geld. Ich telefonierte einmal pro Woche mit ihr, um ihr damit wenigstens aus der Ferne einen kleinen Strohhalm zu reichen, stellte für jede der in die Sache involvierten Behörden und Institutionen Bescheinigungen aus und wurde Zeugin der haarsträubenden deutschen Bürokratie. Aber das soll hier nicht weiter Thema sein. Trotz der so erschwerten Umstände und der verständlichen Panik, dass der Start in ein neues Leben direkt wieder zu scheitern drohte, erwies sich Frau Friedrich als erstaunlich lebenstüchtig und einfallsreich. Mangels Herd bereitete sie, wie sie mir erzählte, die warmen Mahlzeiten für ihre kleine Tochter einfach in einem alten Elektrogrill zu und klaubte sich mit Hilfe eines Bekannten ihrer Tante die nötigsten Möbel selbst vom Sperrmüll zusammen, sogar ihre Lampen hat sie eigenhändig montiert. Dann war ihre Betreuerin endlich genesen, von da an wurde endlich die grundlegende Versorgung in geordnete Bahnen gelenkt.

Betrachtet man die bisherige Lebensgeschichte der Klientin als Bewusstseinsreise bzw. aus integral-psychologischer Sicht, sieht es so aus, als sei sie seit der Kindheit – ausgelöst durch das von der Familie verhängte Selbstbild, abgrundtief böse zu sein – in einer verhängnisvollen Warteschleife hängen geblieben. In der sie wieder und wieder die gleichen Erfahrungen durchlief, bis der Druck endlich groß genug war für eine Veränderung. Ich vermute, dass sie zu einem Zeitpunkt zu mir kam, an dem sie das Drama nicht viel länger hätte aushalten können, sodass sie vorbereitet war für den entscheidenden Sprung in eine gravierende Wandlung – oder in den Suizid.
Von meiner Seite kam die Therapie zustande wegen meiner Neugier, ob sich hinter dem gleichen Geburtsnamen eine Ähnlichkeit zwischen uns verbergen mochte und wenn ja,

welche. Und ich habe in der Tat so manche Ähnlichkeit entdeckt: Auch ich war in meiner Kindheit zu der Überzeugung gelangt, in vielerlei Hinsicht ein böser Mensch zu sein. Vor allem, weil die Erfahrungen, die ich mit meinen Eltern machte, so gar nicht mit dem Bild übereinstimmten, das sie mir von sich zu vermitteln versuchten. Wobei ich damals sicher war, dass die Ursache dieser Diskrepanz natürlich nur in einer Fehlwahrnehmung meinerseits liegen konnte. Daher hatte auch ich gelernt, meinen Erfahrungen und Wahrnehmungen zu misstrauen, wenn auch in entschieden schwächerer Ausprägung als bei meiner Namensvetterin. Vermutlich war ich für meine Klientin zur rechten Zeit das rechte Gegenüber, denn dieses Thema ist bei mir inzwischen weitgehend gelöst.
Eine weitere Ähnlichkeit besteht darin, dass auch ich weiß, wie es sich anfühlt, wenn das Maß des Leidens überschritten ist. Was sich bei mir allerdings weniger auf die Erlebnisse der aktuellen Inkarnation bezieht, sondern auf entsprechende Ablagerungen früherer Erfahrungen. Vielleicht ist das der Grund, weshalb ich möglicherweise der erste Mensch im Leben von Frau Friedrich war, der das Grauen, das sie mit sich schleppt, aushalten konnte, ohne es abzuwehren.
Natürlich ist jetzt, wo Frau Friedrich dem alten Umfeld entflohen ist, gewiss noch längst nicht alles gut. Da bin ich realistisch genug und will das Ereignis nicht zu hoch hängen. Denn sie trägt ihren Anteil am Missbrauchsthema noch immer in sich, vielleicht und hoffentlich in etwas abgemilderter Form. Was geschehen wird, wenn mal wieder ein Mann in ihr Leben tritt, vermag ich nicht zu sagen. Ich kann nur hoffen, dass sie durch die Veränderung ihres Selbstbildes jetzt andere Ausgangsbedingungen hat.

Über Frau Friedrich und unser kurzes therapeutisches Intermezzo habe ich mir ungewohnt viele Gedanken gemacht. So war ich vor einigen Wochen noch unschlüssig bezüglich der Bedeutung des Rituals, die Fratze des Bösen symbolisch zu vernichten. Nach dem weiteren Verlauf der Geschehnisse bin ich heute ziemlich sicher, dass die scheinbar so kleine Aktion große Wirkungen nach sich zog, ja vielleicht sogar *der* entscheidende Auslöser für eine ganze Reihe von Veränderungen war – bei Frau Friedrich ebenso wie bei mir. (Auch wenn diese Handlung im Vergleich mit den Regeln der anerkannten Therapierichtungen bestimmt ziemlich untherapeutisch war. Und was ein psychoanalytischer Kollege dazu sagen würde, male ich mir lieber erst gar nicht aus.) Meinen Traum eines immer heller werdenden Lichtstrahls, der mich bis in den letzten Winkel hinein ausleuchtet und dem ich mich schließlich ergebe, zähle ich zu den Konsequenzen dieser Aktion. Ebenso die erstaunliche Kettenreaktion des Sichtbarwerdens ausgesprochen unangenehmer Aspekte des Egos bei so einigen meiner Klienten und meinen eigenen sich daran anschließenden Prozess einer vehementen Konfrontation mit dem Ego an sich.

So hat die Begegnung mit Frau Friedrich eine Lawine an Veränderungen losgetreten. Damit ist ihr „Fall" ein gutes Beispiel für das, was ich bei der praktischen integralpsychotherapeutischen Arbeit als besonders typisch erlebe: Als Therapeut tritt man mit den Themen seiner Klienten in Resonanz. Was wahrscheinlich daran liegt, dass beide, sobald sie miteinander arbeiten, in einem morphischen Feld miteinander verbunden sind. Damit werden Aspekte des Grundthemas, an denen der Klient leidet, auch beim Therapeuten aktiviert, nämlich genau jene Aspekte, die er selbst noch zu lösen hat.

„Das morphische Feld in der integralen Psychotherapie – Segen oder Fluch?" könnte man nun hinterfragen. Nun ja, obwohl dieser Prozess mitunter ausgesprochen anstrengend sein kann, finde ich es doch nicht schlecht, von der so genannten Behandlung meiner Klienten gleich mitzuprofitieren.

29

21. Mai. Mein Traum der vergangenen Nacht:
Mir ist bewusst, dass ich in meinem Schlafzimmer liege, alles ist dunkel – es ist ja auch Nacht. Von draußen dringt ungewohnter Lärm herein, das Dröhnen von Maschinen, Geschrei, ich meine sogar, das laute Rumpeln von Panzern zu hören. Meine Sinne werden fast gewaltsam nach außen gelenkt, was in mir einen furchtbaren Schmerz auslöst. Seelenschmerz. Dann taucht ein angsteinflößendes Wesen auf: der „Schwarze Mann". Er ist außerordentlich breit, völlig schwarz, dennoch ohne jegliche eigene Substanz. Er ist wie das dunkle Gegenteil von Transparenz. Hinter ihm ahne ich das Licht, aber er steht davor. Er stellt sich zwischen alles, was ich erkennen möchte, auf das ich mich einlassen will und lässt eine wirklich tiefe Verbindung nicht zu. Er ist der große Spalter. Er spaltet jeden Wahrnehmungsvorgang in Subjekt und Objekt auf. In der Mitte meiner Brust ein zerreißender Schmerz, die Panik, den wahren Zugang zu den Dingen und den anderen verloren zu haben.
Dann tauchen Bilder von verkommenen Großstädten auf, von Betonburgen und abbruchreifen, hässlichen Hochhäusern. Der Inbegriff einer völligen Entfremdung des Menschen zur Erde, zu anderen und zu sich selbst.
Erneuter Szenenwechsel: Nun sehe ich eine goldene Götterstatue, die von den Menschen angebetet wird. Ich verstehe, dass sie das Pendant zu dem Schwarzen Mann, dessen „heiliges" Gegenstück sein soll. Und begreife im gleichen Moment, dass es noch keine wirkliche Wahrheit gibt, so lange die beiden getrennt existieren.

Dann lösen sich alle Bilder auf. Ich bin von tiefer Schwärze umhüllt. Dabei fühle ich nicht die geringste Spur von Angst, sondern nur Freude, in diesem Schwarz zu schweben. Denn es ist angenehm dort drinnen. Das Schwarz ist weich wie Samt, vermittelt Geborgenheit. Es ist zugleich die absolute Stille. Meine Sinne, die zuvor so brutal nach außen gerissen

worden waren, kommen zur Ruhe. Auch ich bin ruhig, beruhigt. Alles schweigt. Nun gibt es zwischen dem Schwarz und mir keinen Unterschied mehr. Ich löse mich darin auf, gebe das letzte, was ich noch für meine Identität hielt, ab. Da entzündet sich inmitten der Schwärze ein Licht, nur ein kurzes gleißendes Aufflammen, und ich erwache.
Der erste Sonnenstrahl des Morgens hat sich in mein Zimmer verirrt.

30

27. Mai. Neuerdings machen sich die so lange zurückgedrängten Ausstiegsfantasien in meinen Gedanken wieder breit. Meine Sehnsucht, den Lebensrahmen der Dreidimensionalität zu sprengen, wurde im Herbst ja erst einmal von einem mich auf Trab haltenden Schwall neuer Klienten ausgebremst. Sind diese wieder erweckten Sehnsüchte jetzt, wo mein äußeres Leben endlich wieder in etwas ruhigeren Bahnen läuft, als ein neuer Schub von Abenteuerlust zu verstehen? Oder sind sie ein Anzeichen von Überdruss oder gar der nächste Wink des Seelischen? Ich weiß es selbst noch nicht. Auch nicht, ob diese Fantasien ein Hinweis auf einen Ausstieg im Außen sind oder auf einen rein innerlichen Prozess. Dabei ist der innere Ausstieg ja eigentlich in vollem Gange. Vielleicht steigt aber gerade deshalb der Druck bezüglich einer entsprechenden Veränderung im Außen?

Zum Beispiel merke ich, dass mich die Reglementierungen in meinem Beruf durch so manche Institutionen in stetigem Ausmaß nervt. Da gibt es u.a. ein neues Gesetz, das allen niedergelassenen Ärzten und Psychotherapeuten ein so genanntes Qualitätsmanagement vorschreibt. Da muss ich nun lernen und nachweisen (!), wie man am patientenfreundlichsten den Anrufbeantworter bespricht, welche Vereinbarungsformulare man sich zu Beginn einer Behandlung von seinen Klienten unterschreiben lassen sollte oder wie man ordnungsgemäß die Akten aufzubewahren hat. Auch sollte ich einen normierten Fragebogen verwenden, um mir die Zufriedenheit oder Unzufriedenheit meiner Klienten, ihre Einschätzung der Effektivität der Therapie und des ansprechenden oder vielleicht ja auch nicht ansprechenden Ambientes meiner Praxisräumlichkeiten rückmelden zu lassen. Einmal im Jahr wird dann per Zufallsverfahren ein gewisser Prozentsatz aller Praxen ausgewählt und von einem Kontrolleur überprüft, ob die Vorschriften eingehalten worden sind. Sogar in den Patientenakten darf geschnüffelt werden. Big Brother lässt grüßen! Und wieder einmal: Die Form ersetzt den Inhalt. Gibt es wirklich nichts Wichtigeres zu tun?

Auch einen Fortbildungszwang haben wir jetzt. Dabei kenne ich keinen einzigen Kollegen, der sich, aus eigener Motivation und allein schon aus Freude am Beruf, nicht regelmäßig weitergebildet hätte. Die meisten investieren eine Menge Geld in Seminare, Workshops, Selbsterfahrung und Fachliteratur. Jetzt haben wir uns aber auch von offizieller Seite fortzubilden, die jeweiligen Veranstaltungen nachzuweisen, wobei – und jetzt kommt der Haken an der Sache – natürlich weitgehend nur Veranstaltungen in den anerkannten Therapieverfahren zulässig sind. Daher weht also der Wind! Solche Fortbildungsseminare kosten schließlich nicht gerade wenig, und wer dann endlich seine 50 Fortbildungspunkte pro Jahr, die 50 Unterrichtsstunden entsprechen, beisammen hat, wird für andere Richtungen wohl kaum auch noch Geld ausgeben wollen oder können. Was macht man also? Man fügt sich treu und brav. Oder man versucht, besonders raffiniert zu sein und die gesetzlichen Auflagen auf andere Art und Weise zu umschiffen. Wie ich dem Programm des Fortbildungsangebotes der Ärzte entnehmen kann, haben einige von ihnen schon ihren Weg gefunden, das Beste daraus zu machen, obwohl gewiss nicht die ganze Ärzteschaft damit einverstanden sein wird: Da ist zum Beispiel ein einstündiger Vortrag zu einem ausgewählten Krankheitsbild ausgeschrieben mit

anschließender *Weinprobe*, wobei der Zeitraum des gesamten Abends als Fortbildung zählt und die notwendigen Fortbildungspunkte bringt. Na denn: Prost!
Ich will mich aber nicht wie ein cleveres Schulkind durch irgendwelche Vorschriften hindurchlavieren, sie pro forma erfüllen, nur um hinterrücks dann das Beste für mich herauszuschlagen. Ich habe überhaupt keine Lust auf solche Spielchen mehr. Und schon gar nicht auf ein neues Gesetz nach dem anderen. Sollte nicht die Effektivität einer Behandlung als Qualitätsbeweis ausreichen? (Wobei ich selbstverständlich weiß, dass man trotz besten Willens und achtsamer Behandlung keineswegs jedem Klienten helfen kann.) Ich sollte wirklich einmal überprüfen, wie lange ich in diesem System noch arbeiten will. Das Thema der kranken gesellschaftlichen Strukturen ist mir durch Sophias leidvolle Erfahrungen mit dem deutschen Schulsystem ja schon bestens vertraut. Anscheinend hat es jetzt auch mich gepackt, und all dieser Unmut und meine Ausstiegsfantasien drängen mich zu einer notwendigen Veränderung.

Das Bewusstsein bestimmt letztendlich das Sein. Und da sich bei mir in den letzten Wochen und Monaten mal wieder so manches gewandelt hat, wird die innere Veränderung wohl zwangsläufig eine Veränderung der äußeren Lebensbedingungen nach sich ziehen. Das Ego lässt sich ganz gerne reglementieren, da es selbst keine Anhaltspunkte für angemessenes Verhalten hat. Es schielt nach Anerkennung, Lob und Bestätigung, dafür nimmt es (fast) alles in Kauf. Oder, die Kehrseite der Ego-Medaille: Es rebelliert. Weil es sich ebenso über Cleverness, Querulantentum und Unbeliebtmachen definieren kann. Im Kern sind beide Varianten gleich, denn sie weisen auf die Abhängigkeit des Verhaltens von vermeintlichen Autoritäten oder Institutionen hin. Je mehr man das Ego überwindet, um so stärker wird der Wunsch, sein Verhalten frei bestimmen, nach eigenen Wertigkeiten leben zu wollen und nicht länger nach denen irgendwelcher „anderer".

Das Zepter gehört jetzt in die Hand der Seelenpersönlichkeit. Und in die andere Hand gehört das Schwert. Das Schwert als Symbol für die Kraft der Unterscheidung, für „Viveka", wie man diese im Yoga nennt. Nun hat man selbst und bewusst zu entscheiden, was man in der eigenen Persönlichkeit und im eigenen Leben zulässt und was nicht.

31

Ich hoffe, ich konnte anhand meiner Fallbeispiele verdeutlichen, wie sich meiner Erfahrung nach eine integralpsychologisch ausgerichtete Therapie gestalten kann. Wahrscheinlich wird ein psychologisch geschulter Leser sich kopfschüttelnd fragen, ob man das, was ich da tue, überhaupt „Therapie" nennen kann? Ehrlich gesagt, weiß ich das selbst nicht. Ich habe bei dieser Form der psychotherapeutischen Arbeit oft ja noch nicht mal das Empfinden, überhaupt selbst etwas zu *tun*. Meine Stärke liegt vermutlich eher im Geschehenlassen und Erkennen dessen, was sich ereignet. Den Begriff des „Integralen" zumindest halte ich für diese Form der Arbeit für angemessen, weil man als Therapeut auf diesem Weg doch so ganz en passant auch noch die eigenen Schatten integriert. Was die Krankenkasse wohl zu dieser Form der Selbsterlösung sagen würde?

Aber – Spaß beiseite, grundsätzlich habe ich erkannt, dass es auch beim therapeutischen Arbeiten eine Entwicklung gibt. Wenn ich an meine Anfangszeit als Verhaltenstherapeutin zurückdenke, so sah meine Arbeit und auch meine Haltung den Klienten gegenüber noch völlig anders aus. Statt „Klienten" habe ich damals „Patienten" gesagt, wie es eben so üblich ist. Und habe diese „Geduldigen" vorrangig als Fälle angesehen, deren Symptome und psychische Erkrankungen im Lehrbuch nachzuschlagen und mit vorgegebenen Behandlungsmethoden – ich sollte besser „Techniken" sagen – zu beheben waren. Diese Form der Therapie war also so etwas Ähnliches wie eine Reparatur. Nicht umsonst werden wir Psychotherapeuten mitunter ja auch „Seelenklempner" genannt.

Mit der Zeit fing dann dieses Mitleid an. Der Kummer meiner Klienten und Klientinnen machte mich betroffen. Auf einmal hat einer nach dem anderen mein Herz berührt und den tiefen Wunsch in mir entfacht, wirklich helfen, im Sinne von „heilen", zu können. (Das Wort „Therapie" bedeutet im ursprünglichen Sinn ja auch „Heilbehandlung".) Ich erinnere mich noch gut daran, wie hilflos ich mich fühlte, als mein Selbstbild als psychologisch geschulte Fachfrau ins Wanken geriet, weil ich nicht mehr wirklich zwischen „den Anderen" und mir unterscheiden konnte und die Grenze zwischen Objekt und Subjekt zu verschwimmen begann. Die Themen, Sorgen und Ängste meiner Klienten betrafen nun auch mich, eben weil auch ich noch von genau den gleichen Themen, Sorgen und Ängsten betroffen war.
Irgendwann kam ich auf die Idee, zu jedem Problem meiner Klienten in mich hineinzuspüren, nach Ursachen und Lösungen zum jeweiligen Thema in mir selbst auf die Suche zu gehen. Welche Mühe! (Diese Arbeit hat mir übrigens nie eine Krankenkasse bezahlt.) Trotzdem zahlte sie sich aus, wie man so sagt, denn mit der Zeit stellte ich fest, dass die Therapien bei all jenen besser verliefen und deutlich weniger Sitzungen beanspruchten, deren Probleme ich im eigenen Bewusstsein erkannt und für mich bewältigt hatte.
Nicht nur meine Haltung den Klienten gegenüber wandelte sich von da an, sondern auch mein Verständnis von Psychotherapie. Wenn die Symptome sich reduzierten, die Klienten wieder Stabilität und Lebenstüchtigkeit erlangten, war das zwar wünschenswert, viel wichtiger aber wurde mir das Verstehen von allem, die Bedeutung der individuellen Lebensgeschichten, der Stellenwert der Erkrankung, ihr tieferer Sinn im jeweiligen Lebenskontext. Und dann fand ich nach und nach all das heraus, was ich hier nun in zwei Bänden zu ei-

nem neuen Verständnis von Psychologie und Psychotherapie, zur Integralen Psychologie vertreten habe.

Eigentlich könnte ich mich jetzt zurücklehnen und in aller Ruhe so weiterpraktizieren. Aber ich habe das Gefühl, als sei ich auch auf diesem beruflichen Weg an einem Schlusspunkt angelangt, als habe ich die Psychologie als einen der roten Fäden meines Lebens nun zur Genüge ausgeschürft. Mal sehen, was als Nächstes kommt!

32

Bevor ich aber mein Aufgabengebiet wechsle, will ich noch von einem letzten Klienten berichten: von Bertram Scholz.

Ein ehemaliger Priester, der über Jahre in der Sozialabteilung einer Behörde tätig war; er ist erst seit kurzem bei mir in Therapie. Er meldete sich bei mir wegen einer akuten Abhängigkeitsproblematik an: unkontrolliertes Surfen im Internet, zuerst Sex-, später Pornoseiten, weshalb ihm fristlos gekündigt worden war. Schnell zeigte sich, dass er sich nicht nur in die verführerischen Illusionen des Internets verstrickt hatte, sondern sein bisheriges Leben lang auch in die Absicherung durch Institutionen, Autoritäten, Ge- und Verbote. Gleich in der zweiten Therapiesitzung eröffnete er mir, dass er endlich lernen wolle, *seine* Wahrheit zu leben. Oh je, dachte ich, das ist mal wieder eine von diesen schwammigen Worthülsen, die ich von Klienten mit Suchtstruktur nur allzu gut kenne. Er sprach von seiner Sehnsucht, frei zu sein, und dass er manchmal in sich einen indianischen Krieger spüre. In solchen Stunden nenne er sich „Red Eagle". Mich überrollte gleich die nächste Woge des Widerstands: Dieser Typ, der da so schlaff im Sessel mir gegenüber hängt, kommt mit einem so hehren Ideal daher! Dieser Mensch mit weichem Händedruck und einer Persönlichkeit, die mir auf den ersten Blick

so unförmig erscheinen will wie seine ausgebeulten Jeans und so blass wie das verwaschene Schlabbershirt, das er jedes Mal trägt und das seinen sommersprossigen Teint so unglücklich unterstreicht. Und was seinen selbst erwählten Namen anbelangt: „Barbarossa" würde meines Erachtens wesentlich besser zu ihm passen, denn so flammend rot wie sein gelocktes Haar ist auch sein Rauschebart. Spätestens nach jedem dritten Satz seufzt er ausgiebig, leider hat er einen etwas eitrigen Mundgeruch. Ich sitze voll in der Schusslinie, weshalb ich ein Fenster immer etwas gekippt lasse und so flach atme, wie ich nur kann.
Ich beendete die damalige Sitzung mit der Unsicherheit, ob ich seine Andeutungen bezüglich eines kriegerischen Selbstbildes als Kompensation seiner Minderwertigkeit interpretieren sollte oder als Hinweis auf einen tatsächlich in ihm schlummernden kraftvolleren Wesensteil. Meine Tendenz war eher, bei Herrn Scholz klassisch-verhaltenstherapeutisch vorzugehen, als ein integral-psychologisches Heranführen an eine mir in diesem Fall nur schwer visionierbare Zielgestalt zu wagen. Zu weit schien mir sein aktueller Stand der Entwicklung noch davon entfernt.

Noch ganz in Gedanken versunken, ging ich in meine Mittagspause. Im Briefkasten fand ich eine Ansichtskarte meiner Schwiegereltern von ihrem Trip in die USA, eine wunderschöne Aufnahme des Grand Canyon. In die Mitte des Fotos war allerdings eine kitschige Comic-Figur montiert, die mit hektischem Flügelschlag und verdrehten Augen über dem Abgrund flattert. Das sollte wohl ein Vogel mit Höhenangst sein. Die Karte hat bestimmt mein Schwiegervater ausgesucht, dachte ich und sah erst in diesem Moment, dass der bange Vogel ja ein Adler war und sein Gefieder rot. Schau an, schau an, dachte ich, noch ein roter Adler!
In der Woche bis zum nächsten Termin mit Herrn Scholz las ich in meinem Gute-Nacht-Schmöker („Der Traumwanderer" von Robert Wilder), wie der jugendliche Held den Hinweis bekommt, sich auf dem Weg seines ungewissen Abenteuers

von der Farbe Türkis leiten zu lassen. Er verbringt einige Tage in einem Indianerreservat, wo er vom Oberhaupt des Stammes eine schamanische Einweihung erhält. Der alte Häuptling trägt einen Türkis als Amulett, weshalb der Junge ihn als weiteren Boten auf seinem Weg erkennt. Zur nächsten Sitzung kam Bertram Scholz mit einem coolen schwarzen Hut, der ihn gleich viel männlicher wirken ließ und trotz Hut gar nicht „aufgesetzt". Auf die Stirnseite des Hutbands hatte er sich einen leuchtenden Türkis aufgeklebt. Auch ich ließ mich davon leiten, hoffentlich nicht verleiten, und warf meine Therapieplanung kurz entschlossen um. Für einen Moment war ein Bild von Tatkraft, Mut und Männlichkeit aufgeblitzt: Bertram Scholz in seiner erlösten Form? Ich entschloss mich für das Wagnis, nun doch diesem Bild und ebenfalls der Farbe Türkis zu folgen und mich erst gar nicht mit einem Herumstochern im schlüpfrigen Sumpf seiner Oberflächensymptomatik aufzuhalten. Statt Analyse das Experiment von Synthese und Integration. Außerdem – so überlegte ich – mochte sogar gerade die Tatsache, dass mein Klient seine ureigenen Regungen und Impulse bisher zu Gunsten der Dogmen und Handlungsanweisungen aller nur möglichen Autoritäten und Institutionen geopfert hat, der Ursprung seiner Suchtproblematik sein. Denn ist nicht jede Art von Abhängigkeit der Versuch, den Mangel an eigener Persönlichkeit anderweitig aufzufüllen?

Wenn Herr Scholz sein inneres Wesen nun eben mit dem Bild eines Kriegers namens Red Eagle assoziiert, wollte ich mich bemühen, mit ihm das herauszuschälen, was er als seine wahre Identität ansieht und ihn darin unterstützen, seine Wahrheit zu finden und zu leben. Etwas wackelig war mein Entschluss dennoch, war ich angesichts der doch gravierenden Symptomatik nicht viel zu naiv?

Als ich an einem Abend die Ouvertüre aus Wagners „Parzifal" hörte, fiel mir auf, dass die Geschichte meines verkappten Indianers dem Mythos von Parzifal verdächtig ähnelt. Zwar ist der junge Parzifal in diesem Fall schon etwas in die Jahre gekommen und das Exil seiner armen verwitweten Mutter, Herzeloyde, ist auch nicht der tiefe Wald, in dem sie ihren Sohn vor den Gefahren der Welt zu verstecken versucht, sondern ein Zimmerchen im Altenheim. Von wo aus diese aber recht resolut mit einem ebenfalls Schuldgefühle erregenden Herzeleid regiert. Von seiner Mutter kann „mein" Held sich so schlecht lösen, weil er glaubt, für das Überleben in dieser Welt zu schwach zu sein. Weshalb er die Übernahme der Vorstellung anderer bisher ja auch einem Vertrauen auf die eigene Wahrheit vorgezogen hat. Aber das ist ein trügerisches Fundament. Geborgenheit und Sicherheit werden zum Preis der Selbstaufgabe erkauft. Und so bringt dieses Spinnennetz aus Abhängigkeiten unseren Helden schließlich auch zu Fall: indem Parzifal sich in den klebrigsten Seiten des Internets verstrickt. Da begreift er, dass er zum Ritter, zum Krieger werden, sich auf den Weg machen muss. Auf den Weg zu sich selbst, an dessen Ende er einen kostbaren Schatz finden wird: den Heiligen Gral – das Symbol für seine ureigenste innere Gestalt.

Bis hierhin sind meine Erkenntnisse bei diesem Fallbeispiel sicher nicht neu, ein Jungianer hätte das schon längst erkannt. Dieser Tage fiel mir aber auf, dass mein Weg zur Zeit dem meines Klienten nicht unähnlich ist. Auch mich beschäftigt die Befreiung aus einem illusorischen Netz, nur habe ich es als „Ausstieg aus der Dreidimensionalität" oder als „Befreiung aus der Matrix" definiert. Im weiteren Verlauf der Therapie mit Herrn Scholz wurde mir auf einmal klar, dass es bei dem Ringen um Freiheit nicht, wie zunächst spekuliert, um eine äußere Befreiung geht, sondern eindeutig um eine innere. Es wird nicht möglich sein, Faden für Faden des Netzes zu zerschneiden. Befreit man sich aus dem einen System, wartet doch schon ein anderes. Diese Sisyphusarbeit kann nicht der Ausweg sein, es geht vielmehr auch hier um das Erkennen des zugrundeliegenden Prinzips.
Und das hat – bei meinem Klienten ebenso wie bei mir – wieder einmal etwas mit dem Prinzip Ego zu tun. Denn das Ego

ist der Teil des Menschen, der ihn in Abhängigkeiten hält. Weil es permanente Absicherung braucht, nach Anerkennung und Bestätigung suchen muss und so an Mamas Rockzipfel kleben bleibt. Dabei kann die eigene Wahrheit oft doch gar kein anderer nachvollziehen! Das Problem ist somit, dass ein Leben aus dem Ego heraus und ein Leben, in dem man der eigenen Wahrheit folgt, zwei völlig verschiedene Haltungen sind. Hier gibt es keinen Kompromiss. Nur den mutigen Sprung. Wenn der gelingt und damit die Überwindung des Ego-Prinzips, lösen sich die Fesseln der Maya von ganz allein. Dabei ist es nicht *die Welt an sich*, die uns täuscht. Es ist allein die verdrehte Haltung, die uns diese Welt und unser Leben darin so verzerrt wahrnehmen lässt. Diese falsche Sichtweise ist also das eigentliche „world wide web", dem es zu entkommen gilt! Herr Scholz arbeitet somit an dem gleichen Thema wie ich, auch wenn sein Ausmaß des Ausstiegs aufgrund seines Standortes innerhalb der ganzen großen Reise ein anderes sein mag als meines.

Im Stillen bedanke ich mich bei Herrn Scholz, weil er mir mit seiner Geschichte half, all das zu verstehen. Und das ist das eigentliche Neue bei meiner Art von Psychotherapie: Durch meine Klienten begreife ich immer mehr von mir selbst. Erkenne ich mich, erkenne ich auch sie. Und wenn bewusst wird, worum es bei dem jeweiligen Menschen in seinem Entwicklungsprozess gerade *wirklich*, d.h. in der größtmöglichen Tiefe, geht, kann Heilung geschehen. Das Erkennen des Themas ist der Schlüssel hierzu, denn jedem Problem wohnt seine Lösung schon inne. Danach können herkömmliche therapeutische Maßnahmen zur Unterstützung bei der Umsetzung des wesentlichen Zieles folgen.

Unsere Klienten sind ein Spiegel für uns Psychotherapeuten, ebenso wie wir für sie. Jeder von uns ist einzigartig und dennoch sind wir eins, weshalb jeder jeden und alle auf eine gewisse Art und Weise zu spiegeln vermag. Schillernde Facetten einer einzigen Einheit, ein riesiges vernetztes Hologramm: Ist die Sache mit dem Netz – dem world wide web – nicht eigentlich *so* gemeint!?

33

Sobald das trennende Ego hinreichend entwickelt wurde, kann die Evolution des Bewusstseins durch ein Wachsen in eine andere Dimension beschleunigt werden – jener, die in der Transzendierung des Egos liegt, der Befreiung von der unwissenden Identifizierung mit der eigenen oberflächlichen Natur und der Entdeckung des wahren Selbstes. Inneres Wachsen bedeutet daher eine neue Dimension der Evolution.
(A.S. Dalal)

11. Juni. Überhaupt stelle ich in der letzten Zeit fest, dass mein Bewusstsein zunehmend auf eine neue Art funktioniert. Nehmen wir als Analogie einen Fernsehbildschirm: Er besteht aus einer Unmenge von Pünktchen, diese werden durch Bildsignale aktiviert. Unser Bewusstsein ist darauf programmiert, aus dem Punkte-Wirrwarr Muster herauszufiltern, sodass unser Gehirn darin ein bestimmtes Bild zu erkennen vermag. Der Filter besteht in der Konditionierung unseres Bewusstseins auf einen kollektiven Konsens, was unter „Realität" zu verstehen ist. Was sich jenseits dieses Konsenses bewegt, wird ignoriert oder stillschweigend aussortiert.
Mein Bewusstsein arbeitet inzwischen ganz offensichtlich nach einem anderen Programm, vielleicht ist es aber auch einfach nur *de*-konditioniert: Es existieren keine festen Regeln mehr, nach denen sich das Bild, das ich wahrnehme, formt. Die gewohnten Formen sind zerbrochen. Daher ist das, was ich sehe und verstehe, in keiner Weise mehr vorherbestimmt. Es werden keine Pünktchen eines Bildschirms mehr aktiviert, sondern das Prinzip der Resonanz. So tauchen völlig neue Formationen auf, wobei die Informationen hierzu aus allen mir nur zur Verfügung stehenden Quellen stammen.

Das kann ein ganz banales Alltagsereignis sein, ein Hinweis aus einem Buch, eine Erfahrung im Wachbewusstsein ebenso wie eine aus einem Traum. Und doch scheint jedes Mal eine neue Ordnung auf, die im Vergleich zu den früheren Mustern eine unvergleichlich größere Tiefenschärfe hat. Statt dreidimensionaler „Matt"-Scheibe: vierdimensional-brillante Anarchie.

Mein vertrauensvolles Befolgen der seit Jahren nun andauernden „Schnitzeljagd" mit ihren geheimnisvollen, zunächst oft unverständlichen und zusammenhanglosen Hinweisen und Synchronizitäten hat sich demnach gelohnt! Die Auflösung der Fesseln der Maya ist jetzt in vollem Gang. Meine Augen öffnen sich, ich erlange eine völlig neue Sicht.
Dabei ist es noch etwas ungewohnt, wie mein Bewusstsein neuerdings Wahrnehmungen organisiert. Spontan, ohne Konzept, chaotisch und unberechenbar. Trotzdem äußerst zuverlässig! Ein unmittelbares Erleben der Welt. Allerdings liegt nichts mehr in meiner Hand. Keine Methoden mehr, nur bloßes Erkennen. Das klare Hervortreten des Wesentlichen hinter der verwirrenden oberflächlichen Komplexität. Statt Ursache und Wirkung: Resonanz. Kein Tun, sondern Geschehen-lassen und darauf vertrauen, was geschieht.
Ich erlebe das Neue mit Freude, aber auch mit Distanz. Ganz hundertprozentig traue ich mir und dieser neuen Wahrnehmung nämlich noch nicht, es ist auch eine gehörige Portion Skepsis dabei. In solchen Momenten denke ich: Bald ist es so weit, dass du dein therapeutisches Vorgehen aus dem Kaffeesatz liest und die Probleme deiner Klienten per Ferndiagnose löst – na, herzlichen Glückwunsch! Dann könnte ich immerhin auf dem Jahrmarkt auftreten und würde mein Haus eintauschen gegen ein Wohnmobil. Ein Studierzimmer auf Rädern, mit all meinen Büchern und einem Laptop im Gepäck. Dann wäre ich endlich frei, um durch die Lande zu ziehen und sonst nichts mehr zu tun, als zu schreiben und vielleicht ja ein neues Genre fantastischer Literatur zu kreieren: Ich werde es „true fiction" nennen.

Dabei bin ich mir völlig sicher, dass genau dieser Schritt – mir endlich selbst zu vertrauen – *mein* Sprung aus dem Gefängnis sein wird. Und wie könnte ich von Herrn Scholz, auch nur ansatzweise, etwas erwarten, das mir selbst nicht gelungen ist? Es wird ein Sprung sein ohne Netz und doppelten Boden. Springe ich, gibt es kein Zurück. Bleibt nur zu hoffen, dass sich meine merkwürdige Art der Wahrnehmung dann nicht doch als Verrücktheit entpuppt! Bilder flackern auf zu dieser uralten Angst, ich weiß, dass ich an dieser schroffen Felsenwand schon einmal stand. Und das nicht nur im Traum...
In den Heldenmythen wird erzählt, dass jeder auf seiner Seelenreise irgendwann an dieser alles entscheidenden Schwelle steht.
– Aber nur wer springt, wird erleben, dass er fliegen kann.

Dann wird er seinen neuen Namen finden: Parzifal, Red Eagle oder wie immer dieser lauten mag.

34

Die Welt ist nicht das, was sie zu sein scheint. Auch die Wahrheit eines Menschen begreift man nicht auf den ersten Blick. Jedes Objekt unserer physischen Welt ist ein Symbol, das für eine tiefere Wahrheit steht. Was natürlich auch für jeden Menschen zutrifft. Das, was uns zunächst ins Auge fällt, ist meist nur ein Hinweis auf das, was einmal werden soll, eine Verzerrung dessen, was dahinter liegt. *Hinter jeder Schwäche verbirgt sich eine Stärke,* hat Mirra Alfassa einmal gesagt, wobei es genau diese Stärke herauszulösen gilt. Das Personale und das Transpersonale konstituieren den Menschen, und man sollte lernen, beides zu berücksichtigen – vor allem in der Psychologie.

In einem Buch, das ich gerade lese, habe ich einen interessanten Vergleich mit einem Fenster entdeckt. Stellen wir uns den Menschen als ein Fenster vor und Wissenschaft als Versuch, das Fenster zu ergründen: Üblicherweise schaut man auf das Fenster drauf, misst Länge und Breite, seine physikalische Beschaffenheit und zieht seine Schlüsse daraus. Die Psychologie geht einen Schritt weiter, indem sie zusätzlich noch die Farbe des Fensterrahmens analysiert oder den Faltenwurf der Gardine interpretiert. Das Fenster wird so zu einem flachen, zweidimensionalen Bild, das jeglicher Tiefe entbehrt.

Ein Fenster ist aber dafür da, um *hindurchzusehen*! Seine eigentliche Funktion liegt darin, den Blick frei zu geben auf das, was *dahinter* liegt: *Am Ende betrachten wir es nicht mehr länger als ein Fenster. Es ist mit dem, was es symbolisiert, eins geworden. Der Ausblick, der durch das Symbol geöffnet wurde, hat das Symbol selbst in einen Ausdruck der Wirklichkeit verwandelt.* (E. Bernbaum)

Nun vermag ein „dreidimensionaler" Blick eben auch nur Dreidimensionalität zu erkennen, alles darüber Hinausgehende blendet er aus: das Wesentliche. Um einen Blick jenseits des Sinnbilds zu werfen, braucht es eine Sichtweise, die über eine größere Tiefenschärfe verfügt, über eine zusätzliche Dimension. Diese taucht ganz von selbst auf, wenn das Bewusstsein des Menschen, und damit sein Blick, sich klärt, wenn das Bewusstsein sich nach innen wendet und die inneren Sinne sich entfalten. Ich weiß, dass ich in Anbetracht all dessen, was uns Menschen auf diesem Weg erwartet, selbst erst an einem Anfang stehe.

Entwickle diese Kraft des inneren Sinnes und alles, was sie dir bringt. Diese ersten Schauungen sind nur äußere lose Enden, dahinter liegen ganze Welten der Erfahrung, die das ausfüllen, was dem natürlichen Menschen als der Graben zwischen dem irdischen Bewusstsein und dem Ewigen und Unendlichen erscheint.

(Sri Aurobindo)

35

Auch wenn ich meine unerzählbare Geschichte zehnmal, hundertmal von vorn beginnen muss und immer an denselben Abgrund gerate, ich werde eben hundertmal neu beginnen; ich werde, wenn ich schon die Bilder nicht wieder in ein sinnvolles Ganzes bringe, jedes einzelne Bruchstück so treu wie möglich festhalten. Und ich werde, soweit dies heute noch irgend möglich ist, dabei des ersten Grundsatzes unserer großen Zeit eingedenk sein: niemals zu rechnen, niemals mich durch Vernunftgründe verblüffen zu lassen, stets den Glauben stärker zu wissen als die so genannte Wirklichkeit.
(Hermann Hesse)

Da muss mich doch jemand, noch vor Beginn meines Lebens, dazu überredet haben, noch *einmal* das Bewusstsein zu verlieren – zum wievielten Male eigentlich!? Noch einmal auf Pilgerreise zu gehen, gleich mehrere Etappen der Seelenevolution auf einmal zu beschreiten, einen gesamten Abschnitt des langen Weges in *ein* Leben gepackt.

Dabei kann ich mich beim besten Willen ja nicht beschweren: Habe ich doch inzwischen erkannt, dass *genau das* meine Vision war, die am Anfang von allem stand. Wobei ich mit „Anfang" nicht den meines aktuellen Lebens meine, sondern jenen, an dem meine Seele sich überhaupt auf den Weg begab. Nun habe ich herausgefunden, wofür es sich lohnt, zu leben, zu sterben und wieder aufzuerstehen, um in einem anderen Körper mit frischer Kraft dort fortzufahren, wo man am Ende eines vergangenen Lebens müde geworden war. Habe dies ungeheure Mysterium erfahren, das man so schlicht und einfach „Leben" nennt. Genieße es Tag für Tag, den Sinn all dessen zu verstehen, was uns so leicht den Blick versperrt, und eine strahlende Wirklichkeit hinter selbst dem trübsten Symbol zu sehen.

Sogar meines Svadharma bin ich mir nun völlig sicher, des Beweggrundes meiner Existenz, ihre Rechtfertigung, ihr Ziel: Die Erfahrung machen zu dürfen, was es heißt, Mensch zu sein – und zugleich darüber zu berichten. Den Bogen schlagen zu dürfen von völliger Unwissenheit zu vollkommenem Erwachen, von Bewusstseinsfinsternis zum Licht, vom noch schlafenden Menschen zum Entdecken des Göttlichen in mir. Gott zu erkennen in jeglicher Gestalt, in Beziehung zu IHM zu treten, in welcher Form auch immer. Erde und Himmel in mir zu einen, ein Regenbogen zu sein, der Hoffnung bringt.

Ich glaube, ich habe einen Meilenstein meiner Entwicklung erreicht. Denn mir ist, als habe mich jemand mit der IDEE meines Wesens, die am Ursprung meines Weges ruht, verknüpft. Als habe jemand das ursprüngliche Bild meiner selbst in mir entfacht. Ich fühle mich wie ein Mensch, der sein wahres Wesen zum ersten Mal nun ganz *bewusst* zu verwirklichen beginnt. Für kurze Momente habe ich schon Einblick in die gesamte Strecke meines Weges genommen, vom Anfang bis zum Ende geschaut. Nun pulsiere ich zwischen Zentrum und Peripherie, zwischen dem Allerheiligsten und dem scheinbar profanen Alltagsgeschehen, bis eines Tages alles ohne Unterteilungen ineinander übergehen wird.
Und so kann ich manchmal kaum unterscheiden: Bin ich der *Mensch*, der die Erlebnisse, Träume und Erfahrungen seines Weges, auf die bereits zurückgelegte Wegstrecke blickend, dokumentiert? Oder bin ich die *Seele*, die – in sich selbst noch ruhend – gerade das Drehbuch für ihre eigene Reise schreibt?

Schüler von Gott, dem Lehrer, zu sein, Sohn oder Tochter von Gott, dem Vater, zu sein, die Zärtlichkeit von Gott, der Mutter, der Händedruck von Gott, dem Freund, das Lachen und Vergnügen von Gott, unserem Kameraden und Spielgefährten, das freudevolle Dienen für Gott, den Meister, die leidenschaftliche Umarmung von Gott, dem Geliebten.
Dies sind die sieben Seligkeiten des menschlichen Lebens. Kannst du sie alle in einer höchsten Verbindung wie ein Regenbogen vereinen? Dann brauchst du keinen Himmel und hast mehr als die Befreiung des Asketen.
(Sri Aurobindo)

36

15. Juni. Heute Abend habe ich Leonhard zu Sophia geschickt, obwohl es vom Wochentag her eigentlich einer unserer gemeinsamen Abende gewesen wäre. Aber ich brauche dringend Raum für mich: Irgend etwas Überwältigendes will geschehen, ich kenne diese Zustände schon. Dann spüre ich so ein seltsames elektrisiertes Vibrieren in mir, eine dröhnende Intensität, die stärker und stärker, geradezu unerträglich wird, sich zu einer Art Katharsis zuspitzt und sich schließlich in einem erlösenden Ausdruck ergießt. In solchen Phasen bin ich am liebsten mit mir allein. Aber unabhängig davon will es mir überhaupt zurzeit erscheinen, als sei jede Form, die ich einem anderen – selbst meinem Liebsten – gegenüber noch wahren muss, ein einschnürendes Korsett, eine Reduktion meiner selbst. Noch immer ist mir alles zu eng. Das alles bin nämlich nicht ich, bestenfalls ein Teil von mir. Aber was ich denn nun sein soll, weiß ich auch noch nicht.

Manchmal befürchte ich sogar, auf eine gewisse Art gefährlich geworden zu sein. Wer oder was auch immer mir zu nahe kommt, wird in Brand gesetzt. Masken fallen, Fesseln werden gesprengt, Lügen entlarvt, Falschheit ins Rampenlicht gezerrt. Die Ereignisse überschlagen sich. Ich sollte wohl besser nicht mehr unter die Menschen gehen! Leonhard meint, ich trage das „Freiheitsvirus" in mir und stecke damit alle an.

Aber, halt, oh nein! – Was ist denn das?! Etwas Schreckliches bahnt sich an… Eine Feuerwand wälzt sich auf mich zu, kommt näher, immer näher… Jetzt brennt das Feuer in mir! Welch zornige, wilde rote Kraft! Das Feuer ist gewaltig, überwältigt mich, frisst alles auf. Mit seinem lechzenden riesigen Flammenmaul! Oh weh, wenn nur unser Haus nicht Feuer fängt! Von meinem Unterleib steigt es auf. Hell orange flackern seine Flammen bis weit über meinen Kopf, lodern hungrig aus meinen Augenöffnungen heraus. Feuer im ganzen Körper und um ihn herum. Brennend, stechend, heiß. Ich sitze inmitten dieser rot glühenden Masse, inmitten der emporsteigenden Flamme und brenne – brenne lichterloh.

Das Feuer ist gekommen, mich zu versengen in meiner bisherigen Form. Um die letzten Spuren von Enge zu zersprengen, ja alles zu verbrennen, was ich einmal war. Damit ich geläutert und in neuer Gestalt dem Flammenmeer entsteigen kann, den verkohlten Resten meiner ehemaligen Persönlichkeit: ein Phönix aus der Asche. Aaah, dieses Feuer tut gut! Jetzt fällt mir auch endlich ein, wer ich wirklich bin: *Ich bin, die ich bin...*
Und hab´ eine solche Intensität in mir! Mein Gott, was mach´ ich nur mit dieser Kraft?! Ich könnte platzen vor Energie, fühle mich wie besoffen, wie berauscht. Und all das ohne Grund!
Ich schreie und tanze, drehe die Stereoanlage auf. Erst wenn die Scheiben scheppern, halt´ ich sie halbwegs aus, diese in mir wühlende Unerträglichkeit. Mein Hirn zerspritzt unter dem Ansturm dieser Gewalt, der Bauch explodiert vor reißender Kraft – jaaah, jaaaah! Ein nie mehr endendes Ja! Ja ohne Gegenteil, Ja ohne Nein. Ein Ja, das irgendwann mal ganz am Anfang stand. Das kann kein Mensch mehr aushalten und doch ist es mir noch längst nicht zu viel. Oh Himmel, es fegt mich hinweg...!

„Intensiv" hast du Mich genannt? Dass Ich nicht lache, du armes Kind! Ich bin nicht „intensiv" – Ich bin extrem! Extrem, verrückt, die Freiheit in Person. Bin loderndes Feuer, das alles niederbrennt. Alles, das sich der Wahrheit entgegenstellt. Der Wahrheit, der Freiheit, dem Licht. Wer wagt es, sich unter Meinen Augen vor das Licht zu stellen?! Ich töte jeden, der Schatten wirft, der die Dunkelheit hütet in schmutzigen Löchern, jeden, der leuchtende Seelen gefangen hält. Jaaah, fürchtet euch nur, ihr Handlanger der Finsternis. Eure Zeit ist vorbei! Ich zerreiß eure Mauern, hinter denen ihr euch seit Äonen verschanzt. Zertrete euch dämonisches Gesindel unter meinem allmächtigen Fuß. Habe Ich „Fuß" gesagt? Pah!, es reicht dazu Mein kleiner Zeh! Ich kratz´ euch die Masken vom grienenden Gesicht, zerschlag´ euer Blendwerk einer pervertierten Welt. Eure Lügen durchsteche Ich mit Meinem dreigezackten rotglühenden Spieß! Aaaah! Ich schreie, Ich tobe, bin unbezähmbar und wild – bin pure Kraft. Die heilige Lust. Der heilige Zorn.

Stampf´ Ich mit dem Fuß auf, zittert die Erde. Der Himmel grollt mit dröhnendem Widerhall.
So, so, tot geglaubt habt ihr Mich? Nun, dann seht mal her: Hier bin Ich wieder! Auferstanden! Wiedererwacht! Es gibt kein Zurück. Nur den Weg nach vorn. Und Ich werde nicht ruhen, bis die letzte Schlacht geschlagen, der letzte Schatten des Bösen verloschen ist! – Im strahlenden Licht des Göttlichen.

Oh Licht ohne Schatten, oh alles enthüllender Tag, dein Sieg ist gewiss!

Shambhala

1

Wie – da fehlt noch etwas?! Eine Auflösung der ganzen Geschichten, ein vernünftiger Schluss? Nun gut, dann soll es hiermit folgen: das Schlussszenario. Ein feiner Schluss wird es werden, atemberaubend, gigantisch – so ganz nach meinem Geschmack. Ein Ende, das zugleich ein neuer Anfang ist, die eigentliche Botschaft. Brandaktuell und doch so alt wie die Welt.

Also: Ich habe herausgefunden, dass es zu den ganzen philosophisch-religiösen Exkursen, die ich dem Leser bisher zugemutet habe, einen sie alle vereinenden und erhellenden Schlüssel gibt. Einen Mythos, der zudem der Kern aller großen Religionen sein soll und der Ursprung aller Mythen in Ost und West. Und der mich selbst erst jetzt die Bewusstseinsreise, die ich über zwei Bände hinweg durchlebte und dokumentierte, in ihrer vollen Bedeutung verstehen lässt. Dieser Mythos trägt einen Namen, der für mich nun der Inbegriff aller Verheißungen sein wird, der alle in meinem Buch verwendeten Sinnbilder – vom Gelobten Land über den Achten Tag bis hin zur vierten Dimension – in einem *einzigen* Symbol integriert.
Vor Jahren habe ich schon einmal von diesem Mythos gehört, ihn damals aber der seichten Esoterik zugeordnet und daher als nicht ernst zu nehmend aussortiert. Jetzt ist er erneut aufgetaucht und wieder einmal als kleiner Hinweis am Ende eines Buches, auf einer der letzten Seite meines abendlichen Schmökers vom „Traumwanderer". Und jetzt habe ich den Schlüssel zu meiner eigenen Geschichte in der Hand und zu dem hier vorliegenden Buch.

2

Es soll auf Erden ein verborgenes Land geben, ein Königreich, das *Shambhala* heißt.

Manche nennen es „das Verbotene Land", andere „das Land der weißen Wasser", „Land des lebendigen Feuers", „Land der Wunder" oder „Shangri-La". Bei den Hindus heißt es „Aryvarsha" und gilt als das Land, aus dem die Veden stammen, in Sibirien nennt man es „Belowodje". Einst habe Shambhala „Paradesha" geheißen, das ist Sanskrit und bedeutet „Höchstes Land". Und so viele Namen, die dieses Land trägt, so viele Vermutungen gibt es auch, wo es geographisch auf unserer Erde zu lokalisieren sei. Für einige Sucher soll es in der Takla Makan Wüste liegen, für andere im Altai-Gebirge zwischen der Mongolei und Sibirien, in einem versteckten, unzugänglichen Tal. Die Chinesen glauben, dass es am östlichen Rand des Kunlun-Gebirges zu finden sei, möglicherweise aber auch an den Ufern des Pfirsichblütenflusses. Andere Texte wiederum weisen auf die Eiswüste der Arktis hin. Für die meisten jedoch, die sich mit Shambhala befassen, liegt es im Himalaya: irgendwo in Tibet. Es gibt allerdings auch ernst zu nehmende Hinweise darauf, dass der sagenumwobene Ort gar nicht *auf* der Erde liegt, sondern *unter* der Erde bzw. *in* ihr, in einem unterirdischen Höhlensystem versteckt. Und eine letzte Variante lokalisiert ihn sogar auf einem anderen Planeten unseres Sonnensystems bzw. in einer anderen Dimension. In diesem Fall soll Shambhala in einer Dimension existieren, die eine Brücke zu anderen Welten bilde und die physische Erde mit anderen, über sie hinausgehenden Welten verbinde. Es handle sich dabei um die vierte Dimension.

Nun, wo immer dieser Ort auch liegen mag, er wird nicht nur „Paradesha" genannt, sondern ist es anscheinend auch: ein Paradies. Er sei die „Quelle der Freude", das einzige „Reine Land" auf Erden, ein Ort voller Licht, ein Ort der Ruhe und des Friedens. An diesem Ort liege der Ursprung aller Mythen und Religionen, er sei das sie alle verbindende Symbol. Von hier aus hätten die „Söhne der Sonne" einst ihre Religion, die die Sonne als höchstes Prinzip in unserem Kosmos verehrt, in jeden Winkel der Erde gebracht. Dieser Ort werde von Weisen und Heiligen bewohnt, von Königen, Devas und Göttern, von Eingeweihten aller Rassen und Kulturen. Allesamt seien sie „Mahatmas", große Seelen, die als Bruderschaft von spirituellen Meistern schon immer die Evolution von uns Normalsterblichen geleitet hätten. Und diejenigen, die eine Vision dieses Ortes hatten, sagen, er sei ganz wundervoll anzuschauen: *Der Ort ist unsichtbar, er besteht aus feinstofflicher Energie, er ist eine Insel in einem Meer von Nektar, ein Berg, der in den Himmel ragt, ein Gelände, zu dem der Zutritt streng verboten ist. Er wird von großen Gottheiten aus einer anderen Welt bewacht und durch hohe Mauern geschützt. Auf dem Boden sind Gold und Silber ausgestreut, kostbare Juwelen zieren die Bäume. Magische Quellen, Seen aus Edelstein, Kristall und dem Nektar der Unsterblichkeit, Früchte, die Wünsche erfüllen können, fliegende Pferde, sprechende Steine und unterirdische Höhlen, die mit allen Schätzen der Erde gefüllt sind: Diese und noch viele andere Wunder zieren die Landschaft eines Urparadieses, das die tiefsten Sehnsüchte des menschlichen Herzens auszudrücken scheint.* (LePage)

Den Legenden nach ragt aus dem Zentrum des geheimen Ortes ein immens großer Berg empor, der sich gar hundert Kilometer hoch in den Himmel erstrecken soll. Es ist der Berg „Meru", der Weltenberg. Er ist in neun Stockwerke unterteilt, aus denen vier große Flüsse entspringen, die die Welt reinigen. Er ist so hoch, dass er mit seinem Gipfel zum Himmel vorstößt, während seine unterirdischen Ausläufer bis in die Unterwelt hinabreichen. In manchen Legenden wird statt des Bildes eines Berges auch ein Baum als Mittelpunkt der Welt genannt. Ob Berg oder Baum, auf jeden Fall wird er als die spirituelle Achse der Welt angesehen, denn er verbinde Himmel und Erde. Manche sagen, er sei der Nabel der Welt, die stillstehende Nabe, um die sich alles dreht, die unveränderliche Mitte.

Ganz oben, auf der Spitze des Berges, soll sich ein Schloss oder Palast befinden, der Juwelenpalast des Götterkönigs Indra. Auch dieser mutet, wie der geheimnisvolle Ort selbst, geradezu überirdisch an, denn er *leuchtet und strahlt so hell, dass die Nacht zum Tage und der Mond zu einem trüben Himmelslicht wird. Die Dächer der Palastpagoden funkeln und glänzen, denn ihre Schindeln sind aus reinstem Gold gefertigt und Ornamente aus Perlen und Diamanten hängen von den Dachrinnen. Pfeiler und Balken aus Korallen, Perlen und Zebrastein tragen den Innenraum des Palastes, der verschwenderisch mit Brokatkissen und Teppichen eingerichtet ist.* (E. Bernbaum)
Sieben Ringe eisiger Schneeberge schirmen den Berg mit dem Palast, wie man lesen kann, von der umliegenden Umgebung ab, immer im Wechsel mit sieben Meeren und schließlich einem großen äußeren Ozean. Da der Berg Meru die Weltenachse versinnbildliche, seien die sieben Gebirgsringe in einem übertragenen Sinne als die sieben übereinander liegenden sphärischen Hüllen zu verstehen, als die sieben Bewusstseinsebenen, die die Erde konstituieren. Das letzte, äußere Meer ist von einem uneinnehmbaren Ring aus Eisenbergen oder lodernden Flammen umgeben.

Auch der innere Bereich Shambhalas ist von Gebirgszügen und Flüssen unterteilt, in acht Regionen insgesamt, die sich wie acht Blütenblätter um das Zentrum Shambhalas schmiegen. Daher schaue dieser Ort wie ein riesiges Mandala aus, ja, er sei sogar eines: das Mandala, das die Einheit von Geist und Universum symbolisiert.

In Tibet, so heißt es, gäbe es eine ganze Reihe von Reiseführern, von Yogis und Lamas verfasst oder von den wenigen Suchenden, die sich darauf berufen, Shambhala tatsächlich gefunden haben zu wollen. So soll es unter anderem von Tibets heiligem Berg Kailash aus eine geheime Reiseroute geben, die nur drei Monate in Anspruch nehmen soll.

Welche Reiseroute der Suchende auch immer wählt, stets wird der Weg in das verborgene Paradies als äußerst beschwerlich und höchst gefährlich dargestellt. Denn der Sucher wird mit den geographisch schwierigsten Gebieten der Erde konfrontiert, er muss zerklüftete eisige Gebirge überwinden und nicht enden wollende öde Wüsten, aber auch reizvolle Landschaften voll der süßesten Verführungen durchqueren. Gefährliche wilde Regionen erwarten ihn, eine alles verdörrende Hitze, unbekannte bedrohliche Wesen ebenso wie singende, tanzende Göttinnen. Der Risiken nicht genug, muss der Reisende sich darauf gefasst machen, von falschen Hinweisen in die Irre geführt, von Wahnsinn befallen zu werden und mit eisigen Stürmen, Dämonen und Schlimmerem kämpfen zu müssen. Wahrlich ein Weg voller Hindernisse und Gefahren. Die Gebirgsketten, die den inneren Bereich des mystischen Ortes beschützen, sollen außerdem nur im Fluge zu überwinden sein, womit allerdings ein Fliegen aus spiritueller Kraft und nicht das mit technischen Fluggeräten gemeint ist.

So werde auch nur derjenige dorthin gelangen, so heißt es in den Texten, der eine fast übermenschliche Mühsal auf sich nähme und an Geist und Körper wahrhaft geläutert sei. Und überhaupt könne nur der Shambhala erreichen, der dorthin gerufen werde. Denn nur dann sei sein Karma dafür reif.

3

Im Keller der großen Pension, hier bin ich ganz oft. Nun ist aber keine schmutzige Wäsche mehr zu sehen, die Zeit der Reinigung ist vorüber. Die Böden der Räume sind jetzt mit Schlamm angefüllt, auch dieser in großen Haufen aufgetürmt wie früher die Wäsche. Der Keller füllt sich, es strömen andere Leute herbei. Ich erfahre, dass wir feiern wollen und dass der Schlamm heilig sei, eine Gottheit der Erde. Man darf sich in ihn hineinlegen, wenn man will. Natürlich will ich und stürze mich sogleich in die braune weiche Masse. Der Schlamm ist mehr als körperwarm, sehr zäh und von Kieselsteinen durchsetzt. Ich räkele mich wohlig, spüre, dass der

Schlamm nicht nur heilig ist, sondern auch heilt – die Wunden der Zeit. Ich liege still, Zeit vergeht. Bis sie überwunden ist.

Ich schaue nach oben, durch die über mir liegenden Etagen des großen Gebäudes hindurch, die für meinen Blick durchlässig sind, und so kann ich bis zum Himmel sehen. Er ist bewölkt, mit ein paar vereinzelten hellblauen Flecken dazwischen, aus denen mir etwas entgegenblitzt: Sterne! „Ich kann die Sterne sehen!", rufe ich ganz laut, „ich kann bei helllichtem Tag die Sterne sehen...!"

4

Heute Nacht hat mir jemand eine Plastiktüte mit einer kleinen schmalen Puppe darin gebracht. Die Puppe ist kaum breiter als ein menschlicher Daumen, aber gut doppelt so lang. Sie war wohl für eine ganze Weile in der Tüte abgelegt, denn als ich sie herausnehme, erschrecke ich mich, weil sie so ausgezehrt aussieht und beinahe wie tot. Erst jetzt, da ich sie in diesem furchtbaren Zustand sehe, begreife ich, dass ich sie hätte nähren müssen. Aber ich habe es versäumt! Die kleine Puppe braucht dringend etwas Ordentliches zu beißen, am besten ein wenig Fleisch. Natürlich habe ich keines im Hause, so ist das in einem Vegetarier-Haushalt. Zum Glück kommt gerade meine Mutter vorbei und gibt mir von ihrem Mittagessen zwei Hirsebratlinge mit Fischstückchen ab. Das muss wohl ein neues Rezept sein, aber sie sind ja Gott sei Dank nicht für mich. Ich pule die Fischbröckchen heraus, füttere meine magere Puppe damit. Sie öffnet ein wenig ihre Augen, blinkt mich mit hellen Lichtern dankbar an und flüstert leise: „Mehr! Mehr! Bitte Fleisch!" Nun laufe ich geschwind zu unserem Nachbarn, der Metzger ist, und bringe eine Portion Hackfleisch herbei. Das kleine Wesen wird zusehends kräftiger, erwacht zu neuem Leben. Ich lege es für eine Ruhepause in die Plastiktüte zurück.

Als ich etwas später vorsichtig nach ihm schaue, sieht es schon wieder mehr tot als lebendig aus. Bei seinem ersten Versuch zu atmen – ich hätte doch nie gedacht, dass dieses Wesen atmen könne – hat sich die Plastiktüte an seinem Mund festgesaugt. Ich fange bitterlich an zu weinen, weil ich glaube, dass die kleine Puppe jetzt doch gestorben sei, befreie sie hektisch von dem Plastikzeug. Da holt sie tief Luft und verwandelt sich vor meinen Augen in einen quietschlebendigen, schmucken Gardeoffizier. Er hat kräftiges schwarzes Haar, blitzende helle blaue Augen und wirkt fröhlich und völlig unkonventionell.

5

Vielleicht ist der Weg nach Shambhala ja deshalb so beschwerlich und voller Gefahren, weil er, sofern man die Hinweise auf das verborgene Königreich nicht wortwörtlich nimmt, eigentlich ein mystischer Initiationsweg ist. Betrachtet man den Mythos Shambhala von einer übergeordneten Ebene aus, erkennt man nämlich, dass er gar keine äußere Reise beschreibt, sondern eine innere, eine Bewusstseinsreise, die somit *ein Übergangsritus vom Profanen zum Sakralen ist, vom Flüchtigen und Illusionären zur Wirklichkeit und Ewigkeit, vom Tod zum Leben, vom Menschen zur Göttlichkeit.* (Mircea Eliade zit. n. LePage)

Demnach wären die in den Reiseführern nach Shambhala geschilderten äußeren Gegebenheiten als ein Äquivalent der inneren Landschaft des Bewusstseins des Pilgers zu verstehen und die in ihnen beschriebenen Gefahren in Wirklichkeit Hinweise auf innere Prüfungen, denen sich der Pilger auf dem Weg zur Vollendung zu stellen hat: auf Hindernisse und Versuchungen in ihm selbst und auf den Kampf gegen Dämonen, die aus bis dahin unbekannten Tiefen seines eigenen

Bewusstseins unweigerlich aufsteigen werden. Aber es gibt natürlich auch gute Mächte, die dem Wanderer zur Seite stehen. Sie lotsen ihn mit versteckten Hinweisen, mit Fügungen und scheinbaren Zufällen durch die rauen Wogen der Gefahren. Und mitunter, so konnte ich einem der Bücher entnehmen, leite ihn sogar ein geheimnisvolles, gesungenes Opfergebet. Man erkenne es an seiner wellenartig steigenden und fallenden Melodie, die volltönend aus den tiefsten Tiefen des Körpers und Geistes hervorzurollen scheint. – Natürlich, das Mantra von Padmasambhava! Vor Jahren beim Liederabend in der Bibliothek von Pondicherry, die gewaltige Stimme von Lama Gyurmé, ich erinnere mich. Dieses Lied hatte mich damals, in einer der schwersten Zeiten meines Lebens, so merkwürdig tief berührt und in mir die Gewissheit geweckt, dass alles gut werden würde.

So ist der Mythos der Suche nach dem verheißenen geheimnisvollen Land eher als eine Allegorie des Entwicklungswegs des Menschen, seiner Seelenevolution, zu verstehen. Des Weges, der mit der Verwicklung des menschlichen Bewusstseins in die Realität von Zeit und Raum beginnt, mit seinem völligen Eintauchen in die Welt der Materie. Der ihn nach und nach aus dieser einseitigen Sicht der Dinge, des Lebens und der Welt auftauchen, ihn zu einem Bewusstwerden seiner selbst und der Fähigkeit zur Selbsterkenntnis erwachen lässt. Und ihn dazu bringt, irgendwann nach dem Sinn des Ganzen zu fragen, nach einem geistigen Ursprung der materiellen Welt, nach ihrem und des Lebens letzten Grund.
An dieser Stelle angekommen, mündet der Einweihungsweg des Menschen in „Mahas Pathah", den „Großen Pfad" oder den „Großen Übergang", wie der Begriff auch zu übersetzen ist. Von da an, wenn der Zauber des Großen Übergangs den Menschen ergriffen hat, wird er erkennen, dass die physische Welt schon immer mit der geistigen Welt verbunden war, die diesseitige mit der jenseitigen Welt, und dass die geistige Welt sich hier auf Erden in Symbolen, in materiellen Hieroglyphen ausdrückt.

Dann ist er an den Toren von Shambhala angelangt, in der Morgendämmerung des Achten Tages, und beginnt zu begreifen, dass sein Leben und Werden ein Mysterienspiel ist, ein Drama, dessen Text er selbst und doch als ein ganz anderer schrieb, auf einer höheren Ebene seiner Existenz. Auf jener Ebene haben wir alle das Mysterium der Menschwerdung schon einmal erlebt. Unsere Sagen und Mythen, unsere Legenden und heiligen Schriften künden davon.

Der Pilger hat die Grenzen zum Gelobten Land überschritten und lebt von nun an in beiden Welten zugleich. Er kennt die verbleibende Strecke des Wegs und sein Ziel.

Die Reise nach Shambhala hat als Urmythos der Suche des Menschen nach einem Gelobten Land viele Gesichter und liegt in entsprechend vielen Varianten vor. Eine davon ist die Geschichte vom siebten und vom Achten Tag: der Exodus des „Volkes Gottes" aus Ägypten, seine Durchquerung der Wüste und der Eintritt ins gelobte Land Kanaan.

Mit dieser Variante verbunden ist der Weg durch den „Pardes", der über vier Gärten hinweg ebenfalls zu einem innersten Heiligtum führt. Wenn der Suchende bis zum Allerheiligsten herangetreten ist, dann wartet dort ein Engel auf ihn und überreicht ihm einen Schlüssel, der ihn nun zur Vollendung führen wird. Auch dieses Bild des Engels mit dem Schlüssel kommt in den verschiedenen Ausführungen des Shambhala-Mythos´ vor. Ich fand es beispielsweise sowohl bei Friedrich Weinreb als auch bei Sri Aurobindo, in seinem Epos "Savitri":
Ein Engel des Pfades, strahlend in Glorie,
reichte der Seele auf ihrer Suche dar
die Süße und die Macht von einer Idee,
jede gewähnt der Wahrheit innigster Born
und Gipfelgewalt, der Weltenbedeutung Herz,
der Vollendung Schlüssel, Pass für das Paradies.

Aber auch die im europäischen Kulturkreis bekannte Legende vom Heiligen Gral ist eine Variante des Mythos´ von Shambhala. Sie schildert die Suche eines „einfältigen" jungen Mannes, der seinem Ziel zunächst eher entgegenstolpert, als dass er es sucht. (Wie bekannt mir das vorkommt!) Völlig naiv stürzt er in ein Abenteuer, ohne den blassesten Schimmer der Prüfungen zu haben, die vor ihm liegen oder von seiner Aufgabe oder seinem Ziel. So gelangt er zufällig, noch völlig unwissend und unbewusst, in ein verstecktes, geheimnisvolles Schloss und schlittert damit in seine Bestimmung hinein. Erst mit der Zeit und einer entsprechenden Reifung wird Parzival sich der wahren Bedeutung seiner Reise bewusst. Und muss nun den Weg zum Schloss ein zweites Mal antreten, um den alten König zu erlösen, der dort, in den letzten Atemzügen liegend, residiert. Das Heil des kraftlosen Regenten liegt in einem Gegenstand, den Parzival zu finden hat. Es ist der Heilige Gral, der mal als Kelch, mal als Stein beschrieben wird: Es ist der „Stein der Weisen".

Ob Heiliger Gral, ob Zentrum von Shambhala oder eines paradiesischen Gartens, alle Begriffe versinnbildlichen das Heil, das der Mensch zu suchen hat. Und alle Varianten des Urmythos´ verweisen darauf, dass dieses Heil letztlich im Innersten eines jeden Menschen zu finden und schon immer dort verborgen gewesen sei.

Shambhala liegt demnach in Wirklichkeit weder in der Takla Makan Wüste oder im Altai-Gebirge noch in der Arktis oder im Himalaya, sondern im eigenen Herzensgrund. Es ist *das* Sinnbild der Befreiung, des Jungbrunnens und der vollständigen Erneuerung.

Sowohl die Parzivallegende als auch der Mythos von Shambhala prophezeien zudem ein Neues Zeitalter, in das die Erde eintreten werde, sobald der nun frisch gestärkte König zur letzten Schlacht gegen die bösen Mächte aufgerufen und sie vernichtet haben wird.

6

Ich wache zu früher Stunde auf, von einer ungewohnten Umtriebigkeit draußen geweckt. Das Dachfenster steht weit offen, der unvergleichliche Geruch des frühen Morgens weht herein. Am östlichen Horizont verkündet ein erster lichter Streifen den neuen Tag. Kinder versammeln sich vorm Haus, eine nicht mehr zu zählende Menge, und immer noch mehr strömen herbei. Sie kommen aus dem Wald und von den umliegenden Wiesen her. Ganz in Blau sind sie gekleidet, von Kopf bis Fuß, ein jedes von ihnen hat eine Flamme in der Hand. Schnell werfe ich mir etwas über, laufe hinaus, mische mich unter sie, da höre ich sie murmeln: „Erde – erwacht in ihrem eigenen Licht, Erde – erwacht zu ihrer Göttlichkeit." Es ist „das Alte Volk", das Volk der Erde. Der Name „Kuan-yin" wird erwähnt.

Ins Haus zurückgekehrt, schaue ich im Lexikon der östlichen Weisheitslehren nach und lese, dass Kuan-yin (chinesisch) „den (flehenden) Ton der Welt betrachtend" heißt. Es sei der Name eines Boddhisattvas, der überall dort erscheine, wo ein Wesen seiner Hilfe bedürfe. Oft werde er auf einem Felsen inmitten des Meeres stehend dargestellt, weil er die Menschen aus den Wogen des Samsara errette. Mit weiblichen Gesichtszügen ausgestattet, könne Kuan-yin ebenfalls eine weibliche Gottheit der Barmherzigkeit sein.

Später, ich bin in meiner Praxis, klingelt es mitten in einer Sitzung an der Tür. Es ist der Postbote, der mir ein Paket überreicht. Ich werfe nur kurz einen Blick darauf, bevor ich ins Sprechzimmer zurückkehre. Es ist vom Klotz-Verlag: Meine Freiexemplare sind da. Das Buch ist endlich fertig! Es war für das Frühjahr angekündigt worden, dann gab es Verzögerungen beim Druck, wie es eben immer so geht. Ich hatte kaum noch daran gedacht, weil ich mit Haut und Haaren längst in den Fortsetzungsband eingetaucht bin. Jetzt packt mich doch aber die Freude!

Zweieinhalb Therapiesitzungen muss ich noch hinter mich bringen, bis ich das Paket öffnen kann, ich bin gespannt, ob alles gut geworden ist. Ich bemühe mich, meine Aufregung flach zu halten, wende mich wieder meiner Klientin zu, es ist eine von denen, die „der Doktor" schickte. Und die sich mit etwas schriller Stimme seit nunmehr gut fünfzehn Minuten darüber beschwert, dass ihr Lebensgefährte, dieser Halodri, schon zum dritten Mal in einen Wohnwagen am Straßenrand gestiegen ist. Wie kriegt sie das bloß immer raus!? Ich lasse sie für heute mal lamentieren, greife nicht ein. Bin viel zu sehr damit beschäftigt, meine Mundwinkel, die ständig wieder nach oben rutschen wollen, auf Gleichmut signalisierender waagerechter Höhe zu fixieren. Die Klientin ist irritiert, wahrscheinlich fragt sie sich, was es an ihrer Geschichte denn so zu belächeln gibt...

7

Aber ach – wie schade! Zu früh gefreut, es ist die falsche Lieferung! Ich habe mich beim Auspacken schon gewundert, dass der Umschlag so creme-gelb aussieht anstatt reinweiß. Also noch eine letzte Verzögerung.

Des Nachts überrede ich Leonhard, mit mir in die Räume des Verlags zu schleichen, um zu schauen, ob das Buch überhaupt schon von der Druckerei gekommen ist. Er ist von der Idee nicht sonderlich angetan. So etwas gehöre sich nicht, schimpft er kurz, dann begleitet er mich aber doch. Im Handumdrehen sind wir dort, es gibt eine Menge Büroräume, alle sehr edel und hochmodern, und eine weitläufige Buchhandlung direkt zur Straße hin. Ich bin etwas verunsichert, ob wir hier richtig gelandet sind, aber da sehe ich es ja schon, das Buch. Es steht in einem der Regale, mit der Vorderansicht zum Betrachter, wie ein Ausstellungsstück. Allerdings hat es jetzt doch ein anderes Cover bekommen und einen neuen

Untertitel: „Die Seele im Dienste des Selbst", lese ich. Klingt ein bisschen trocken, aber eigentlich auch recht interessant.
Oh weh, da kommt jemand, ein Mann hat uns Eindringlinge erwischt! Ob es der Verlagseigentümer persönlich ist, kann ich nicht sagen, den kenne ich ja nur vom Telefon. Zum Glück ist der Mann nicht erzürnt über unseren nächtlichen Besuch. Im Gegenteil, er ist sogar äußerst freundlich und zuvorkommend und lädt mich ein, die weiteren Räumlichkeiten zu besichtigen, während Leonhard in der Buchhandlung warten soll. Er führt mich zu einem versteckt liegenden Hinterzimmer, das er bewohnt. Dort schaue ich ihn mir genauer an: ein südländischer Typ, sehr groß, dunkle Haut, eine markante Nase und dunkelbraune Haare, die ihm wüst vom Kopf abstehen. Ziemlich verwegen sieht der Bursche aus! Ich vermute, es ist eher nicht Herr Klotz, den habe ich mir ganz anders vorgestellt. (Bin gespannt, ob mein Verleger diese Passage überhaupt akzeptiert, wenn er das Manuskript zu Augen bekommt, notfalls soll er sie streichen, meinethalben. Ich will ihn mit meinen Offenlegungen des geheimen Treibens in irgendwelchen Hinterräumen seines Verlags – wenn es überhaupt der Klotz-Verlag ist, wo ich hier gerade bin – schließlich nicht kompromittieren. Nicht dass es Ärger gibt! Wer weiß, wem er da Unterschlupf gewährt?)

Wir setzen uns auf Kissen am Boden, der fremde Mann und ich, und er erzählt, dass er über den Tanz zur Spiritualität gekommen sei. Er zeigt mir ein paar fließende Bewegungen, dreht sich im Kreis, erst langsam, dann immer schneller: der Tanz der Derwische. Ein Sufi ist er also. Dann weist er auf einen gelben Plastikbottich – den habe ich doch irgendwo schon mal gesehen? – da seien Schlangen drin. Wenn ich mich auszöge, würde er sie mir zeigen, ich dürfe allerdings keine Angst haben, auch nicht die geringste Spur. (Welch einfallsreiche Variante, auf diese Tour hat mich noch nie ein Mann verführt!) Seine Schlangen seien „Goldvipern", extrem giftig und hoch sensibel, sie würden sofort zubeißen, sobald sie bei einem Menschen Angst witterten, und das sei dann der sichere Tod. Ich lasse mich auf sein Angebot ein, obwohl mir sehr wohl etwas bange ist. Er nimmt zwei Schlangen aus dem Trog. Sie sind wunderschön, unseren heimischen Blindschleichen nicht unähnlich, nur ein wenig kleiner und glänzen golden statt kupferfarben. Der Sufi hält mir die beiden Schlangen über den Scheitel, in meinem Unterleib kommt ein höchst angenehmes Prickeln auf. Dann setzt er je eine Schlange auf meine Schultern, sie bewegen sich langsam genau über die Mitte meiner Brüste und von dort aus bis zwischen meine Beine: mmmh, good vibrations. Je tiefer sie nach unten gleiten, um so kleiner und kürzer werden sie. Am Wurzelchakra angelangt, rollen sie sich zusammen und verschmelzen zu einer einzigen goldenen Kugel.

Ich schlüpfe wieder in meine Kleider, kehre, diesmal außen herum, zur Buchhandlung zurück und strahle Leonhard äußerst zufrieden an.

8

Jetzt ist es wirklich da, mein Buch! Es ist schon ein eigenartiges Gefühl, das ehemalige Manuskript als fertiges Buch in den Händen zu halten, schwer zu beschreiben. Freude, weil der Umschlag so geworden ist, wie erhofft, eine ordentliche Portion Stolz (wie unyogisch!), Ungläubigkeit beim Anlesen der ersten Seiten, dass ich das geschrieben haben soll, Nervosität, weil das Buch jetzt wirklich von anderen gelesen werden wird.

Und dabei sitze ich schon seit Monaten an einem zweiten Band und wundere mich, dass es in meinem Leben immer so viel zu berichten gibt. Während des Schreibens habe ich allerdings hin und wieder gedacht, dass die Themen, über die ich diesmal schreibe, im Wesentlichen kaum andere sind als die des ersten Bands, von den praktischen Ausführungen zur Integralen Psychotherapie einmal abgesehen. Ja, wirklich! Es ist sogar beinahe exakt das Gleiche, nur dieses Mal tatsächlich, wie im Traum angekündigt, „alles eine Runde höher". Nun ja, schon in der Bibel steht geschrieben: *Es gibt nichts Neues unter der Sonne.*

Trotzdem bin ich jetzt, wo auch der zweite Band seinem Ende zustrebt, doch erstaunt, welche Auswirkungen die spirituelle Praxis des Integralen Yoga auf einen Menschen haben kann. Sri Aurobindo hat in seinen Büchern mehrfach darauf hingewiesen, dass der Integrale Yoga eine Abkürzung sei. Dass sich ein Leben im Yoga aber als ein solch unglaubliches Abenteuer offenbaren würde, hätte ich bei all meinem Vertrauen zu den Aussagen Sri Aurobindos und meinem doch recht ordentlichen Glauben an das Unmögliche, meinem Shraddā, nun doch nicht gedacht. Mir will es erscheinen, als sei ich seit Betreten des Yogapfades Spiralwindung um Spiralwindung emporgestiegen und zugleich – genau so weit wie nach oben – auch hinab. Was ich dort, so weit unten, finde, löst in mir inzwischen auch keine Furcht mehr aus, denn bei jedem neuen Gespenst der Nacht, das aufzuschrecken mir gelingt, winkt mir aus der Höhe sein lichter Zwilling auch schon zu. Mein Leben ist intensiv geworden, das Bewusstsein tief.

Und mit dieser Tiefe wächst all das, was bisher noch als etwas Getrenntes erschien, weiter und weiter zusammen, wird eins. Ich bekomme eine Ahnung davon, was es bedeuten könnte, wenn es in manchen Prophezeiungen heißt, aus *den Menschen* erstünde nun DER MENSCH. Bei meinem letzten Treffen mit meiner Freundin Sibylle habe ich etwas in dieser Richtung erlebt. Sie hatte mir von ihren Veränderungen und Einsichten erzählt, und ich sah auf einmal, dass wir beide, sie und ich, Aspekte von etwas unvergleichlich Größerem sind, von einer uns umfassenden Gestalt. Als sei ich eine Zelle am rechten kleinen Zeh dieser so unermesslichen Gestalt, die weit oberhalb von sich am linken Daumen etwas aufleuchten sieht und dabei denkt: Ah, schau an, da erwacht die Nächste von uns.

Etwas in diesem Band ist aber *doch anders*. Das, was *wirklich* geschehen ist, erkenne ich selbst immer erst hinterher: Fast möchte ich meinen, dass all das Neue sogar nur übers Schreiben entsteht und erst das Aneinanderreihen von Träumen, Gedanken, Erfahrungen die ihnen zugrundeliegende Ordnung offenbart. Jedes Mal ein wenig mehr.

So habe ich während dieser Runde meines Reiseberichts beispielsweise die Hauptpersonen meines bisherigen Lebens in einer neuen Tiefe erkannt und als Aspekte meiner selbst wiedererkannt: Meine Mutter als Stellvertreterin jenes Archetypen, der in so vielen Inkarnationen als Gegenspieler auf der anderen Seite stand. Aber auch als Abbild dessen, was ich einmal war. Als meine „alte Natur", wie es im Integralen Yoga heißt: Wie viele habe *ich* wohl zum Schweigen gebracht, weil ich ihre Wahrheit nicht ertragen konnte, eine Wahrheit, die mir die Ohren zu versengen drohte wie zu grelles Licht die Augen?

Leonhard: zärtlich und fest – meine große Liebe, mein Ideal von Männlichkeit. Und Sophia: sanftmütig und doch stark, eine weibliche Ergänzung – für mich der Inbegriff eines erlösten Herzens.

Nur bei der Identifizierung von Leander, da tue ich mich noch schwer. Vielleicht, weil mir zum Erkennen seiner Rolle in meinem Seelen-Drama noch immer die nötige Reife fehlt. Eines Aspekts, der noch unsere personale Ebene betrifft, bin ich mir jedoch schon sicher: Ich habe verstanden, dass auch wir, zumindest dem äußeren Anschein nach, zwei Gegenpole sind: Der Wissenschaftler und die Mystikerin, der Intellektuelle und die Träumerin – zwei Archetypen in *Lila*, dem großen Spiel. Es gab Zeiten, da gingen die beiden, Wissenschaft und Mystik, Hand in Hand; sie auf eine neue Weise wieder zu vereinen, ist ein großer Wunsch von mir. Über einen weiteren Aspekt bezüglich der Figur des Leander kann ich zurzeit nur spekulieren: Es ist die Ahnung, dass Leander darüber hinaus möglicherweise ein Symbol desjenigen ist, der in meinem Herzeninnersten wohnt. (Dann sollte ich ihm in Zukunft besser einen anderen Namen geben: His Divine!)

Noch aber wartet die jungfräuliche Seele schmachtend im Brautgemach, erwartet IHN, den Herrn, aber der lässt sich Zeit. Man liest ja immer wieder, dass ER gerne und gerne lange Verstecken spielt. Weil das einander Wiederfinden dann eine unvergleichlich größere Freude macht.

Und abgesehen davon: Wir haben ja auch noch nicht den Achten Tag! In meinem vielzitierten Brief an Leander hatte ich mich in meiner, manchmal so verdammt großspurigen Art von ihm verabschiedet mit Worten, die ich damals selbst noch nicht verstand: Es grüßt dich aus der Morgendämmerung des Achten Tags... – Kein Wunder, dass er die Flucht ergriff!

So ist das Einzige, was bisher dämmert, und zwar *mir*, die Erkenntnis, dass es in Wirklichkeit gerade anders herum ist: Das Göttliche erwartet die Seele und nicht umgekehrt. Ist es doch die Seele, die sich auf den Weg macht, die durch Zeiten und Welten reist, bis sie endlich Gott auch in Seinen tausendfältigen Formen erkennen kann und darüber wieder eins wird mit IHM.

9

Woran erkennt nun ein Mensch, dass sein Entwicklungsweg in den Großen Pfad eingemündet ist, wie kann er sicher sein, dass er sich auf dem Weg nach Shambhala befindet?

Nun, die Möglichkeit eines Aufbruchs nach Shambhala kündigt sich im Allgemeinen dadurch an, indem ein Mensch zu ahnen beginnt, dass seine bisherige Sicht der Welt noch längst nicht die letzte Wahrheit ist, und dass das bisherige Bild seiner selbst auch längst nicht alles ist, was das Wesen des Menschen ausmacht. Er wird spüren, dass wesentlich tiefere bzw. höhere Bewusstseinsebenen in ihm angelegt sind, aber noch ruhen, wird sich wünschen, diese zu erwecken, aber noch nicht wissen wie. Dann gibt es einen ersten Kontakt mit einer Gottheit, einem Meister oder Guru, der mit Shambhala in Verbindung steht. (Natürlich: mein Traum von Sri Aurobindo, ich erinnere mich! Dabei hatte ich damals nur das Wort geträumt und noch nicht einmal gewusst, dass es ein Name ist.) Nach einer solchen ersten Initiation, so heißt es, wird der Betreffende zu erkennen beginnen, dass das Leben symbolisch zu verstehen ist, dass alles, was auf Erden existiert – ob Mineral, Pflanze, Tier, der Mensch, ob Flüsse, Seen, Meere, Gebirge und selbst Ereignisse – Ausdruck ist einer hinter ihnen stehenden, mit den physischen Sinnen nicht wahrnehmbaren geistigen Kraft oder Wesenheit. Als nächstes wird ihm ein Blick in die Tiefe der Wirklichkeit geschenkt, nur ein einziges Mal. Für Sekunden geht der Vorhang auf, um sich sogleich wieder zu senken. (Genau: In meiner Geschichte tauchte an dieser Station Leander auf, die erste Begegnung mit ihm, das nur einen Augenblick währende Erkennen seiner unsterblichen Gestalt.) Auf dieses Geschenk folgt früher oder später ein gewaltiger Schock und reißt den Suchenden aus seinem Status der Unwissenheit heraus. Der Impuls für diesen Schock wird in der Regel durch äußere Einflüsse gesetzt. Durch ein Ereignis, das der Mensch nicht begreifen kann und das ihn zwingt, sich auf die Suche nach einem tieferen Verständnis seiner selbst und der Welt zu begeben, sofern er nicht daran verzweifeln will. (Oh ja, auch daran erinnere ich mich nur zu gut: Es war der siebte Jahrestag meiner Beziehung zu Leonhard, der Tag, an dem er mir gestand, dass er noch eine andere liebt.) Eine Phase voller Qualen und Zerreißproben schließt sich an, ein schrecklicher Abstieg in die Nacht: Die eigentliche Reise nach Shambhala beginnt.

In den Büchern, die ich zu Shambhala gelesen habe, heißt es, dass die Ausgangsmotivation des Pilgers von entscheidender Bedeutung für den Verlauf und das Gelingen der Reise sei. Sein Motiv sollte einzig darin bestehen, zum Wohle und Nutzen aller anderen zur Wahrheit streben zu wollen und nicht für sich allein. Denn ein selbstbezogenes Motiv würde zu einer Ego-Erweiterung führen statt zur Ego-Überwindung, die doch die wesentliche Voraussetzung zum Erreichen des Zieles ist. Der Ruf nach Shambhala muss also aus dem tiefsten Inneren heraus vernommen werden und nicht aus irgendwelchen begehrlichen Impulsen der Ego-Persönlichkeit.

Als weitere Voraussetzungen werden in den Reiseführern geistige Klarheit und Aufrichtigkeit genannt und die Fähigkeit, mit beiden Beinen fest auf dem Boden der herkömmlichen Tatsachen zu stehen. Denn nur mit gesundem Menschenverstand und Tatkraft ist der Pilger gewappnet, die Täuschungen und Irrwege zu durchschauen, die links und rechts des Weges seiner harren, um ihn in eine falsche Richtung zu führen, ihn in süße Illusionen zu verstricken und aus der Schar der Pilger auszusortieren. Des Weiteren muss er fest in seinem Glauben sein, dass die erahnte höhere Wirklichkeit tatsächlich existiert, und fähig, den Anblick seiner eigenen Abgründe zu ertragen: das Erkennen seiner Schwächen, seiner Unzulänglichkeiten, der ganzen normalmenschlichen Kleinheit schlechthin. Aber auch dem Erahnen seiner wirklichen Größe muss er standhalten können, ohne einem Höhenkoller, sprich: dem Größenwahn, zu verfallen. Diese Prüfungen und Versuchungen werden in den Reiseführern als Kämpfe mit Irrlichtern und Dämonen, mit Göttern und Göttinnen beschrieben.

Auf dem fortschreitenden Weg wird der Reisende in Situationen geraten, die ihn zwingen, die bisherigen Grenzen seines Bewusstseins wieder und wieder zu transzendieren: Das sind die unzähligen Schneeberge und zerklüfteten Gebirgspässe, die der Wanderer zu überwinden hat. Auch wird er immer mehr zusätzliche Energie benötigen, um den zu erklimmenden schwindelnden Höhen, das heißt, den sich steigernden Aufgaben gewachsen zu sein. Diese Energie erhält er, indem er ebenso Zug um Zug alte Verhaltensmuster und erstarrte Gewohnheiten hinter sich lässt, indem er Gefühlsregungen wie Hass, Eifersucht, Neid, Wut und dergleichen aufzulösen lernt. Jede dieser transformierten Emotionen setzt einen

Schub neuer Energie frei, die ihm nun für größere Aufgaben zur Verfügung steht. Phasen voller Prüfungen und Gefahren wechseln sich ab mit Phasen von Ruhe, Gelassenheit und Frieden, so wie sich in den Reiseführern die Schilderung öder Wüsten und gefährlicher Berge abwechselt mit der lieblicher Landschaften voller Blumen und Sonnenschein.

Zu guter Letzt muss der Pilger auch noch durch eine Phase der völligen Selbstverdammung hindurch. Hier wird er mit einem Zustand der inneren Verlassenheit konfrontiert, mit bitterster Einsamkeit und Irritation. Der innerste Ring der glitzernden Schneeberge um das Zentrum von Shambhala, den der Pilger vor dem Eintritt ins geheime Königreich als letzte Hürde zu überwinden hat, ist als Hinweis darauf zu verstehen, dass er ganz zum Schluss noch die Vorstellung eines getrennt existierenden Ichs völlig aufzugeben hat. Selbst das Gefühl von Identität, das ihn bisher in Sicherheit wog und vor einer Überflutung durch die chaotischen und bedrohlichen Inhalte des Unbewussten schützte, hat er loszulassen und das Entsetzen auszuhalten, nun womöglich vollständig ausgelöscht oder wahnsinnig zu werden. Denn um in das Innerste des Königreichs vordringen zu können, muss der Reisende zuvor auf irgendeine Weise gestorben und wieder auferstanden sein. Hiermit ist jedoch, wie gesagt, kein physischer Tod gemeint, sondern das Sterben aller Vorstellungen über die eigene Person, das Loslassen der bisherigen Identität, die Befreiung von Überzeugungen und Anhaftungen. Nach diesem symbolischen Tod erwacht das tief im Menschen existierende Selbst, man wird als ein neuer Mensch geboren. Hat der Pilger auch diese Hürde genommen, so hat er *die innere Einheit erreicht, die dazu notwendig ist, den inneren Geist zu erwecken und zum letztlichen Wesen der Wirklichkeit durchzustoßen. Auf dieser Entwicklungsstufe verflüchtigen sich die gewöhnlichen Unterscheidungen zwischen innerer und äußerer Erfahrung. Welt und Geist reflektieren und verkörpern sich gegenseitig. ... Von allen dunklen Flecken gereinigt, ist sein Ich nun zu einem durchscheinenden Fenster geworden, das den*

Blick in die – und aus den – Tiefen seines Geistes zulässt. Infolgedessen hat sich die Wahrnehmung der Welt verwandelt. ... Alles erscheint im Licht seines wahren und göttlichen Wesens – als wäre ein Stück Himmel zur Erde gefallen. (E. Bernbaum)

10

Erneut Radau im Morgengrauen. Was ist denn nun schon wieder los?
Einen mittelalterlichen Marktplatz hat man diesmal über Nacht auf der Wiese hinter unserem Haus aufgebaut, mit allerlei Buden, Gauklern und Tand, mit Musikanten und Narretei. Und wieder ist es das Volk der Erde, das sich hier tummelt. Es preist seine Waren und Dienstleistungen an, eifrig wird Handel getrieben und gefeilscht, Scherze fliegen durch die Luft. Meine Laune ist gar nicht so froh, ich hätte gut noch ein, zwei Stündchen schlafen können und spähe durch die fröhliche Menge mürrisch zu den Zaunpfosten hinüber: Die Krähen hocken noch da, dann haben wir bestimmt noch nicht mal die fünfte Stunde des Tags. Aber, mit Schlafen ist nun nichts mehr, also laufe ich hinaus, wandere zwischen den Buden und Bühnen umher.
Zwei Männer lenken ihre Schritte zu mir herüber, dunkelhäutige Ausländer. Zuerst meine ich, in einem von ihnen den tanzenden Derwisch aus dem Hinterzimmer des Verlags wiederzuerkennen, aber er ist es anscheinend doch nicht. Ich schlage eine andere Route ein, aber die beiden laufen mir zielstrebig hinterher. „Non parlo italiano! Non capisco!", fahre ich sie knurrend an, um sie zu vertreiben, obwohl ich ja in Wirklichkeit gar kein Italienisch kann. (Na ja, dann habe ich wenigstens nicht gelogen!) Der, den ich für den Sufi hielt, lacht schallend und stellt sich und seinen Kumpanen in gewähltem Hochdeutsch vor. Auch sie seien vom Alten Volk, sagt er, dann streckt er mir eine Hand entgegen und bittet mich, mit ihm zu gehen. Ich denke kurz daran, dass ich ja in

wenigen Stunden zur Arbeit muss, denke an die Hausarbeit, die noch unerledigt liegt – und ergreife seine Hand. (Als Kind hat mich meine Mutter immer eindringlich gewarnt, niemals mit fremden Männern mitzugehen. Ich tue es aber trotzdem. Seit ihrem peinlichen Auftritt in der jüdischen Gemeinde mache ich eh, was ich will. Außerdem weiß ich aus Erfahrung, dass fremde Männer für kleine Mädchen oft weniger gefährlich sind als das eigene Elternhaus.)

Der Mann ist muskulös, mittelgroß, hat wundervoll wellige Haare, die ihm bis zu den Knien reichen. Er strahlt etwas unverkennbar Animalisches aus und ist doch fein und edel in seiner Art. Wir gehen und gehen. Landschaften und Jahreszeiten ziehen vorüber, und während wir so gehen, habe ich mich in ihn verliebt. Das hatte ich befürchtet – und er darauf gehofft...! Er sucht für uns beide eine neue Bleibe, kleidet die Wände mit Pfauenfedern aus. Sie sind übermenschengroß und schillern, dass einem das Auge vor Entzücken schier übergeht. Das Schillern rührt von unzähligen Sternen her, dicht an dicht gesät, weil die Federn zugleich das Weltall sind.

Welch traumhaft schönes Heim! Jetzt muss nur noch eine neue Arbeit her. Der Mann nimmt mich zu seinem Meister mit, der, still wie ein Buddha, ganz oben auf einer siebenstufigen Steintreppe sitzt. Mein Liebster flüstert mir erklärend zu, sein Meister sei besonders der Erde zugeneigt, vor allem den Blumen, und dass er ebenso aus der Vergangenheit wie aus der Zukunft stamme. Das verstehe ich nicht so ganz, aber der Meister nimmt mich als seine Schülerin an, da werde ich all das schon noch begreifen, und ich freue mich sehr. Er sagt mir, dass ich jetzt frei sei, wirklich frei, denn ich sei so mutig gewesen, aus allem Bisherigen herauszutreten. Und dass ich einen neuen Beruf erhalten werde: Ich dürfe Methoden der Heilung aus der Zukunft in die Gegenwart bringen.

11

Ein paar Mal ist es Tag und wieder Nacht geworden. Wie oft, vermag ich nicht zu sagen, für den Verlauf der Zeit habe ich kaum noch ein Gefühl. Selbst meinen Mitmenschen fällt das inzwischen auf. Am ehesten meinen Klienten, wenn ich mal wieder nachfragen muss, welchen Tag wir heute, bitte schön, haben oder wenn ich an einem Dienstag ein schönes Wochenende wünsche. Selbst die Jahreszeiten habe ich schon durcheinandergebracht. Aber meine Klienten sind immer sehr nett und rücksichtsvoll zu mir. Sie wissen ja, dass Psychologen oft ein wenig sonderbar sind. Schwieriger wird es, wenn ich manchmal nicht mehr weiß, wo ich bin. Genauer gesagt, weiß ich natürlich schon, wo ich bin. Aber die Bilder des Außen werden oft so stark von inneren Bildern überlagert, dass die konkrete Orientierung etwas verblasst oder mit den inneren geographischen Daten verschmilzt. Dabei kann es sich bei diesen internen Impulsen ebenso um Bilder anderer Regionen oder Orte der Erde handeln wie um Bilder aus einer anderen Bewusstseinsregion.

Gerade jetzt, zum Beispiel, finde ich mich völlig unvermittelt vor einem mir unbekannten Gebäude wieder. Es ist eine große, hohe, außergewöhnlich schmale Pyramide mit vier Seitenwänden. Während ich gemächlich um das Gebäude herumgehe, wird mir bewusst, dass es „der Tempel der Pflanzen" ist. Ein Ort, an dem die Essenz oder Signatur aller Pflanzen, die es auf Erden gibt, aufbewahrt wird. Wieder an der Vorderseite angelangt, trete ich gemessenen Schrittes näher heran. Die Wand öffnet sich in der Mitte und lässt mich hinein. Von innen wirkt der Tempel der Pflanzen noch beeindruckender als von außen. Er ist mächtig wie ein Dom und voller Licht. Seine Wände setzen sich aus Tausenden kleiner Dreiecke zusammen, wobei jedes der Dreiecke für eine bestimmte Pflanze steht. Obwohl ich die unzähligen Dreiecke mit meinen Augen wahrnehmen kann, ist ihre Gestalt nicht wirklich konkret oder materiell, sondern eher eine schwirrende und

tönende Vibration. Mein Verstand hat diesen nicht greifbaren Vibrationen eine visuelle Form verliehen, weil er die eigentlichen Wolken wahrscheinlicher Anwesenheit zwecks Wahrnehmung in ihm bekannte Formen übersetzen muss.
Während ich so inmitten des spitzen lichterfüllten Pflanzendomes stehe, begreife ich, dass ich mir nur eine bestimmte Pflanze ins Bewusstsein zu rufen brauche – sei es durch ihr Aussehen, ihren Geruch oder ihren Namen – und schon leuchtet das ihr zugehörige Dreieck in einer der vier Wände auf. Daraufhin manifestiert sich die Pflanze in wunderbar intensiven und leuchtenden Farben und Düften vor meinem Geist. Sie hüllt mich mit ihrem Wesen vollständig ein, sodass ich eins mit ihr werden kann. Ich spüre, dass dieses Umhülltwerden mit der Essenz der Pflanze nicht nur eine Kontaktaufnahme, sondern auch eine Kraftübertragung ist, eine Initiation. Meine Verbindung mit der Pflanze kommt über das Seelische zustande. Wir begegnen uns in der vierten Dimension, weil nur hier eine so tiefe Begegnung, ein Kontakt durch Identität möglich ist.

Ich rufe ein paar Pflanzen hintereinander an, um dieses Wunder zu wiederholen. Und werde jedes Mal umgehend von der für die jeweilige Pflanze typische Vibration durchdrungen, die mich ihre wesentliche Botschaft, aber auch all ihre speziellen Aspekte wahrnehmen lässt.
Überwältigt und reich beschenkt verlasse ich den hohen Raum.

12

Mit Shambhala wird ein spiritueller Übungsweg in Zusammenhang gebracht, der im tibetischen Buddhismus als höchste Weisheit angesehen wird. Es ist das Kālachakra-Tantra, übersetzt: das „Rad der Zeit". Es gilt als das komplexeste und geheime Lehrsystem des tibetischen Buddhismus, als der wirkungsvollste und schnellste Weg, Erleuchtung zu erlangen, als die Wissenschaft, die den Menschen auf dem kürzesten Weg nach Shambhala führt.

Der tibetische Buddhismus unterscheidet drei Hauptformen oder Wege, Erleuchtung zu erlangen: „Hīnayāna" oder „das kleine Fahrzeug", „Mahāyāna" oder „das große Fahrzeug" und „Vajrayāna" oder „der Diamant-Weg". Dabei wird Hīnayāna mit einem Weg verglichen, der zum Fuß eines Berges führt, Mahāyāna mit einem Weg, der sich um den Berg windend dem Gipfel entgegenstrebt, und Vajrayāna mit dem direkten Pfad steil nach oben – weshalb er auch so gefährlich sei. Die ersten beiden Wege gelten als Vorbereitungen für den diamantenen Weg. Auf diesem hat der Reisende genau die Lebensinhalte, die den Menschen normalerweise in Unwissenheit und Illusionen gefangen halten oder sogar Gift für ihn sind, bewusst beizubehalten und zu nutzen, um so innerhalb nur eines einzigen Lebens das Ziel seiner Reise zu erreichen.

Das Kālachakra-Tantra wiederum ist ein Bestandteil dieses Diamant-Weges. Seine Texte stellen von Buddha überlieferte Lehrreden dar, in denen die Geheimnisse von Shambhala und seine Rolle im Geschichtsverlauf aufgezeichnet sind. In den Jahrtausenden zuvor sei das Kālachakra-Tantra, so kann man lesen, immer nur einigen wenigen Eingeweihten vermittelt worden, nun aber sei die Zeit gekommen, das Kālachakra-Tantra zu offenbaren, weil es die Lehre für das neue Zeitalter sei. Daher werden inzwischen auch öffentliche Kālachakra-Einweihungen durchgeführt, einige sogar vom Dalai Lama selbst. Bei den Tibetern gilt eine solche Initiation als Garantie dafür, in einer späteren Inkarnation im Goldenen Zeitalter wiedergeboren zu werden oder direkt in Shambhala, wo schon immer das Goldene Zeitalter herrscht.

Was ist nun der Inhalt dieses geheimnisvollen und so lange gehüteten Kālachakra-Tantra? Seine Texte lehren, dass alles, was uns von außen begegnet, eine innere Bedeutung hat, dass alles ein Symbol ist und für uns eine Botschaft enthalten kann. So kann jedes Ereignis, jedes Wesen, jede Begegnung ein Schlüssel sein, der uns *in diesem Augenblick* die Wahrheit zu erschließen vermag.

Vor allem aber offenbart das Kālachakra das Wesen der Zeit und wie man Zeit und Raum transzendiert, sodass jeder Augenblick zu einem Durchgang zur Ewigkeit wird, zum immerwährenden Jetzt. Wer durch Überwindung des Egos das Rad der Zeit anzuhalten weiß – denn nur das Ego lebt innerhalb des Flusses der Zeit –, lebt in diesem Jetzt, das Gegenwart, Vergangenheit und Zukunft in sich vereint. Er lebt inmitten des Rades der Zeit, in seiner Radnabe, und sieht den Verlauf der Zeit als einzelne Punkte auf einem sich unentwegt drehenden Rad. Das Kālachakra enthüllt das Geheimnis der zyklischen Zeit, der „Großen Zeit", das schließlich zur Überwindung aller Naturkräfte führen soll. Die Große Zeit gilt als das System, mit dem Eingeweihte schon immer größere Zeiträume "bemessen" haben sollen, Zeiträume, die mit dem Verstand nicht mehr nachzuvollziehen sind. Es ist das Wissen um eine mehrschichtige Realität der Zeit, um wiederkehrende Abläufe, um das zyklische Auftreten gleicher Themen und letztlich um die Multidimensionalität unseres scheinbar dreidimensionalen Lebensraumes.

Dieses geheime Wissen, das über Jahrtausende hinweg nur Eingeweihten zugänglich war, wird sich nun mehr und mehr uns allen offenbaren. Rudra Chakrin, der „Zornvolle mit dem Rad" und letzter König von Shambhala, dreht eifrig am Rad der Zeit. Der Lauf der Dinge wird schneller und schneller, der Mensch „rotiert" immer mehr, die Frequenz der Erdschwingung wird sich unaufhaltsam erhöhen. So muss sich der Mensch entscheiden, ob er von dem rasanten Tempo, dem rasenden Zorn Rudra Chakrins, hinweggefegt werden will oder ob er bereit ist, sich in Richtung Radnabe zu bewegen. Was bedeutet, das Physische mit dem Metaphysischen zu verbinden, das Profane mit dem Spirituellen, das Außen mit dem Innen. Der Zorn des Königs jedoch ist von Liebe ge-

speist, sein Handeln ist reine Liebe: *Seine Macht, mit der er das Rad der Zeit immer schneller drehen wird, ist das Feuer der reinen Liebe. Liebe erhöht die Frequenz, Liebe befreit, Liebe macht sehend, Liebe heilt. ... Im Feuer seines Zorns, dem läuternden Feuer der Liebe, wird gewandelt, was nicht mehr zeitgemäß und der Evolution hinderlich ist. Bei dem Krieg, den die Legenden beschreiben, handelt es sich um einen inneren Krieg, um einen Krieg der Transformation. Wer an alten Glaubenssätzen und Vorstellungen, an Bindungen und vermeintlichen Sicherheiten festhält, wird mit schmerzhaften Verlusterfahrungen konfrontiert werden, bis er versteht, dass Leben nur in der Freiheit wächst, ohne Anhaftung und ohne Verlangen. Alles, was wir kontrollieren wollen, wird sich zerstörerisch gegen uns wenden.*
Der Ruf, dem des Königs Krieger in die Schlacht folgen werden, lautet: „La gyelo – Den Göttern den Sieg!" (D. Jodorf)

13

Heute bin ich als Reporterin unterwegs, um meinen Hals baumelt ein Fotoapparat. Ich laufe eilenden Schritts durch ein Gebäude, das, einem Museum vergleichbar, sämtliche Zeitalter der Erde enthalten soll. Es ist ein außergewöhnliches Haus, voller kubischer Räume, die auf chaotisch wirkende Weise ineinander geschachtelt sind: Würfel in Würfeln in Würfeln, manche klein, manche groß. Alles ist durchlässig und transparent in diesem immensen Gebäude, nur ein paar sparsam gesetzte feine Metallverstrebungen deuten einen Hauch von Grenzen an. Auch die Treppen bestehen aus Gittern des gleichen Materials, sodass ich durch alles zugleich hindurchschauen kann.
In der Mitte des Gebäudes wächst ein riesiger Baum, er erstreckt sich über alle Stockwerke hinweg. Von ganz oben schimmert getupftes Weiß herab. Da klopft mein Herz voller Freude, hurtig springe ich die Treppen hinauf, nehme gleich

zwei Stufen auf einmal, bis ich oben angekommen bin: in einem weißen, betörend duftenden Blütenmeer. Die ganze Etage ist vom blühenden Geäst des Baumes ausgefüllt. Die Krone des Baumes hat eine ungewöhnlich breit auslaufende Form, daher mag es auch sein, dass die vermeintlichen Äste die Wurzeln des Baumes sind. Ich wundere mich gerade darüber, dass Wurzeln blühen, da entdecke ich inmitten dieses Blütenrausches einen Mann, ebenfalls in Weiß. Es ist mein kleiner Gardeoffizier! Aber jetzt ist er groß und ein Mann! Es scheint, dass er auf mich gewartet hat. Er hält Blumen im Arm, einen dicken Strauß, sie sehen wie überlange Pfauenfedern aus, nur dass sie weiß sind, zum Pfauenauge hin mit etwas Rot, Rosa und Pink gemischt. Mein Herz will mir fast zerspringen. Der Anblick ist so atemberaubend schön und mehr, als ich ertragen kann. Ich hantiere ungeschickt und kopflos an meinem Fotoapparat herum, mache eine Aufnahme von all dieser Pracht, weil ich doch alles dokumentieren soll.

Da fällt mein Blick nach draußen, wo sich, in etwa auf gleicher Höhe, ein neuer Himmelskörper formiert: Es ist eine neue Erde. Schnell laufe ich die vielen Treppen wieder herunter und hinaus ins Freie, blicke zum Himmel hoch. Dem äußeren Auge ist die neue Erde noch kaum wahrnehmbar, aber ich kann sie schon sehen. Sie sendet Strahlen aus, Spiralen aus Licht in allen Farben, fluoreszierende Funken von Regenbogenlicht, besonders viel Grün und Orange sind dabei. Das Leuchten der Spirale pulsiert, mal ist es ganz blass, dann wieder strahlt es so kräftig, dass die Spirale eher wie eine Säule aussieht. Da, wo ihr Licht auf den Boden trifft, wird die alte Erde getränkt mit ihrer Energie und alles gewandelt, was mit diesem Licht in Berührung kommt. Ich renne mit meinem Fotoapparat auf die Mitte der Spirale zu, um in den Genuss der vollen Ladung zu kommen. – Und weil ich natürlich auch dieses Ereignis für meine Aufzeichnungen festhalten will.

14

Eine tibetische Geschichte berichtet von einem jungen Mann, der sich auf den Weg nach Shambhala begab. Nachdem er bereits mehrere Gebirge überquert hatte, gelangte er zu der Höhle eines Einsiedlers, der ihn fragte: „Was ist das Ziel, das dich anspornt, diese Schneewüsten zu überqueren?" „Ich will Shambhala finden", antwortete der junge Mann. „Nun, dann brauchst du nicht weit zu reisen", sagte der Einsiedler. „Das Königreich von Shambhala ist in deinem eigenen Herzen." (zit. nach E. Bernbaum)

Nachdem wir Shambhala in seinem Aspekt eines auf der Erde real existierenden geographischen Ortes betrachtet haben und als im übertragenen Sinn zu verstehender Einweihungsweg des Menschen, hier insbesondere als Bestandteil des „Diamant-Weges", wenden wir uns nun noch einem weiteren Aspekt zu, der ebenfalls in den Schriften über Shambhala zu finden ist: Shambhala als Symbol des Herzzentrums des Menschen.

Dieses gilt in vielen spirituellen Traditionen als der Sitz der Seele. Hier, im verborgenen Herzensgrund, wohnt der Guru, „der innere Lehrer", wohnt die Seele, wohnt Krishna: *Ich wohne im Herzen aller Wesen.* (Bhagavadgita XV,15)

Dieser göttliche Lehrer und Führer im eigenen Innersten ist die innere göttliche Stimme, die es zu erkennen und zu erhören gilt. Sie wird den Menschen durch alle inneren Kämpfe und äußeren Schlachten hindurch zu seiner Vollendung führen, welche Mächte sich auch immer gegen ihn stellen mögen. Seine Liebe begleitet ihn, während er Inkarnation für Inkarnation durch sein eigenes Innerstes reist. Denn die Macht des Herzens ist die Macht der Liebe. Nicht die der menschlichen emotionalen Liebe, sondern die der göttlichen: der LIEBE – der stärksten Kraft im Universum.

Der Weg dorthin jedoch, von der Liebe zur LIEBE, führt über eine radikale Läuterung des Herzens. Aber ob es der Pfad des

Integralen Yoga ist, den der Suchende geht, der Diamantweg des tibetischen Buddhismus´ oder der Weg der hingebungsvollen Liebe zu Krishna als dem allem innewohnenden Gott, stets ist es ein Weg der Vollendung und eine Abkürzung, die sich dem Menschen als „höchstes Geheimnis" offenbart. So spricht der Gott Krishna in der Bhagavadgita zu seinem Krieger Arjuna, der reifen Seele: *Gib alle Dharmas auf! Gib dich selbst allein dem Göttlichen Wesen, der erhabenen Gottheit über dir, um dich herum und in dir! Das ist alles, was du brauchst. Das ist der wahre und beste Weg, die wirkliche Erlösung.*

Wenn Shambhala im Innersten des Menschen liegt, so wird das Herzchakra zum Zentrum von Shambhala und damit zum Mittelpunkt eines riesigen Mandalas, das in letzter Konsequenz die ganze Welt umfasst. Der König von Shambhala entpuppt sich so als die im Herzen wohnende Seele, als der Souverän, der über sein eigenes Königreich und schließlich über die ganze Welt herrscht. Er ist innerer Lehrer und Weltenlehrer.

In den Büchern über Shambhala heißt es, dass im innersten Zentrum Shambhalas ein Juwel verborgen liegt. Dieses Bild findet man in dem bekanntesten tibetischen Mantra wieder: „OM Mani Padme HUM", übersetzt : „OM Juwel im Lotus HUM". Es ist der Hinweis darauf, *dass der Lotus des „inneren" Shambhala in seinem Zentrum das Juwel des innersten Geistes verbirgt, der in der diamantenen Klarheit der tiefsten Bewusstheit funkelt – die Bewusstheit des absoluten Wesens der Wirklichkeit.* (E. Bernbaum)

Von diesem inneren Zentrum aus erhält nun alles, was dem Menschen begegnet, Sinn, weil das Äußere nun mit dem Innersten verbunden werden kann. Der Mensch wird das wahre Wesen von allem erkennen, dessen tiefste Wirklichkeit. In allem, was ihn umgibt, erschaut er jetzt Gott. Und gibt sein persönliches Leben einem höheren Zweck hin: *Er ist nun zugelassen worden zu einem höheren Bewusstsein, zu einer neuen Selbst-Verwirklichung. Ihm ist die Möglichkeit göttlichen Handelns anstelle des egoistischen gezeigt worden. Vor ihm haben sich die Tore für ein göttliches, spirituelles Leben geöffnet, anstelle eines nur intellektuellen, emotionalen, sinnlichen und vitalen Lebens. Er hat einen Ruf empfangen, er soll nicht länger blindes Werkzeug sein, sondern bewusste Seele, erleuchtete Macht, ein Gefäß für die Gottheit.* (Sri Aurobindo)

15

Ich sitze im Garten so still vor mich hin, da fällt mir ein Gedanke in den Kopf. Ich merke sofort, dass es nicht eigentlich ein Gedanke ist, sondern eine Überschrift: Es ist der Titel eines Buches – meines nächsten Buches! Wie in einem Film sehe ich gleich mehrere Bücher mit diesem Titel und einem jeweils eigenen Untertitel vor meinem inneren Auge vorüberziehen. Ich komme gar nicht dazu, sie zu zählen, so schnell huschen sie vorbei. Auf jeden Fall sind es viel mehr als zwei. Ach herrje, ich stöhne innerlich auf. Eigentlich hatte ich gehofft, mich nach Fertigstellung dieses Buches endlich wieder anderen Aktivitäten zuwenden zu können als dieser ständigen Schreiberei. Außerdem schienen mir die zwei Bände von Mahas Pathah schon mehr als genug.

In der Nacht finde ich mich in dem schicken Verlagsgebäude von neulich wieder, diesmal völlig unbeabsichtigt und ohne Leonhard. Die Auslage im großen Regal der Verlagsbuchhandlung ist ausgewechselt, diesmal steht die Fortsetzungsreihe irgendeines Abenteuerromans drin, es sind, Moment mal – eins, zwei, drei ... zwölf Bände genau. Und das in doppelter Ausführung. Eine Ausgabe davon steht in einem der oberen Regalböden, die andere etwas darunter. Ich begreife, dass die obere Reihe Bücher die gehobene und eher vergeistigte Variante des Abenteuerromans ist und die untere dessen etwas profanerer und leichter zu lesender Ausdruck.
Die Fortsetzungsgeschichte handelt von einem Stein, der auf Reisen geht und sich währenddessen wandelt. Die einzelnen

Stationen seiner Reise spiegeln sich auf den Szenen der Buchumschläge wider. Am Anfang ist der Stein ein unscheinbarer kantiger grauer Felsbrocken, der sich aus einem großen Gebirge herauslöst. Auf jedem Cover ist er in einer anderen Umgebung und in etwas weiter verwandelter Form zu sehen. Ganz zum Schluss sieht man ihn als wunderbar klaren Kristall mit glatten Flächen und einer schön ausgeformten Spitze. So völlig durchlässig geworden, fügt er sich in das große Gebirge wieder ein und wird zu einer Art Fenster oder Tor zum Innern der Erde.

Jemand teilt mir mit, dass die beiden Romanreihen eine Öffnung schaffen würden, die untere öffne den Leser für „AN KA", die obere für „AN SHA". Die beiden Begriffe stehen in leuchtenden Großbuchstaben vor mir in der Luft. Ich kann mit ihnen nichts anfangen. Sie sind mir fremd und klingen doch, wie aus großer Ferne widerhallend, merkwürdig vertraut. Ich überlege, ob es sich vielleicht um so etwas wie Sternenpositionen handeln könnte. Da erscheint vor beiden Begriffen das Symbol für eine Disk oder DVD: eine runde Scheibe mit Loch. Aha, demnach haben diese Begriffe also etwas mit Speicherung oder Archivierung zu tun?

Wieder zuhause angekommen, rufe ich in meinem Frust Sibylle an und beklage mich wegen der zwölf Bände, die ich in dem Verlagsgebäude gesehen habe, und der möglicherweise daraus folgenden Konsequenzen. Sie lacht – ich meine fast, ich höre ein wenig Schadenfreude heraus!? – und sagt etwas sehr Freundliches über das Potenzial, das sie meint, in mir zu sehen. Ich knurre nur und lege, noch immer frustriert, den Hörer auf.

16

Der Osten hat gesagt, wenn das Banner von Shambhala die Welt umfassen wird, wird es wahrlich eine neue Morgendämmerung geben. Wir wollen, indem wir diese Legende Asiens aus-

borgen, einen Entschluss fassen: Soll das Friedensbanner die Welt umfassen und, sein Wort des Lichtes mit sich tragend, von einem Neuen Morgen der menschlichen Bruderschaft künden.
(N. Roerich)

Shambhala gilt, so habe ich in einem der Bücher zu diesem Thema gelesen, als das „Zeichen der Zukunft", als das große Sinnbild des gerade angebrochenen neuen Jahrtausends. Wenn der letzte König von Shambhala den Thron besteigt, wird er das Heer der Barbaren, die die Erde in ihrem Griff halten, vernichten und besiegen. Wenn diese letzte Schlacht geschlagen ist, wird sich das Königreich Shambhalas ausdehnen, wird die ganze Welt zum Reinen Land Shambhala werden. Und eine neue Ära, das Goldene Zeitalter, wird beginnen.
In den meisten Schriften wird Rudra Chakrin als der letzte König von Shambhala genannt, in anderen wiederum Kalki. Kalki gilt in Indien als der zehnte und letzte Avatar und – ebenso wie Krishna – als eine Inkarnation Vishnus, des Gottes, der die Welt erhält. Wie Rudra Chakrin reitet auch Kalki auf einem geflügelten weißen Pferd. Es heißt, er erscheine immer dann auf der Erde, wenn sie am Ende eines Zyklus´ unterzugehen und „Sanatana Dharma", das Ewige Gesetz, in Vergessenheit zu geraten droht.

Diese große und letzte Schlacht ist eines der wesentlichen Motive des Shambhala-Mythos. Es wird darin prophezeit, dass der zukünftige König nicht nur die Welt aus der tyrannischen Herrschaft der Barbaren befreien wird, sondern auch die Menschen aus dem klebrigen Netz ihrer Illusionen. Diese Schlacht ist, in einem übertragenen Sinne, die entscheidende Konfrontation, der sich jeder Mensch in seinem Inneren zu stellen hat. „Es ist der Kampf, den jeder mit sich alleine austragen muss", sagt Krishna zu seinem Krieger Arjuna. Es ist der Kampf zwischen den verschiedenen Aspekten des eigenen Bewusstseins, wobei die Könige und die Weisen von Shambhala die Mächte und Kräfte des Überbewussten symbolisieren und die Tyrannen und Barbaren die Mächte des Egos bzw. der Ich-Persönlichkeit. Diese letzte große Schlacht ist das Kurukshetra, von dem die Bhagavadgita erzählt.

Das Goldene Zeitalter ist damit ein Sinnbild des Erwachens der Menschheit zum innersten Geist und zum unmittelbaren Erkennen der Wirklichkeit. Es ist das Symbol für eine Entwicklungsstufe, auf der der Mensch sich der Tatsache seiner Seelenevolution bewusst geworden ist und an dieser nun gezielt mitarbeiten kann. Er wird von da an von einer untrüglichen inneren Führung geleitet und wandelt nun, wie Sri Aurobindo es so poetisch ausdrückte, auf dem „sonnenhellen Pfad": *Wenn wir in Kontakt mit dem Göttlichen oder in Kontakt mit einem inneren Wesen oder innerer Vision sind, fangen wir an, alle Umstände unseres Lebens in einem neuen Licht zu erblicken und zu beobachten, wie sie alle, ohne dass wir es wussten, auf das Wachstum unseres Wesens und Bewusstseins ausgerichtet waren, auf die Arbeit, die wir zu tun hatten, auf eine bestimmte Entwicklung, die wir zu durchlaufen hatten – nicht nur, was gut, glücklich oder erfolgreich zu sein schien, sondern auch die Kämpfe, die Fehlschläge, die Schwierigkeiten, die Aufstände.* (Dilip Kumar Roy)

So muss also auch jeder von uns selbst zum letzten König von Shambhala werden, zum Meister seiner selbst, zum Herrscher in seinem eigenen Königreich. Der Mythos von Shambhala ist zunächst vom einzelnen Menschen zu durchleben und zugleich ein Prozess, der die gesamte Menschheit, ja die ganze Erde betrifft. Denn Shambhala ist nicht nur das Ziel der individuellen, sondern auch das der kollektiven Evolution. Und der Ruf nach Shambhala, so heißt es, sei erschollen, die große Bewegung habe bereits begonnen.

Ich kann es nicht mit letzter Gewissheit behaupten, aber ich glaube, dass diese die gesamte Erde umfassende Umwälzung, die bereits im Gange sein soll, mit jener grundlegenden Transformation der Materie einhergehen wird, die der Integral-Yogi und Autor Satprem in seiner Trilogie über Mirra Alfassa und die Vergötttlichung der Materie dokumentiert.

Mirra Alfassa gilt als der erste Mensch, dem dieser Wandlungsprozess am und im eigenen Körper gelungen ist. Im Integralen Yoga heißt es, dass dieser Weg der Wandlung nun der ganzen Erde möglich sei: *Der Durchgang steht offen, der berühmte Mahas Pathah der vedischen Rishis, der „große Durchgang". Die gesamte Erde kann ihn durchschreiten – und ist dabei, ihn zu durchschreiten.*
Jedes Ding, jedes kleinste Ereignis hat sein „Tor". Lässt man sich ins Herz der Sache fließen, schließt sich ihr an, so öffnet sich das Tor und man erhält ihren Sinn, ihr wahres Gesicht. Alles wird wie durchlässig. Das Leben steht kurz davor, wunderbar zu werden – aber wir verstehen es nicht zu leben. Wir müssen es noch lernen.
Aber es ist das Wunder der gesamten Erde. (Satprem)

17

Nun war ich so oft unterwegs in der letzten Zeit, diesmal bleibe ich zuhause und bekomme Besuch. Von einem alten Paar. Den Mann kenne ich schon, es ist der freundliche alte Herr, der mir zu anderen Zeiten in der Buchabteilung eines Kaufhauses die bis zum Rand gefüllten Kladden mit den Aufzeichnungen zum Integralen Yoga mit dem Hinweis überreichte, ich würde so viele davon bekommen, wie ich nur „schaffen" könne. Die Frau kenne ich auch, aber nur vom flüchtigen Sehen. Diesmal ist sie es, die etwas in der Hand hat, ebenfalls ein Geschenk für mich, sie überreicht es mir.
Es ist ein schmales Heft, etwas kleiner als DIN-A4 und wirkt auf eine merkwürdige Art „transzendent". Auf der Vorderseite steht groß der Buchstabe „T", und beim Durchblättern sehe ich, dass das Buch die Offenbarungen aller irdischen Symbole, die mit „T" beginnen, enthält. In der obersten Reihe jeder Seite sind völlig abstrakte Signaturen abgebildet, jeweils von einem kleinen quadratischen Kästchen eingerahmt. Den Hintergrund jedes Kästchens bildet ein Ausschnitt des Kosmos,

aus dem ein bestimmtes Zeichen hell aufleuchtet. Eine Erklärung gibt es zu den seltsamen Signaturen nicht, aber ich merke schnell, dass sich die Bedeutung der Zeichen durch eine intensive Betrachtung ganz von selbst offenbart. Unterhalb dieser etwas mysteriösen oberen Bildreihe sind dann auf jeder Seite, wie in jedem normalen Wörterbuch auch, die Bedeutungen aller irdischen Erscheinungen, die mit „T" beginnen, dreispaltig aufgeführt.

Ich bin völlig verdattert, als die alte Dame mir das Heft überreicht und kann im ersten Moment nur erahnen, welch außerordentliches Geschenk sie mir damit macht. Trotzdem frage ich noch nach den Heften zu den anderen Buchstaben des Alphabets und schäme mich sogleich ein wenig wegen dieser Gier. Die alte Dame aber scheint vor allem meinen Willen, alles wissen und begreifen zu wollen, zu sehen und reagiert unglaublich lieb: Sanft zieht sie meinen Kopf zu ihrem heran, bis unsere Nasenspitzen sich fast berühren und jede von uns nur noch die Augen der anderen sieht.
Da wird alles still in mir. Ich tauche ganz in sie ein, spüre, wie ich weit und weiter werde. Ich verschmelze mit ihr und meine bisherige Persönlichkeit verlischt.

18

Noch ein letzter, abschließender Gedanke zum Thema Shambhala:
In manchen Legenden heißt es, dass Shambhala im Innern der Erde zu finden sei. Es gibt Berichte über im Innern der Erde verborgene Welten, die gar ganze Universen umfassen sollen. Das klingt zunächst ungewöhnlich und eher unglaubwürdig. Aber kann es nicht sein, dass diese spektakulären Formulierungen als ausgeschmückter Hinweis auf die noch involvierten Dimensionen zu verstehen sind, auf die höheren Dimensionen jenseits von Zeit und Raum? Und dass sich uns,

sobald wir unser Bewusstsein auf der Ebene des Seelischen bzw. in der vierten Dimension fest verankert haben werden, neue Räume des Bewusstseins erschließen werden, die uns wiederum dreidimensional und physisch-konkret erscheinen würden, und doch Ausdruck wären einer anderen Welt?

Ich glaube, dass wir erst aus dem Blickwinkel dieser vierten Dimension heraus erkennen werden, dass die Erde, so wie wir sie bisher gesehen haben, auch noch nicht die ganze Wahrheit ist. Erst auf dieser Ebene des Bewusstseins wird sich uns die ganze Bedeutung der physischen Symbole erschließen. Wir werden begreifen, dass auch unsere geschundene alte Heimat eine höhere Bedeutung in sich trägt. Und werden Zeuge sein, wenn sie ihr wahres Gesicht offenbart: als göttliches Wesen, als „Gaia" oder „Prithivi", wie man sie in personifizierter Form in der europäischen bzw. in der indischen Kultur nennt. Ich glaube, dass SIE das weibliche Antlitz Gottes ist. So wird ER sich in IHR selbst schauen: von Angesicht zu Angesicht.

Es heißt, Shambhalas Kraft sei die Kraft der Liebe. Aber so lange wir die Erde nicht auch als ein göttliches Wesen ansehen, sind wir für die Liebe Shambhalas noch nicht reif. Und können auch uns selbst noch nicht in unserer ganzen Wahrheit sehen. Denn die Erde und der Mensch gehören zusammen, sind eins.
Eine Stimme wird sprechen leis´, die Seele willfahrn,
eine Macht sich stehlen in Geistes inneres Gemach
und Liebreiz und Süße öffnen des Lebens Tore
und Schönheit die widerstrebende Welt erobern,
das Wahrheitslicht überraschend Natur erbeuten,
Gott verstohlen zu Wonne zwingen das Herz
und die Erde göttlich werden unverhofft.
In Materie wird entbrennen des Geistes Glüh´n,
in Leib auf Leib entflammen die heilige Geburt;
die Nächte werden erwachen zum Sang der Sterne,
die Tage wallen in glücklicher Pilgerfahrt,

unser Wille wird eine Kraft von des Ewigen Stärke
und Denken die Strahlen geistiger Sonne sein.
Ein paar werden sehen, was noch keiner begreift;
Gott wächst heran, während die Weisen reden und schlafen;
denn vor der Zeit wird der Mensch nicht wissen, was kommt,
und Glaube wird nicht sein, bis das Werk getan.
(Sri Aurobindo)

19

Meine anfänglichen Fragen zum Verlauf von Entwicklung haben eine Antwort gefunden: Evolution ist zielgerichtet und doch ein offener Prozess. Wieder und wieder auf dem Weg gelangt man zu einem Ende, dem jedes Mal ein nächster Anfang innewohnt. Vollendung ist immer nur temporär und jeder Zustand von Leere nur ein Übergang, weil nach jeder Vollendung eine weitere Ebene des Bewusstseins aufscheint und hinter jeder Leere eine neue Welt. Die Welten sind universal und damit vorgegeben, hier auf der Erde offenbaren sie sich jedoch erst durch die Transformation des menschlichen Bewusstseins. Der Kosmos entfaltet sich durch uns – *hier*.

Vor allem eines aber habe ich verstanden: Dass ein menschlicher Entwicklungsweg, der das Prädikat „vollkommen" oder „integral" verdient, *durch* die Erde führt und nicht weg von ihr. Sri Aurobindo hatte seinen Integralen Yoga auch als „purna yoga" bezeichnet, was „der ganze Yoga", „der volle Yoga", aber auch „der Yoga der Fülle" heißt. Erst jetzt habe ich wirklich verstanden, was das bedeutet.
Vorhin habe ich ein Schränkchen in meinem Studierzimmer ausgemistet, dabei fiel mir eine schon etwas zerfledderte Mappe in die Hand. Sie enthält meinen allerersten schriftstellerischen Versuch von vor vielen Jahren: ein Märchen für Erwachsene, mit eigenen Illustrationen und einem „spirituel-

len" Hintergrund. Und ziemlich autobiographisch angehaucht. Es ist die Geschichte eines gewöhnlichen kleinen Wurms, der natürlich doch etwas ungewöhnlich ist – schließlich hatte ich mich ja damit identifiziert. Das Besondere an dem Würmchen ist seine Schwanzspitze, die im Dunkeln leuchtet und seine Marotte, über Stunden hinweg Löcher ins Blau des Himmels zu stieren und über den Sinn des Lebens zu philosophieren, statt, wie es sich für einen Wurm gehört, die dunkle Erdscholle zu durchwühlen. Insgeheim ist der kleine Weltflüchter nämlich davon überzeugt, in Wirklichkeit ein Glühwürmchen zu sein. Und wartet nur darauf, dass ihm die ersehnten Flügel wachsen, damit er endlich abheben kann. Aber gerade das Gegenteil tritt ein: Eines Nachts sieht er im Traum eine Sonne rot-golden im Innersten der Erde erstrahlen und weiß in diesem Augenblick, dass er alles, was er jemals suchte, dort – und nur dort – finden wird. Gemeinsam mit einem Gefährten macht er sich auf den Weg zum Licht der Erde, womit nun erst wirklich seine Transformation beginnt.

Beim Durchblättern stelle ich fest, dass allein schon dieses kleine naive Märchen in gewisser Weise als Selbstschöpfung fungiert hat. (Ich sollte aufpassen, was ich schreibe!) Habe doch auch ich, so lange ich nur denken kann, schwer heimwehkrank irgendwelchen transzendenten Sphären nachgeweint. Nur um jetzt, genau wie der kleine Protagonist meines Märchens, zu erkennen, dass alles, was ich in fernen Himmeln suchte, direkt vor meiner Nase liegt. Immanenz also statt Transzendenz. Ich glaube sogar, dass ich zum ersten Mal voll und ganz auf der Erde angekommen bin: Der Himmelsstürmer ist gelandet.

Wie sehr hat sich doch überhaupt mein Blick auf das Leben und unser Menschsein gewandelt! Es ist mir heute unverständlich, wie ich nur jemals hoffen konnte, nie wieder leben zu müssen. Ich sehe die Menschwerdung, diese Reise der Seele, als Abenteuer und als unermesslich großes Geschenk. Trotz allem, was ich durchlebt und durchlitten habe – na

und: Habe ich denn nicht all meine Tode überlebt?! Das Grauen verblasst mit dem Vergehen der Zeit, auch das Leid. Natürlich braucht es zu manchen Zeiten verdammt viel Vertrauen und Mut und Geduld. Aber es lohnt sich wirklich, denn das Beste kommt eben immer erst zum Schluss.
Am Ende erwartet uns etwas, das alles – ja wirklich alles, was immer es auch war – so unaussprechbar überwiegt: eine Erde, die in Wirklichkeit eine Göttin ist; das Göttliche, das sich selbst hinter der Rolle des Gegenspielers verbirgt und so die auf Erden größtmögliche Form der Liebe beweist; der Mensch, der sich als König, als Seele offenbart; eine Liebe, die zu wahrer LIEBE geworden ist – und ein Herz, so weit wie die Welt.

Aber gibt es wirklich jemals ein Ende?
Ich weiß es nicht. Vielleicht hat Sibylle Recht mit dem, was sie mir auf meine etwas enthusiastische Mitteilung, angekommen zu sein, in ihrer so typisch trockenen Art antwortete: „Wie schön – aber was folgt denn auf eine Ankunft? Ein neuer Aufbruch!"

20

Hoch über den Wolken.
Ein weites weiches Meer, in Sonnengelb getaucht.
Ein makelloser Himmel: zartes Hellblau, pastelliges Mint, zitronig-frisch wie der Duft von Verveine.
Rein und klar. Grenzenlos.
Die Vibration eines berstenden Jauchzens.
Jubel, tausendfach zersprengt.
Eine Flut unermesslicher Helligkeit.

Das Band des Himmels liegt ausgebreitet vor mir.
Vor mir, neben mir, hinter mir –

in einer ungewohnten, den physischen Augen nicht möglichen 360-Grad-Ansicht.
Es gibt weder einen Betrachter,
der mit seiner phantomhaften Anwesenheit dreiviertel des Bildes versperrt,
noch eine Quelle dieses eigentümlichen Lichts.

Ziel aller Sehnsucht,
Quelle der Freude –
Land des ungebrochenen klaren Lichts.

Bibliographie

Alfassa, Mirra: Lehrgespräche 1929-38, Sri Aurobindo Publication Department 1976

Bernbaum, Edwin: Der Weg nach Shambhala, Papyrus-Verlag 1980

Dalal, A.S.: Inneres Wachsen, Sri Aurobindo Publication Department 1995

Hesse, Hermann: Morgenlandfahrt, Suhrkamp Taschenbuch 1982

Jodorf, Daniela: Shambhala – Reise ins innerste Geheimnis, Kamphausen Verlag 2005

Kumar Roy, Dilip: Sri Aurobindo kam zu mir, Mirapuri-Verlag 1985

LePage, Victoria: Königreich Shambhala, Hugendubel 2001

Müller, Ernst: Der Sohar und seine Lehre, Origo Verlag 1993

Roberts, Jane: Gespräche mit Seth, Goldmann 1972

Roberts, Jane: Träume, Evolution und Werterfüllung (Band 2), Ariston Verlag 1990

Roerich, Nicholas: Shambhala – Das geheime Weltzentrum im Herzens Asiens, Aurum Verlag 1988

Satprem: Mutter oder die Neue Spezies (Band 2), Hinder + Deelmann 1993

Satprem: Sri Aurobindo oder das Abenteuer des Bewusstseins, Hinder + Deelmann 1998

Sri Aurobindo: Das Göttliche Leben (3 Bde), Hinder + Deelmann 1991

Sri Aurobindo: Der Integrale Yoga, Rowohlt Taschenbuch 1983

Sri Aurobindo: Die Stunde Gottes, Sri Aurobindo Ashram Trust 1991

Sri Aurobindo: Die Synthese des Yoga, Hinder + Deelmann 1991

Sri Aurobindo: Essays über die Gita, Hinder + Deelmann 1992

Sri Aurobindo: Savitri (Übersetzung Peter Steiger), Sri Aurobindo Ashram Trust 1988

Sri Aurobindo: Wenn die Seele singt, Patmos 1986

van Quekelberghe, Renaud: Transpersonale Psychologie und Psychotherapie, Verlag Dietmar Klotz 2005

Weinreb, Friedrich: Das Ende der Zeit, Thauros Verlag 1991

Weinreb, Friedrich: Kabbala im Traumleben des Menschen, Diederichs 1996

Weinreb, Friedrich: Der Weg durch den Tempel, Thauros Verlag 2000

Weinreb, Friedrich: Leben im Diesseits und Jenseits, Origo Verlag 2004

Weinreb, Friedrich: Schöpfung im Wort, Thauros Verlag 2002

Wilber, Ken: Eine kurze Geschichte des Kosmos, Fischer Taschenbuch 1997